REALITY

Erland Aas

Finger hat es aufgeschrieben

Erland Aas

Der norwegische Autor Erland Aas wurde 1957 geboren. Bevor er sein erstes Jugendbuch schrieb, beschäftigte er sich ausschließlich mit Lyrik. FINGERENS BOK, so heißt der vorliegende Roman in der Originalsprache, wurde 1992 mit dem Skandinavischen Kinder- und Jugendbuchpreis ausgezeichnet.

Finger hat es aufgeschrieben

Aus dem Norwegischen
von Senta Kapoun

RAVENSBURGER BUCHVERLAG

Als Ravensburger Taschenbuch
Band 8097,
erschienen 1999

Die Originalausgabe erschien 1992
im Verlag H. Aschehoug (W. Nygaard),
Oslo
unter dem Titel FINGERENS BOK

Die deutsche Erstausgabe erschien 1995
bei KERLE im Verlag Herder Freiburg,
Wien.

Umschlagillustration: Thomas Vogler

RTB-Reihenkonzeption:
Heinrich Paravicini, Jens Schmidt

Printed in Germany

**Die Schreibweise entspricht den
Regeln der neuen Rechtschreibung.**

5 4 3 2 1 03 02 01 00 99

ISBN 3-473-58097-X

REALITY

INHALT

Oh Weh

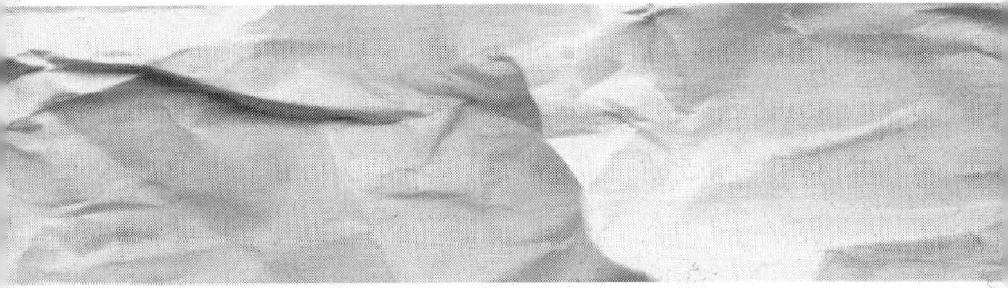

Lieber Amund,
wirklich wahr. Ich habe es sofort gewusst. Kaum hatte ich das Spitzmausgesicht dieses Typen erblickt, wusste ich, dass da haufenweise Schwierigkeiten auf uns zukommen. Zoff für jeden Einzelnen von uns sozusagen. Ich habe das richtig gerochen. Wie gelähmt war ich. Ich habe es in meinem Phantomfinger gefühlt, ich habe es seiner Stimme angehört, und ich habe es schon beim ersten Mal aus seinen Augen sprühen sehen, als sein Blick wie ein geräuschloser Knallfrosch zu uns über die Fahrbahn und dann von einem zum andern zischte. Mein Lieber, Schwierigkeiten ist gar kein Ausdruck für das, was er für uns auf Lager hatte. Er war nun mal so, dieser Otwin Wederwold: Zoff zum Quadrat auf zwei dünnen Beinen.
Schon allein, dass er kleiner war als wir, hätte ja genügen müssen, um **Nein danke!** zu sagen und **Tschüss** und **Such dir 'ne andere Straße** für deinen Trouble! Der Junge war nämlich dünner und kleiner und außerdem jünger als wir, musst

du wissen. So eine richtige halbe Portion eben. Und trotzdem ist er unsrer ganzen Clique aufgefallen. Keiner von uns hat ihn je für besonders toll gehalten oder cool oder sonst irgendwas. Aber du hast hingehört, was er sagt, auch wenn es dich nicht die Bohne interessiert hat, und du hast gewusst, was er will. Wir haben ihn angeguckt und haben festgestellt, der ist uns schnuppe ... Und genau deswegen war er uns eben nicht schnuppe.

Ich glaube, zu Vornüber habe ich das schon in den ersten Tagen gesagt, als Weh sich gerade mit uns zusammengetan hatte.

»Du, Klotz«, habe ich gesagt, »was hat diese halbe Portion eigentlich an sich?«

Zugegeben, ein bisschen klarer hätte man das vielleicht ausdrücken können, aber schließlich wusste ich ja, dass Vornüber begriff, was ich meinte. Ein Neuer in der Clique, das war eine Sache, die absolut Vorrang hatte.

»Du, Finger«, sagte Vornüber, denn alle, die zu uns gehören, nennen mich Finger. »Finger!«, sagte er, und sein Puls fing spürbar zu rasen an. »Der Wagen da drüben! Ist dir in den letzten 24 Stunden was Schrilleres untergekommen?«

Der PKW, auf den er zeigte, war an diesem Tag schon der x-te BMW, also wollte er offensichtlich nur ein anderes Thema anschneiden. Vornüber hat es nämlich mit Autos. Aber er ist total unbedarft. Er hat einen leicht gestörten großen Bruder, der nur Wörter wie Nockenwelle und Turbo und so draufhat, während Vornüber vermutlich nicht einmal wenn es um das Leben seiner Mutter ginge, einen VW-

Käfer auftanken könnte. Aber er macht dich auf jeden BMW und jeden Mercedes aufmerksam, und du hast manchmal schon Angst, dass du nachts seinetwegen einen ganzen Autosalon zusammenträumst.
Das war damals aber vermutlich nur so eine Phase, durch die er durchmusste, und wir andern mussten eben eine Zeit lang damit leben. Schließlich war er einer aus unsrer Clique.
Also. Heller Frühsommerabend über alten Mietskasernen, nasse Straßen, aber kein Regen mehr, gleichmäßiges Verkehrsgedröhn an Runzel-Lises Tankstelle vorbei. Shu-shu, Weit-von-Daheim und Rebekka waren gerade in den Shop gegangen, um was Süßes und Cola zu kaufen, wir andern warteten draußen. Die ganze Clique wollte ins Kino, und wir haben wahrscheinlich von irgendwelchen Filmstars geredet oder von der Schule und den Sommerferien und so. Ich weiß es nicht mehr. Kann auch sein, dass wir was Smartes über die Junkies im kleinen Park gegenüber von uns gegeben haben, denn dort auf der Bank saßen wie üblich drei oder vier davon. Kaputte Gesichter über ausgefransten Hemden und vergammelten Lederjacken.
Ein Taxifahrer hatte gerade Diesel getankt und sich wieder in seinen Wagen gesetzt. Da kam Rebekka aus dem Laden, und hinter ihr kicherten sich Shu-shu und Weit-von-Daheim durch die Tür. Das Taxi startete und rollte auf die Straße oberhalb der Zapfsäulen zu, und wir hatten uns grade einigermaßen in Bewegung gesetzt, als uns drüben vom Park jemand **Hallo!** zurief.
Dort stand er, Otwin Wederwold, der dann schon bald sei-

nen Spitznamen Weh weghatte. Klein und ernst stand er auf dem Gehweg und winkte zu uns rüber und rief **Hallo!** Als brauche er ein Handzeichen, um auf unsre Straßenseite überwechseln zu können.

Und so lief das dann ja auch ab. Das mit dem Handzeichen, meine ich.

»Hallo!«, antwortete Wabbel, und wir drehten uns alle nach Wabbel um und guckten ihn an. Ich hatte das Gefühl, wir denken alle dasselbe, wie auf Kommando, die ganze Blase. So wie in diesen prähistorischen Musikfilmen, die sie manchmal im Fernsehen bringen, wo dann dreißig Leute plötzlich den Kopf nach rechts reißen und im gleichen Rhythmus sprechen:

»Ist doch schon ein alter Hut!«

Und du weißt genau, jetzt kommt wieder so ein Song mit Tanzeinlage.

Aber keiner von uns hatte vor, zu singen oder zu tanzen, und noch dazu hatte Wabbel den Jungen bis zu dieser Stunde nie gesehen. Er wollte einfach nur nett sein.

Der Taxifahrer gab Gas und blinkte erschrocken nach rechts, also in unsere Richtung.

Weh – der zu dieser Zeit noch gar nicht Weh hieß – lächelte Wabbel sofort an und schritt über die Straße.

Das Taxi brummte auf ihn zu, Weh war mitten auf der Fahrbahn, und sein Spitzmausgesicht drückte Verwirrung über das nahende Motorengeräusch aus. Fehlte nur, dass das ein Volltreffer würde, ich sah den Jungen fast schon im freien Flug über die Stoßstange und die Kühlerhaube **peng!** auf dem Asphalt landen.

Da tat Vornüber das Wesentlichste und Beachtlichste, was er in seinem bisherigen Leben zustande gebracht hatte. Er rannte los. Ohne lange zu überlegen. Volles Tempo vom Straßenrand bis vor das Taxi, direkt auf Weh zu, und weiter zum anderen Straßenrand, den Jungen wie ein Paket unterm Arm.

Der Taxifahrer bremste viel zu spät, und der Wagen schlitterte mit quietschenden Reifen an den beiden vorbei. Ich sah, wie Vornüber – Weh fest unter den Arm geklemmt – sich nach dem Taxi umdrehte, weil der Fahrer die Situation viel zu spät erfasste und stur auf dem Gaspedal blieb. Das Taxi brauste nur so dahin. Eins von den Mädchen rief dem Wagen ein paar einigermaßen saftige Ausdrücke nach, bis er unten an der Kreuzung um die Ecke verschwand.

Damit war alles geklärt, wenn du mich fragst. Hast du einem Jungen mal das Leben gerettet, sagst du nicht einfach locker **Tschau!** und lässt ihn an einer knallig beleuchteten Tankstelle im Neonlicht stehen. Wir regten uns ein Weilchen über das Taxi auf und kauten das sagenhafte Drama gehörig durch, denn jeder wollte ja seinen Kommentar zu Vornübers Heldentat abgeben, und dann ging Weh mit uns ins Kino.

»Eigentlich komisch«, sagte Weh. »So was ist mir nämlich schon mal fast passiert.«

»Fast?«, fragte Vornüber. »Gehst du immer mit fast verbundenen Augen über die Fahrbahn?«

Da hat Weh in seiner typisch spontanen Art gelacht. Es war kein so richtiges Kichern, aber manchmal unheimlich ansteckend.

Er ging neben Vornüber, selbstverständlich, denn wie wäre es anders möglich gewesen! Nach diesem Rambo-Sprung gehörte der Abend ihm. Aber auch wir andern wahrten unsre Chance. Schließlich wollte jeder an der Bedeutsamkeit dieses Tages teilhaben. Da Weh kein Geld hatte, legten Wabbel und ich unsre Asche zusammen, damit der Junge seine Eintrittskarte bekam. Ich weiß noch, dass ich mir dabei gar nicht so wenig großartig und menschenfreundlich vorkam.

Aber das war längst nicht alles! Der Platzanweiser wollte Weh nicht in den Saal lassen, weil der Film nicht jugendfrei war und er keinen Ausweis dabeihatte. Vermutlich war er ja wirklich zu jung. Ich weiß nicht so genau, wie es zugegangen ist, ich war nämlich schon drin. Aber Rebekka und Weit-von-Daheim sahen hier für sich eine Möglichkeit, als rettende Engel aufzutreten. Weiß Gott, was sie gesagt haben oder wie sie es gesagt haben. Jedenfalls hielt Weh, während die Werbung lief, ernst und ein bisschen verlegen und mächtig selbstzufrieden, von den beiden Mädchen flankiert, seinen Einzug.

Er hatte so etwas Gewisses an sich. Man konnte es nicht gerade traurig nennen, nein, traurig wirklich nicht. Und trotzdem. Dieses undefinierbare Wesen mit den braunen Locken, die den Kopf größer wirken ließen, und darunter dann dieses Spitzmausgesicht! Große Augen, die er gern weit aufriss. Blau? Braun? Grün? Grau? Ich weiß es nicht.
 Jedenfalls war dieses Gesicht irgendwie so ernst, dass du gemeint hast, wenn er dich anlächelt, bedeutet das etwas ganz Besonderes. Es war, als hätte er irgendwann vor langer Zeit

etwas Schlimmes erfahren, wofür der Rest der Welt noch nicht reif war. Trotzdem taumelte dieser Junge in ganz normaler Lebensfreude und absoluter Unbeschwertheit durch seine Tage, als wäre das die selbstverständlichste Sache der Welt.

Ich glaube, über all das, was er so um sich herum auslöste, war er sich nicht einmal selbst im Klaren. Ich glaube, diese Vorstellungen sind alle in meinem Inneren entstanden, und ich glaube auch, es ist keinem von uns anders ergangen. Jeder, der ihm begegnet ist, muss so empfunden haben. Er hatte etwas an sich, das ihn im Moment für dich wichtig gemacht hat, für dich ganz allein, und für sonst keinen. Darum ist er für uns alle wichtig geworden. Ohne sich darum zu bemühen.

Ich meine, eine halbe Stunde nachdem wir ihn kennen gelernt hatten, haben wir uns fast drum gerissen, ihm drei recht brauchbare Gefälligkeiten zu tun. Wir haben ihn vor dem Taxi-Tod bewahrt, wir haben ihm eine Kinokarte spendiert, und wir haben es geschafft, ihn in die Vorstellung zu schmuggeln. Nun, ehrlich, war das nicht eine viel zu reife Leistung, um gleich danach mit einem freundlichen **Tschüss** einfach abzuhauen?

Ganz offensichtlich war er dazu auf der Welt, Schwierigkeiten zu machen. Und zwar eine ganz besondere Art von Schwierigkeiten.

Doch, doch, ich meine das ernst. Von Zeit zu Zeit bin ich sogar felsenfest davon überzeugt. Und ich könnte jedes Mal heulen, wenn ich an Weh denke.

Sieh dir die Welt an. Ach, was sage ich. Sieh dir unsre Stadt an. Das reicht. Am besten abends und möglichst von weiter oben, wenn das Licht am Himmel erloschen ist und dafür in Häusern und Straßen zu scheinen beginnt. Dann sieh dir unsere Stadt an. Sie windet und schlängelt sich über Hügel, Hänge, Senken wellenförmig auf und nieder, zieht sich am Wasser entlang um einen Bergkamm herum und den Steilhang hinauf. Neunhundertfünfzigtausend gelbe Lichtpunkte erstrecken sich wie hingeworfen in Grüppchen oder langen Ketten über Niederungen und an Einschnitten empor. Sechseinhalb Millionen weiße Lichtpunkte bilden überall, rundum eingestreut, Trauben aus Kreisen, Quadraten und allerlei anderen Figuren. Dazwischen fließen gelbe, weiße, orangefarbene und rote Lichter endlos aneinander gereiht dahin und verströmen überall in der nächtlichen Stadt ihre Abgase. Und das Licht aus fast jeder dieser Glühbirnen scheint in diesem Moment auf Menschen. Auf ganz wirkliche, lebendige Menschen.

Du musst dieses Glühbirnengelaber und Stadtgeschwafel entschuldigen. Aber eine Kusine von mir wohnt auf einer Anhöhe über der Stadt, und jedes Mal, wenn wir sie besuchen, muss ich, wenn es Abend wird, eine Weile von der Veranda aus auf die Stadt hinunterblicken.

Einer der Menschen in diesem Gewirr war Weh, und vom Rest gehörte eine Hand voll zu unsrer Clique. Im Ganzen gesehen, waren wir so gut wie unsichtbar. Aber war alles vielleicht nur ein Irrtum? Dumme Frage! Hätte er den Park nicht vielleicht in einer anderen Richtung durchqueren, um eine andere Hausecke gehen oder einfach den Grips haben können, sich gleich für die andere Straßenseite zu entscheiden? Aber nein, er musste selbstverständlich genau auf uns und niemand anderen zugehen. Wenn ich ganz ehrlich sein soll, halte ich das für ein ziemlich starkes Stück. Oder wie immer man es nennen soll.

Das, was damals angefangen hat, ist inzwischen vorbei. Er tauchte auch am nächsten Tag auf, und ich habe keine Ahnung, wer ihm verraten hat, wo er uns finden kann. Er stapfte unverdrossen daher und durfte mithängen. Dieser Typ mit seinem Rambo-Sprung hatte eine gewisse Sonderstellung, und es gab keinen Grund, ihn abzuschieben. Als er sich dann eines Tages nicht blicken ließ, musste ich offensichtlich vor den andern einen gewissen Überschuss an Dummheit loswerden. Ich musste einen meiner blöden Witze anbringen.

»Wird sich ein anderes Taxi genommen haben«, sagte ich.

Das hätte ich natürlich nicht sagen dürfen, logo. Jeder Idiot hätte mehr Grips gehabt. Das habe ich gleich laut und deutlich zu hören gekriegt. Wir waren uns wohl alle verdammt einig, dass ich ein ausgemachter Schwachkopf bin. Wir saßen bei Wabbel im Hinterhof und überlegten, was mit Weh los sein könnte. Wir hielten uns nicht für berechtigt, uns einen Jux daraus zu machen, warum der Junge an diesem Tag nicht bei uns war. Ganz im Gegenteil. Er hinterließ eine Leere.

»Der Junge ist einfach süß«, sagte Shu-shu.

»Süß?«, fragte ich. »Na ja, ein netter – ein netter ...« sagte ich und konnte zum Glück meine Sprechwerkzeuge rechtzeitig einbremsen, denn ich hatte keine Ahnung, was an Weh so Nettes dran war.

»Der Truck ist von hier, wenn du mich fragst«, warf Wabbel ein.

»Das ist allein dein Fachgebiet, Wabbel.« Weit-von-Daheim wies ihn wie immer sofort in die Schranken.

»Zu jemandem musst du schließlich gehören«, kam es von Vornüber. »Wenn du neu bist und allein im Leben stehst.«

»Neu und allein?« Rebekka lachte. »Du hast wohl die Weisheit mit Löffeln gefressen, oder? Ich glaube, der schafft das ganz gut.«

»Genau«, kam es wieder von Shu-shu. »Wirklich süßer Kerl.«

Es hätten leicht noch mehr Blödheiten kommen können. Wir hatten einen ganzen Packen auf Lager, alle, nicht nur ich allein. Da war ich ganz sicher. Aber mir kam es jetzt darauf an, bei dem Ton zu bleiben, den ich für den sichersten hielt.

Weh hatte nämlich mehr zu bieten als das, was die Mädchen veranlasst, sich von ihrer sanftesten Seite zu zeigen, und die Jungs eigentlich ebenso.

Er machte mich ein bisschen – ich weiß nicht was. Wie gesagt, schon beim ersten Mal wurde mir ein bisschen eng, ich war sozusagen beunruhigt. Als stünde irgendwo einer mit dem Feldstecher, um mich unter Kontrolle zu halten. Kaum war Weh gegangen, war das weg. Sobald er wiederkam, war auch dieses Gefühl wieder da.

Er brachte mich zum Blödeln und Lachen, das stimmt. Lieber Gott, der Junge hatte – völlig zusammenhanglos – einen Einfall nach dem andern, wenn er entsprechend aufgelegt war. Ein kleines Quecksilber, das sich unversehens in der

Türöffnung umdrehen und dich mit verlegenem Gesicht geradeheraus etwas fragen konnte, dass du im Moment total von den Socken warst. Einfach lächerlich, die Kinnlade klappte dir runter, und du konntest – na ja, nichts andres als eben nur lachen. Ohne richtig zu wissen, wer dich mehr zum Lachen brachte, du selbst oder aber Weh.

Jetzt habe ich's. Jetzt ist mir das Wort eingefallen, nach dem ich gesucht habe.

Unvorhersehbar. Das steht für Weh. Er war nicht unberechenbar. Er war unvorhersehbar. Ich konnte ihn nie richtig einordnen. In meinem Inneren war bestimmt immer etwas auf der Hut. Ich merkte, dass ich nie voraussehen konnte, was ich in den nächsten zwei Sekunden von seiner Seite zu erwarten hatte. Vielleicht war das auch der Grund für dieses Feldstecher-Gefühl?

Vielleicht hielt ich, Finger, diesen Feldstecher selbst in der Hand. Wäre vielleicht gar nicht so dumm.

An einem Sonntagvormittag traf ich ihn am Blutigberg. Die andern waren an diesem Tag alle verplant oder verreist, also ging ich, wie man so sagt, nur ein bisschen der Nase nach. Ich finde es besser, mich draußen und in Bewegung zu langweilen als im Haus. Der Ansicht schien Weh auch zu sein. Vorausgesetzt, er war überhaupt imstande, sich zu langweilen. Er stand also dort auf der Straße und trieb irgendetwas an der Hauswand.

»Hej!«, rief ich und traute fast meinen Augen nicht, als ich näher kam und sah, was er da machte.

»Himmel noch mal, was machst 'n da? Spinnst wohl!?«

»Hallo Finger! Was meinst 'n?«

Ich deutete nur auf die Hauswand, ich hielt eine Erklärung nicht für nötig. Stand der Junge doch tatsächlich mit einem Stück gelber Kreide da und verkritzelte unbekümmert die Hauswand. Nicht, dass ich sehen konnte, was er da zeichnete, aber das spielte überhaupt keine Rolle. Kaum einen Meter über uns gab es ein bestimmtes Fenster. Ein Fenster mit rosa Gardinen und drei grauenhaften Topfpflanzen. Ziemlich genau über unseren Köpfen. Das Fenster stand noch dazu halb offen, und ich wusste nur viel zu gut, wer dahinter wohnte.

War es denn möglich, dass Weh keinen Schimmer hatte?

»Das ist Kreide, glaube ich«, sagte er und zeigte mir den mistigen gelben Stummel. »Hab ihn grade gefunden. Was nich in Ordnung, oder?«

Zwei junge Leute machten auf der anderen Straßenseite mit dem Kinderwagen einen Sonntagsspaziergang den Berg hinunter. Über uns, im Haus, krächzte das Radio eine Sportsendung in die Gegend. Aber diese Töne schienen nicht aus dem gefährlichen Fenster zu kommen.

Ich sprach so leise wie möglich, ohne direkt feige zu wirken.

»Weißt du nicht, wer da wohnt? – Genau über uns, ja! Komm, hauen wir ab!«

»Hier oben, meinst du?« Er warf einen Blick hinauf. Neugierig zwar, aber ganz gelassen. »Keine Ahnung. Wer wohnt denn da?«

»Da wohnt der König«, sagte ich, und mein Flüstern dürfte recht gequält geklungen haben. »Und die Königin. Harald und Sooo-nja persönlich. Auf geht's!«

Weh fing an zu kichern. Und er schaute mächtig zufrieden

aus der Wäsche. »Ist das wahr?«, erkundigte er sich laut. »Diese Fettmadam? Die hier so den Chef raushängt?«
Ich nickte und zog ihn am Arm, und zum Glück ließ Weh sich mitziehen. Aber gleichzeitig hörte ich ganz deutlich eine Tür gehen. Wir hatten wohl so zirka einen halben Schritt geschafft, als das Fenster über uns weit aufgerissen wurde. Die Visage von König Harald kam knallrot, verbissen und Unheil verkündend zwischen den Blumentöpfen da oben zum Vorschein.
Ich wusste aus schmerzlicher Erfahrung, dass er mit einem auf Kids eingestellten Radar behaftet war. Ich sagte nichts. König Harald sagte nichts.
»Morg'n«, sagte Weh.
Lieber Himmel, dachte ich. Wenn der Mann sich ein bisschen vorbeugt, sind seine Arme lang genug, um Weh aus dem Stand hochzuhieven.
Aber er tat es nicht. Jedenfalls nicht sofort. Er war es wohl nicht gewöhnt, dass jemand ihn grüßte, denn er begnügte sich damit, misstrauisch auf Weh herunterzublicken.
»Was hast du denn da in der Hand, Junge?«, kam es missmutig.
Weh zeigte ihm ohne zu zögern den gelben Kreidestummel. »Das ist Kreide«, sagte er höflich.
Ich machte mich startklar. König Harald verzog den Mund und zeigte die Zähne. »Krrreide?«, schnarrte er aus dem Fenster, und es hörte sich an, als hätte Weh ihm etwas absolut Verwerfliches gezeigt.

»Ja«, sagte Klein-Weh.
König Harald nahm die Wand ins Visier, und seine

schlimmsten Befürchtungen bewahrheiteten sich, als er die Kritzeleien entdeckte. Dann wandte er seinen Glutaugen-Blick wieder Weh zu. Ich sah, dass er an Mord dachte.

»Und wer?«, spuckte er in seiner gerade noch knapp beherrschten Art langsam zwischen den Zähnen hervor. »Wer, zum Henker, hat dich gebeten, hierher zu kommen und meine Wand mit Kreide zu bemalen?«

Das war natürlich nicht als Frage aufzufassen. Aber Weh war und blieb Weh.

»Kalle Engelsen«, erwiderte er frank und frei.

»Was?«, kam es vom Fenster.

»Kalle Engelsen hat mich drum gebeten.«

König Harald rang sekundenlang nach Atem, ehe er seiner Stimme wieder mächtig war.

»Wer, zum Henker, ist Kalle Engelsen?«

Weh schüttelte sich ein paar Locken aus dem Gesicht.

»Soll das heißen, Sie kennen ihn nicht? Sind das nicht Sie, der heiraten will?«

»Heiraten? Bist du von allen guten Geistern verlassen, Junge!«

»Autsch!«, sagte Weh. »Bin ich an der falschen Adresse? Kennen Sie Kalle wirklich nicht? Kalle hat mich nämlich um Hilfe gebeten, dass wir bei seinem Vetter ein bisschen Ulk machen, weil der nämlich heiraten will ...«

Weiter kam er nicht. Ich dachte schon, die Blumentöpfe fallen raus, als König Haralds blutunterlaufenes Gesicht aus dem Fenster schoss und er uns anschrie:

»Aus meinen Augen, Junge! Ich kenne keine Kalles! Sieh zu, dass du dich samt deinen Schweinereien verziehst!«

Inzwischen hatte ich Weh fest im Griff und wollte mit ihm verduften. Er machte einen mächtig verwirrten Eindruck.
»Sind Sie sicher, dass Sie Kalle Engelsen nicht kennen?«
Aber König Harald knallte das Fenster zu, und außerdem waren wir schon fast um die Ecke.
Als mein Puls wieder einigermaßen normal schlug, musste ich denn doch lachen. Ich nahm Weh die Kreide weg und schmiss sie über einen Zaun. Dann erklärte ich ihm, dass er offensichtlich ein ganz besonders erwählter Glückspilz sei, denn wenn das nicht Dusel war, dann weiß ich nicht, was Dusel haben ist!
Weh grinste, und ich lachte mit. Hinter der Schule setzten die Kirchenglocken mit ihrem Ding-Dong ein, das über der ganzen Stadt erschallte. Es war jetzt wieder ein normaler Sonntagvormittag. Ich bekam Lust, meinen Freund ein bisschen hochzunehmen, und meinte:
»Vielleicht kannst du nächstes Mal die Adresse vorher checken, wenn du jemandem helfen willst.«
Er gab keine Antwort.
»Übrigens«, sagte ich, »wer ist denn dieser Kalle Engelsen?«
Weh fing wieder zu kichern an und murmelte etwas, das so ähnlich klang wie **weiß nich**.
»Du weißt nicht?« Ich musste schallend lachen. »Heißt das, du tust Leuten einen Gefallen, die du gar nicht kennst?«
Er sah mich unter der Lockenpracht verlegen an.
»Na ja, den Namen hab ich einfach schnell so erfunden.«
»Häää?«
»Also der hat mich doch gefragt, wer mich gebeten hat,

seine Wand anzumalen. Hat er doch, oder? Für mich hat sich das jedenfalls so angehört. Und da war ich doch irgendwie gezwungen, einen Namen zu erfinden. Weil mich doch eigentlich gar niemand um so was gebeten hatte. Klaro?«

Was konnte ich dagegen sagen? Weh erklärte mir die Sache derart todernst. Ich konnte mich einfach nicht mehr einbremsen.

Weh lachte auch los, aber es sah fast aus, als wüsste er nicht, ob ich über ihn lache oder mit ihm. Der Junge war absolut auf dem Holzweg. Wie hätte ich je gewagt, ihn auszulachen?

Harte Banane kennt keine Gnade

Harte Banane kennt keine Gnade

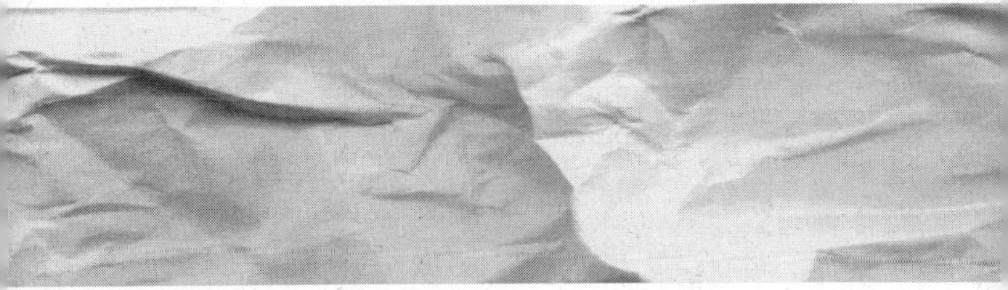

Es ist nicht leicht zu sagen, wo gewisse Dinge hier in der Welt beginnen. Irgendwann in alten Zeiten – vor vielleicht sieben, acht Jahren – kannten Vornüber und ich uns höchstens zwei Jahre. Damals begann unsre feste Freundschaft, wir wohnten im gleichen Häuserblock und gingen in dieselbe Klasse.

Das tat auch Jan Hartfrid Iversen.

Jan Hartfrid Iversen, Vornüber und ich dachten uns eine Menge verdrehtes Zeug aus. Lustige und dumme Sachen, ganz nach Art kleiner Jungen. Einmal, als Vornüber allein zu Hause war, haben wir in seiner Wohnung Krieg gespielt. Frag mich nicht, wie es angefangen hat, jedenfalls haben wir zum Schluss sämtliche Eier aus dem Kühlschrank geräumt. Frische Eier. Und die haben wir uns gegenseitig nachgeschmissen. Wir sind von der Küche in den Flur und vom Wohnzimmer ins Schlafzimmer gerannt und haben uns gebückt und sind weitergerannt und haben immerzu mit Eiern geschmissen.

Ein gewaltiger Eiertanz, für den wir natürlich büßen mussten. Aber es war ein Spaß – und gar nicht so ungefährlich. Du musst nur das richtige Alter dafür haben.
Wahrscheinlich hatte Jan Hartfrid Iversen sich das ausgedacht. Er hatte nämlich einen früh entwickelten Sinn für Kriegsführung. An einem Februarmorgen fand er auf dem Schulweg eine Tüte mit Obst am Straßenrand. Sofort fing er an, uns alle zu versorgen. Vornüber kriegte zwei gefrorene Bananen und ich ein paar Äpfel. Selbst behielt er die bleischweren Apfelsinen, weil die sich vermutlich am besten als Wurfgeschosse eigneten.
Wir rannten den Gehsteig entlang und wollten uns die Dinger nachwerfen, aber der Kampf war aus, noch ehe er angefangen hatte. Vornüber nahm Anlauf und schmiss Jan Hartfrid Iversen eine steif gefrorene Banane nach. Die Banane machte sich selbstständig und landete frontal auf der Stirn eines Jungen. Genauere Ortsangabe: ... auf meiner. Klirr! Und schon spritzte Blut in den Februarschnee.
Jan Hartfrid Iversen sah den Volltreffer, fuchtelte mit den Armen und johlte begeistert:
»Harte Banane kennt keine Gnade!«
In der nächsten Sekunde kapierten wir schon, dass ich ein bisschen angeschlagen war, und so kam dieser fetzige Ausspruch erst nach Tagen so richtig unter die Leute. Inzwischen klang das echt stark. Das ist ja bei vielen Sachen so, wenn man erst den richtigen Abstand gewonnen hat. Alle drei hatten wir nur noch den Spruch auf Lager, bis wir dem Rest der Welt damit tierisch auf den Keks gingen: »Harte Banane kennt keine Gnade.«

Der erste unsrer starken Sprüche war in die Welt gesetzt:
»Zieh Leine und los.«
»Weiter fort als weg.«
»Jacke runter, das macht munter.«
»Strick dir 'n Zelt.«
»Leg mich im Auge langsam quer …«
Und so ging es weiter. Wir gaben den Dingen eigene Namen, und schon das verband uns zu einer Art Clique. Denn außer uns konnte sich niemand etwas unter diesen Slogans vorstellen. Es kamen noch ein paar Spezialitäten dazu, und es dauerte nicht lange, da gaben wir uns Spitznamen nach unsern Eigenschaften oder nach Sachen, die uns passiert waren. Hat Jan Hartfrid Iversen zu dieser Zeit vielleicht zu viele Indianerbücher gelesen? Genau weiß ich das nicht, aber durch ihn und seine Kriegsführung hat alles angefangen.
Er muss erblich belastet gewesen sein. Jan Hartfrid Iversens Vater hatte nämlich Waffen und Munition zu Hause in der Wohnung. Pistolen und Schrotpatronen und so, und ich glaube, auch einen Revolver, ohne dass ich ahne, was diese Sammlung für einen Witz hatte. In einer mittelgroßen Wohnung in einer mittelgroßen städtischen Wohnhausanlage, meine ich. Aber wir Kinder stellten uns natürlich vor, dass dieser Mensch ein fabelhaft spannendes und gefährliches Leben lebte.
Als Jan Hartfrid Iversen zu Hause ein paar Patronen klaute, wurde es auch für uns spannend und gefährlich. Wir trafen uns eines Abends auf der alten Koppel hinter der Schule, dort, wo jetzt Runzel-Lises Tankstelle liegt. Damals standen

dort noch ein Bretterzaun und eine Baumgruppe. Nicht gerade ein Wald, aber genug Bäume, um den Einblick von der Straße so zu behindern, dass wir Kinder ein bisschen Freiraum hatten.

Das ist jetzt schon so lange her, dass es in keiner Weise mehr wehtut, weder so noch so. Es ist fast wie aus einem anderen Leben.

Jan Hartfrid Iversen legte eine Schrotpatrone auf den Rand eines großen, flachen Steins. Ich stellte eine Kerze unter die Patrone. Vornüber schirmte die Kerze mit einer Blechplatte ab und zündete sie an. Dann hockten wir uns unter die Bäume und warteten. Früher oder später musste ja die Kerzenflamme die Schrotpatrone abfeuern. Wir erwarteten uns ein anständiges **Peng**! und auch, dass mit dem Bretterzaun irgendetwas passieren würde, wenn ihn die Schrotladung traf.

Es dauerte seine Zeit, aber wir bekamen unser **Peng**. Zumindest ich kriegte es. Ich war aufgestanden, um die Beine ein bisschen zu strecken. Ich dürfte auch mit den Armen ein paar Turnübungen gemacht haben, denn ich erinnre mich, dass mein rechter Arm ausgestreckt war, als es zu zischen und zu knallen anfing und etwas so gegen meine Hand prallte, dass sie einen ordentlichen Stoß abkriegte.

»Ogottogott!«, schrie Jan Hartfrid Iversen. »Guckt euch den an!«

»Du, du, du!«, rief Vornüber. »Du blutest! Du blutest!«

Kurzum, ich bekam bald darauf den Namen Finger.

Irgendwie hatte die Patrone beim Abfeuern der Ladung eine halbe Drehung um die eigene Achse gemacht. Drei Schrotkörner hat man mir aus der Handfläche operiert und vier aus dem winzigen Bereich der beiden oberen Glieder meines Mittelfingers. Außer Bäumen wurde sonst nichts getroffen, aber die mussten sie entfernen. Die beiden Glieder meines Mittelfingers, meine ich.

Oh doch, es geht inzwischen tadellos, ich versuche nicht, damit anzugeben oder so. Das liegt mir nicht. Damals – vor langer Zeit – waren wir einfach nur kleine Kinder in einem anderen Leben. Jetzt lebe ich mit einem Drittel Mittelfinger an der rechten Hand, und dieser kurze Finger ist genauso viel **Ich** wie die neun normal langen.

Aber damals, als es passierte, gab es doch ziemlich viel Aufregung. Die Eltern kamen zusammen und diskutierten, und wir alle mussten dieses öde Spektakel über uns ergehen lassen, das man Ein-ernstes-Gespräch-führen nennt.

Vermutlich hätten sie sich das Gesülze sparen können. Vornüber und ich nahmen uns danach vor, ein friedliches Leben zu führen, und Jan Hartfrid Iversen gehörte zu den Menschen, die auf einmal zielstrebig werden, wenn ihnen etwas in die Quere kommt. Wie etwa ein Blutbad und Hausarrest. Wir sahen uns nur noch selten – Explosionen und Bestrafungen gehörten bei ihm zur Tagesordnung, während wir eher Freunde von der Art fanden, auf die Eltern Wert legen.

Mit dem letzten großen Knalleffekt, an den wir uns in diesem Zusammenhang erinnern, hatte er nichts zu tun. Und es ist auch nichts Lustiges dran. Es war seine große Schwester Nina, die hinten auf einem Motorrad saß, das auf dem steilen Straßenstück hinter unserm Wohnblock ins Schleudern kam. Nina landete mit dem Kopf auf der Kühlerhaube eines entgegenkommenden Volvo. Seither heißt es dort Blutigberg. Sie war schon tot, als sie auf den Asphalt auftraf, hieß es, und drei Monate später verließ die Familie die Stadt.

Ich hoffe, Jan Hartfrid Iversen geht es gut. Wirklich. Kann eigentlich nicht behaupten, dass ich das glaube, aber man wird doch wohl hoffen dürfen?

Im Übrigen hat er uns ein Erbe hinterlassen. Den Anfang der Art und Weise, wie wir miteinander redeten – und dass wir Leuten neue Namen gaben. Die Ausdrucksweise machte uns nach und nach ein bisschen Schwierigkeiten, weil sich irgendwann in uns das Bedürfnis regte, vom Rest der Welt ernst genommen zu werden. Und so ließen wir das mit der Zeit ausklingen. Das heißt aber nicht, dass Vornüber und ich spaßeshalber nicht doch noch manchmal rückfällig wurden.

Die Gewohnheit mit den Namen aber blieb uns.

Einer der ersten bleibenden war Shu-shu. Sie hatte drei Schwestern und einen Bruder und wohnte unterhalb der Schule. Noch ein Stückchen weiter unten in der Straße wohnte der Junge, der bald Wabbel heißen sollte. In unserm Wohnblock, eine Etage über Vornüber, wohnte Rebekka. Die war so etwas wie eine Tatsache. Wir brauchten nie aufzupassen, ob sie dabei war, denn das war einfach eine Selbstverständlichkeit für alle. Rebekka lehnte es rundweg ab, sich umtaufen zu lassen.

Wir nahmen sie hoch, drohten, jammerten.

»Kommt nicht in Frage!«, sagte Rebekka.

Und dann hätte sie sich wegen dieser Namensgeschichte fast selbst aus der Clique ausgeschlossen, blieb einfach weg. Eine Zeit lang war Knuffel mit dabei, aber dann tauchte Weit-von-Daheim auf. Da war es für Knuffel vorbei, und er ging mit wildem Gebrüll und leeren Drohungen seiner Wege. Oder mit leerem Gebrüll und wilden Drohungen.

Jaja, es kam und ging der eine und andere im Lauf der Jahre. Nicht gerade ein großer Haufen, aber immerhin. Du triffst einen Menschen und meinst, du findest sofort den richtigen Ton, man hat sozusagen den gleichen Weg. Bis sich herausstellt, dass dieser andere Mensch diesen Ton nicht verträgt und einen ganz anderen Weg im Sinn hat als du. So was passiert, logo, man braucht das deswegen nicht gleich in die Tagesschau zu geben.

Eine Zeit lang waren wir acht oder zehn. Jedenfalls in den Sommerwochen. In der Regel waren wir zu fünft oder sechst und zwischendurch auch mal nur drei, vier. Im Jahr vor Wehs Auftauchen machte Rebekka wieder mit. Sie hängte sich eines Abends an Shu-shu und Vornüber und mich an, und dabei blieb es dann. Rebekka machte mit und durfte Rebekka bleiben. Zwei von Shu-shus Schwestern kamen auch öfter mit. Manchmal schleppte jemand einen an, der ein bis drei Tage mitzog. So oder so ähnlich ging es zu. Geplant wurde das nie.

Es gab keine Regeln, wir waren nicht bei irgendetwas Mitglieder. Keinem wäre eingefallen, einen Klub zu gründen. Wir waren nur ein paar Gleichaltrige aus dem Viertel um die Schule, ohne größere gemeinsame Interessen. Nur eine Clique Kids, die nach und nach zu Teens wurden. Na ja.

Das alles stimmt an und für sich. Es ist wirklich nicht gelogen, aber es ist auch nicht die volle Wahrheit.
Denn uns wurde doch etwas Gemeinsames zuteil, uns vier oder fünf, die der harte Kern der Clique waren. So ungefähr im achten Schuljahr war das. Aber keiner von uns hat groß drüber geredet, denn es war ja nicht gerade etwas, was man an die große Glocke hängen wollte. Kein Ball, hinter dem man herlaufen musste, keine zu planende Aufgabe.
Aber du lieber Himmel, es gab eben doch etwas Gemeinsames. Wir bekamen es mit König Harald und Königin Sooonja zu tun, und ich kann schwören, dass keiner, den ich kannte, die beiden herbeigewünscht hatte.
Vor Königin Sooo-nja hatten Rebekka und Vornüber und ich schon von früher her einen Mordsbammel. Sie machte uns nämlich die Riesenfreude, in unserm Wohnblock den Hauswartposten zu ergattern. Dadurch zog sie von Gottweißwo hierher, und alle unter achtzehn hatten von da an was zu fürchten. Ja, und dann brachte sie selbstverständlich ihren Harald mit, aber mit dem hatten wir im ersten Jahr nicht so engen Kontakt. Dem Himmel sei Dank dafür. Eigentlich lief er immer nur draußen rum, oder er machte in der Waschküche Gewichtheben – oder spazierte ein seltenes Mal mit Zerr durch die Gegend. Dem jedermann tunlichst aus dem Weg ging.
Sie waren also Mutter und Sohn, Sooo-nja und Harald. Sie war die Mutter, und er war der Sohn. Er hieß auch in Wirklichkeit Harald, aber sie dürfte, als sie herkam, Ruth geheißen haben. Das mannstolle Biest – und jetzt rede ich von ihrem Schäferhund – hörte auf den Namen Hero. Dieser

Vierfüßer war riesengroß und struppig und erinnerte an einen graubraunen Weihnachtsbaum mit Zähnen.
Wir nannten das Tier vom ersten Tag an Zerr.
»Hierher! Hab ihn schon!«, brüllte Allan und versetzte seinem Ball wie gewöhnlich einen Tritt, dass er durch die Luft sauste und mitten im Staudenbeet landete.
Susanna, seine Schwester, kickte den Ball laut lachend an mir vorbei mitten in die Fahrradständer.
»Tooor!«
»Schiebung! Gilt nicht!«
Ich versuchte zu behaupten, dass der Ball im Out gewesen war, ehe Allan sich ihm entgegengeschmissen hatte, aber die Mädchen lachten nur höhnisch.
Dadurch führten Susanna und Rebekka drei zu null gegen Allan und mich. Es war ein stiller Augustnachmittag, eine Woche, nachdem Rebekka und ich mit der siebten Schulstufe begonnen hatten. Allan und Susanna gingen wohl in die fünfte und achte. Sie wohnten ganz oben im Aufgang C.
Wir spielten mit einem kleinen Plastikball eine komplizierte Mischung aus Fußball und Handball, das für uns als einziges Ballspiel im Hof erlaubt war. Sofern wir uns in der Ecke zwischen Bretterzaun und der Einfriedung des Wäschetrockenplatzes aufhielten.
»Mist! Bin gestolpert ...«
Allan schüttelte sich Erde aus den Haaren. Ich wartete mit dem Ball, bis er zum Ankick bereit wäre.
Da kam jemand. Oder etwas. Es schnaufte und keuchte, dass wir uns alle nach der offenen Tür an der Ecke umdrehten. Die Treppe dahinter führte zur Verwalterwoh-

nung, Hauswartwohnung, einer Arztpraxis und dem Büro des Verwalters. Plus einigen gewöhnlichen Wohnungen darüber. Jetzt kam ein unbekanntes Schnaufwesen die Treppe herunter, und wir warteten gespannt.

Die Hundeschnauze kam als Erstes zum Vorschein und dahinter Zähne, Zunge und übertrieben viel Fell. Am anderen Ende der Kette wogte die neue Hausmeisterin einher. Tier und Mensch hörten sich an, als atmeten sie mit ein und derselben Raucherlunge.

»Sooo, nnnja!«, kläffte die neue Hauswartin, als sie uns sah.

Sie hatte weiße Haut und rotes Haar – struppiges, wie glatt um den Topfrand abgeschnittenes Haar, das wie ein roter Deckel auf ihrem Schädel saß. Sie war nicht viel größer als ich, aber etwa gleich breit wie hoch. Die Hand mit der Hundekette hatte große Ähnlichkeit mit dem Bayonne-Schinken, den meine Mutter sonntags öfter auftischte.

Ihre kleinen Äuglein durchbohrten mich. Ihre Stimme kam mir wie etwas in Stücke Gerissenes vor, das aus einem mitten in diesem teigigen Gesicht befindlichen Reibeisen spritzte.

»Aus! Verschwindet, Kerle!«

Ich wusste nicht recht, vor wem ich mich mehr fürchten sollte, vor der Frau oder vor dem Hund. Die Bestie zerrte in unsrer Richtung an der Kette und zeigte uns beim Bellen sämtliche Zähne. Ich wich einen Schritt von dem Ball zurück, als Madam mich ansah. Rebekka stand drüben am Zaun, und Susanna rührte sich keinen Zentimeter vom Fahrradständer weg.

Allan war der Einzige, der nicht begriff, dass die Welt sich binnen zehn Sekunden total verändert hatte.
»Aber ... aber«, sagte er. »Wir dürfen hier spielen!«
Die Hundemadam antwortete wie aus der Pistole geschossen:
»Nein, dürft ihr nicht! Gar keine Rede davon, dass hier Ball gespielt wird. Geht mit eurem Ball woanders hin!«
So. Na also. Da wär jedes weitere Wort überflüssig, das kapierte sogar Allan. Er senkte den Kopf und wollte auf seinen Ball zugehen.
Ich fürchtete, er könnte der Hundeschnauze zu nahe kommen, und gab dem Ball mit dem Fuß einen kleinen Schubs, gerade so viel, dass er bis zu Allan rollte.
Die Kette klirrte, und zwischen uns schnappte ein gewaltiges Maul hin und her.
Pfff! Der blaue Ball steckte plötzlich flach und unförmig zwischen den Reißzähnen des Schäfers.
Susanna kam angesprungen und legte ihre Arme um Allan.
Er kreischte jämmerlich, als der Hund den Ball mit Krallen und Zähnen vernichtete.
»Sooo, nnnja!«, sagte die Dame zu dem Tier. »So, nja! So, nja!«
Sie beugte sich mit ihrer ganzen Körperfülle über den Hund und dachte wohl, ihn dadurch zu beruhigen. Aber in Allans Ohren klang das alles wohl eher, als hätte sie gesagt: Braver Hund, guter Wauwi, hast den Ball von dem Jungen fein zermampft!
Natürlich fing Allan zu heulen an.
Hinterher waren Rebekka und ich uns vollkommen einig.

Das Schlimmste war nicht, dass sie uns weghaben wollte oder die Art, wie sie das gesagt hatte. Nicht einmal, dass das Hundevieh Allans Ball geschlachtet hatte. Obwohl das ja wirklich eine Art Katastrophe war.

Nein, das Schlimmste war das Ende.

Königin Sooo-nja redete dem Wauwau gut zu, bis er ihr den halb zerkauten Ball brav in die Hand legte. Dann pumpte sie sich wieder keuchend voll Luft, bis sie aufrecht stand.

»Bitte!«, sagte sie. »Da hast du deinen Ball. Und nie wieder so was hier!«

Klatsch. Sie drehte sich um und wogte mit ihrem Schäfer die Treppe hoch. Während Allan schmerzlich über den nassen blauen Plastikfetzen weinte, den sie vor ihm auf den Asphalt geknallt hatte.

Nur um noch einmal daran zu erinnern: Wir vier, die wir dort standen, gingen in die fünfte, siebte und achte Klasse. Ist es da vielleicht ein Wunder, dass uns das alles mächtig beeindruckte? Wenn ich ehrlich bin, und das soll man ja sein, wäre das für mich auch heute noch schwer zu verkraften.

Den Erwachsenen behagte der Vorfall auch nicht besonders, als sie davon erfuhren. Aber die Eltern von Allan und Susanna setzten auf die alte Leier vom Abwarten. Weil Königin Sooo-nja hier nun mal neu sei, meinten sie und so weiter – bla bla. Und außerdem kam diese Darstellung ja von den Kindern, und Kinder sind nun mal Kinder, nicht wahr?

Wir mussten also abwarten und Tee trinken ...

Es wurde viel Abwarten und viel Tee. Nach ein oder zwei Jahren begannen auch Erwachsene zu reagieren, aber da

war es viel zu spät, um etwas dagegen zu tun. König Harald und Königin Sooo-nja hatten zu dieser Zeit längst ihren Stil entwickelt, und wir Kinder hatten das Weglaufen gelernt.
Da wussten wir nämlich längst, dass unsere erste Begegnung mit Königin Sooo-nja eher so etwas wie ein Eröffnungsangebot gewesen war. Sie hatte sich nämlich an diesem bewussten Tag in bester Laune befunden.
Mir kommen die Gefühle zu Schulbeginn ein Jahr später in den Sinn. Hurra! Willkommen im Gymnasium! Eine Art Wechsel – vom freien Flug während der Sommerferien zur Bauchlandung bei der Begegnung mit dem neuen Geschichtslehrer. Kein auffallend gutes Gefühl, denn der neue Lehrer hieß Harald. Und es war genau jener Harald. Ja. König Harald, verdammt persönlich der Sohn der Königin Sooo-nja.
»Hilfe!«, flüsterte Vornüber. »Heimtransport auf einer Bahre!«
»Ja!«, hauchte Rebekka.
»Zieh Leine und los!«, flüsterte ich.
»Warum flüstern wir eigentlich?«, fragte Shu-shu. »Wir haben doch große Pause und stehen hinter dem Fahrradunterstand!«
Die richtige Antwort wäre »König Harald« gewesen, aber das wagte keiner auszusprechen. Außerdem hatten Shu-shu und Weit-von-Daheim schon am nächsten Tag Unterricht bei ihm, und da kapierten sie schnell, was wir hatten sagen wollen.
Er äußerte sich gegenüber Camilla schon in einer der ersten Stunden derart:

»Du kannst deine Entwicklung gern mit diesem Mist untergraben. Mir ist das vollkommen egal. Aber gnade dir, wenn du die übrige Klasse damit ansteckst. Dann werde ich diesen Dreck ganz persönlich vor deinen Augen in Fetzen reißen.«

»Dieser Dreck«, das waren die Hefte, in die Camilla dauernd ihre Nase steckte, egal ob sie im Bus saß oder in der Klasse. Wahre Geschichten oder Barbara Cartland oder so was. König Harald versetzte sie aus der letzten Bank in die erste und meinte, da könne sie, bitte sehr, tun, was sie wolle.

»Nur tu ja nicht so, als wärst du imstande, einen intelligenten Ton von dir zu geben«, fügte er hinzu.

Dann hielt er uns einen kleinen Vortrag darüber, dass er, offen gesagt, solchem Verhalten eine Art Respekt entgegenbringe. Wenn jemand nämlich so total darin aufgehe, dass er nicht einmal registriere, mit welchem Hohngelächter die Welt ihn betrachte. »Ja, diese Art von Respekt also«, wiederholte er zum Abschluss.

Ich fand, dass Respekt nicht das richtige Wort war, wenn es um König Harald ging. Nein, »Hohngelächter« sollte sich als das wesentlich treffendere erweisen.

Er war groß und stark, hatte kurzes, dunkles Haar, das sich oben schon ein bisschen lichtete. Das verschlossene Pferdegesicht zeigte sich im Allgemeinen in Rot. Sah aus wie rotbraunes Leder, wenn er ausnahmsweise einmal den Lernstoff behandelte. Von gut durchblutet bis zu Gesottenem-Hummer-Rot, wenn er mit voller Hingabe einen Schüler fertig machte.

Die Geschichtsstunden waren planmäßige Übungen im Luftanhalten. Die Wochen dehnten sich zu Monaten, die Monate zu Unendlichkeiten. Es gab Schüler, die fürchteten sich vor den Turnstunden, andere hatten Angst vor Mathe oder Norwegischer Muttersprache oder anderen Fächern, von denen sie wenig Ahnung hatten. Aber alle fürchteten wir uns vor König Harald, denn keiner hatte eine Ahnung, wann er sich wen vorknöpfen würde.

Wann es sich wiederholen würde und mit wem er es wiederholen würde.

Wenn mich mein Gedächtnis nicht trügt, war ich der Erste aus unsrer Clique, der eine Runde mit König Harald auszufechten hatte. Wir waren bei der Geschichte Russlands. Möglich, dass Vornüber noch vor mir dran war, aber ich glaube eher nicht. Jedenfalls meldete ich mich eines Tages, folglich muss es zu einem ziemlich frühen Zeitpunkt gewesen sein. Später wäre mir so was nie mehr eingefallen.

Der Lehrer forderte mich durch Kopfnicken zum Reden auf.

»Aber dieser Zar?«, fragte ich. »Warum hat der die nicht tun lassen, was die wollten? Da wäre ihm der ganze Schlamassel irgendwie doch erspart geblieben.«

Als König Harald Kreide und Lehrbuch auf dem Katheder ablegte, wusste ich schon, dass ich genau dort gelandet war, wo ich nicht hinwollte. Er ließ den Blick über die Klasse schweifen, ohne mich zu sehen, und wiederholte unheimlich langsam:

»Ach, meinst du? **Der ganze Schlamassel** wäre ihm dann erspart geblieben? **Irgendwie?**«

»Ja, also«, sagte ich. »Ich meine nur ...« sagte ich.
Er fing mit seinem verhaltenen Lachen an.
»Hnn, hnn, hnn«, lachte er, den Mund halb mit der Hand verdeckt. Er sah mich jetzt voll an, und die übrige Klasse konnte sich einigermaßen entspannen. Denn nun war das Opfer des Tages bekannt. Der Mann des Tages hieß Finger. König Harald lehnte sich lässig an den Katheder und steckte eine Hand in die Hosentasche unter der grauen Jacke.
»Na, du, jetzt sag mir mal, meinst du, der russische Zar hätte seinen Rucksack packen und auf eine Berghütte ziehen sollen? Verstehe ich das richtig? Oder hättest du ihm eher geraten, lieber Automechaniker zu werden?«
Er war gefährlich beherrscht. Ich konnte Camilla Kaugummi kauen hören, so still war es im Klassenzimmer.
»Naaa?«, fragte König Harald.
Ich schaffte es, ihn anzusehen, fühlte aber, dass mein Gesicht zu glühen anfing. Warum bin ich nur als solcher Feigling auf die Welt gekommen?, dachte ich. Meine Stimme kam merkwürdig gequält aus dem Hals: »So habe ich das nicht gemeint.«
Ein kurzer Augenblick Pause, dann machte er einen Schritt auf uns zu. Das Pferdegesicht färbte sich eine Spur dunkler, als er mit etwas angehobener Stimme sagte:
»Ach, nicht? Du hast es nicht so gemeint? Aber vielleicht hast du gemeint, sie hätten ein bisschen netter zueinander sein können – was?«
Ich machte gar nicht den Versuch zu antworten. Ich wusste, dass es völlig belanglos war, was ich sagte. Meine Hände

waren plötzlich vor Schweiß ganz klebrig, sie hatten Schwierigkeiten, ruhig auf dem Pult liegen zu bleiben, als König Harald sich vor mich hinstellte.

»Bist du total naiv?«, schrie er und pflanzte sich groß und drohend vor mir auf. »Hat das Leben dich nicht wenigstens eine Sache gelehrt?«

Ich starrte auf seine Hemdbrust und fing zu grinsen an. Ich wollte gar nicht, aber mein Mund verzog sich unversehens zu einer Grimasse.

Er hob den Arm und ließ die flache Hand so auf mein Pult donnern, dass ich dachte, ich klappe samt dem Pult zusammen.

»Bist du etwa noch nicht trocken hinter den Ohren, Junge?«

Irgendjemand kicherte leise. Ich versuchte vergeblich, etwas Ungutes hinunterzuschlucken, das sich in meinem Hals angesammelt hatte.

»Lass dich mal angucken!«, schrie er.

Plötzlich packte er mein rechtes Ohr und zog so fest daran, dass ich mein Gesicht dem Waschbecken an der gegenüberliegenden Wand zukehren musste. Von weither hörte ich ihn brüllen:

»Nein! Du bist noch lange nicht trocken!«

Er ließ mich los und trat einen Schritt zurück. Meine Schläfe schmerzte, Wut und Verzweiflung tobten mit dem Blut in den Ohren um die Wette. Als ich den Blick hob, sah ich, wie er mit lang ausgestrecktem Arm auf Waschbecken und Handtuchrolle an der Wand gegenüber zeigte.

»Geh dich hinter den Ohren trockenwischen!«

»Aber, Herr Lehrer ...«
»Auf, auf, Junge!«
Ich begriff es nicht. Weder wozu er mich aufforderte, noch dass ich tatsächlich den Stuhl zurückschieben und mich in Bewegung setzen sollte.
»Komm zu dir!«, sagte er. »Tempo, Tempo, oder soll ich dich tragen?«
Er hatte die Hand vor dem Mund und lachte über das, was er sagte. Hnn, hnn, hnn, tönte es, während die Geleestangen, in die meine Beine sich verwandelt hatten, mit meinem Körper durch die Bankreihen bis zur anderen Wand schaukelten.
»Na los!«
Alle Gesichter waren hellwach, alle waren mir zugewandt.
»Na, reiß schon ein Stück Papier ab!«
Sogar Camilla blickte von ihrem Blättchen auf. Ich riss mit unsicherer Hand einen Bogen Handtuchpapier ab.
»Sieh einer an! Das hättest du geschafft. Und jetzt reibe dich gut hinter den Ohren trocken.«
Ich sah alles und hörte alles, doch gleichzeitig war ich weit, weit weg. Meine Hand hob und senkte sich und wischte mit dem zerknüllten Papier durch die Haare hinter meinem Ohr.
König Harald fuchtelte mit den Händen und verzog den Mund: »Wirklich gut, ja. Und jetzt das andre!«
Ich beugte den Arm und machte dieselbe Bewegung an der anderen Seite des Kopfes.
»Sieh an«, sagte König Harald. »Jetzt bist du trocken hinter den Ohren.«

Danach durfte ich mich wieder setzen. Der Rest der Stunde war irgendwie unwirklich. Ich sah, wie Rebekka sich zu mir beugte, und ich hörte sie flüstern:
»Harte Banane kennt keine Gnade ...!«
Aber an diesem Tag konnte ich nicht darüber lachen.

Rückfahrkarte

Vorortlinie

Weh hatte König Harald nicht als Lehrer, denn er ging nicht in unsere Schule. Er wohnte auch nicht im Wohnblock von Königin Sooo-nja. Natürlich bekam er alles über die beiden zu hören. Aber soviel ich weiß, war der Tag, an dem er an der Wand bei König Harald mit Kreide herumkritzelte, der einzige, an dem er mit einem der beiden zusammenkrachte. Als Weh zu uns stieß, waren wir in unsrer Clique sechs Ständige. Es waren Vornüber, unser Kraftprotz und daher manchmal auch Klotz genannt, Rebekka und ich, Finger. Wir drei wohnten im Block von König Harald und Königin Sooo-nja. Shu-shu wohnte drüben in der Andvikstraße; auch sie war schon fast seit den Anfängen dabei. Ein Stückchen weiter unten, am Berg hinter dem Kindergarten, wohnte Wabbel, mit dem es ein ewiges Hin und Her gab, weil er sich jedes Mal in den Schmollwinkel zurückzog, wenn wir uns was Lustiges ausgedacht hatten, das nicht auf seinem Mist gewachsen war. Wenn wir schon drüber reden, hatte ich meine heimliche Freude an Wabbel, weil er dafür sorgte, dass ich nicht mehr der größte Feigling von allen war. Dann war da noch Weit-von-Daheim, die erst auf der Golan-Höhe gewohnt hatte, nach ein oder zwei Jahren dann aber in den Häuserblock neben unserm gezogen war. Sechs also. Dazu hatten wir etliche Freunde, die eher selten mitzogen. Aber es gab unter ihnen keine wesentlich jüngeren Kinder.

Kleine Kinder bedeuten Geschrei und Gequengel und Rotz und Tränen, also alles, was du sowieso rundherum mit anhören musst und dem du nicht entgehen kannst. Sie bilden einen eigenen, unbegreiflichen Clan, könnte man sagen. Shu-shu hatte drei solche Exemplare in der Familie und musste manchmal babysitten. Rebekka tat das hin und wieder freiwillig. Sie behauptete auch noch, das mache Spaß und kleine Kinder seien süß. Im Grund genommen war das fein für alle, vorausgesetzt, sie ließ uns dabei aus dem Spiel. Weh gehörte gewissermaßen noch zu den Kleinen. Also hätte er uns eigentlich gar nichts angehen müssen.

Eines Donnerstags saßen Shu-shu, Vornüber und ich hinter Runzel-Lises Tankstelle. Es war gegen Abend an einem dieser schwülen Frühsommertage mit drückender Hitze und dunklen Wolken.

Von weiter oben kam Wabbel daher. **Yy-yy** machte sein kleines Mofa, als er mit Schwung vor uns anhielt.

»Hallo!«, begrüßte er uns und würgte den Motor ab. »Ist der Junge nicht da?«

Diese Frage bezog sich auf Weh.

»Doooch, da sitzt er«, antwortete Shu-shu und deutete auf die Bank. »Er ist nur im Moment unsichtbar.«

»Haha!« Wabbel schnitt ihr eine Grimasse und nahm seinen Schutzhelm ab. »Und wo sind Bekka und Weit-von-Daheim?«

Wabbel war von uns der Einzige mit einem fahrbaren Untersatz, aber vermutlich hat ihm keiner diese Nähmaschine geneidet. Shu-shu berichtete, Weit-von-Daheim müsse zu Hause bleiben, weil sie in der Familie irgendeinen islamischen Feiertag begingen. Keiner hatte eine Ahnung, wo Rebekka und Weh waren.

»Und was ist mit Samstag?«, fragte Wabbel.

Was Wabbel dann an diesem Samstag wirklich gemacht hat, weiß ich nicht. Sein Wochenende gestaltete sich bestimmt hundertprozentig anders als meines. Während er noch seine Frage stellte, kam Rebekka mit Weh im Schlepptau daher.

Ich kann es ruhig so ausdrücken, denn sie hatte ihren Arm fest um seine Schultern gelegt. Als wäre Weh ihr kleiner Bruder oder so was.

Wir sahen sie kommen und wussten, da ist etwas passiert.

Vornüber fragte: »Was 'n los?«

Rebekka schob Weh neben mich auf die Bank und zögerte noch mit der Antwort. Um ehrlich zu sein, war ich so etwas wie erleichtert, als ich feststellte, dass sein Gesicht unter den Locken recht blass und elend aussah.

Ich muss zugeben, dass es mich, als die zwei so daherkamen, einen Augenblick bis ins Mark traf. Tief in meinem Innern spürte ich irgendwo ein schmerzhaftes kleines Alarmsignal. Vielleicht sehe ich deshalb alles noch so deutlich vor mir – ihren Arm um seinen Nacken und ihre lange, schlanke Hand mit den kräftigen Fingern auf seiner Schulter ...

Es war nicht schwer zu begreifen, was los war.

Rebekka berichtete: »Dem Jungen geht's ganz mies«, sagte sie. »Echte Probleme. Er braucht eine Bleibe für heute Nacht. Wir können es später noch mal zu Hause bei ihm probieren, aber bis jetzt hat keiner aufgemacht. Ist nämlich niemand da, und er weiß nicht, wo seine Eltern hingegangen sind.«

Alle hielten den Mund. Ich schaute Rebekka an, und die andern betrachteten Wehs Wuschelkopf.

Rebekka schob sich eine lange kastanienbraune Locke hinters Ohr und fuhr fort: »Er sagt, sie hatten in letzter Zeit oft Krach. Es könnte also sein, dass sie irgendwo Versöhnung feiern. Oder?«

Das sagte sie natürlich nur, weil keiner von uns auf so eine Idee gekommen wäre. Wir nickten alle ganz schnell und sagten: »Ja, sicher, ist ja klar, kann ja gar nicht anders sein!«

Weh schien das überhaupt nicht zu hören. Er starrte mit rot geränderten Augen einem Tankwagen nach, der sich im Straßenverkehr an der Tankstelle vorbeiarbeitete.

»Ich glaube ...«, kam es langsam. »Vielleicht zieht meine Mutter aus oder so.«

Shu-shu protestierte sofort: »Red keinen Stuss, Mann!«

Sie wedelte ärgerlich mit der Hand, weil ich Platz machen sollte, damit sie sich neben Weh auf die Bank setzen konnte.

Ich rutschte wortlos ein bisschen zur Seite.

Weh hielt sich den Mund zu und starrte in den Straßenver-

kehr. Hin und wieder sahen wir seinen Lockenkopf ein bisschen zucken.
»Wehleidig sein gilt nicht!«, hörte ich ihn murmeln. »Schluck's runter!«
Schwierige Situationen waren noch nie Wabbels Sache gewesen. Nachdem er ein Weilchen im Ohr gebohrt hatte, strahlte er plötzlich. Als hätte er für uns alle eine erfreuliche Überraschung.
»Stellt euch zum Beispiel vor, die sind grade jetzt heimgekommen!«
Vornüber sah ihn verärgert an. Das Antworten war uns allen vergangen. Du kannst die Wirklichkeit einfach nicht durch smarte Statements verändern. Weh erzählte uns, dass seine Eltern sich in der letzten Woche jeden Abend gestritten hatten. Immer wenn sie dachten, er schläft schon. Aber er hatte alles gehört. Sie hätten sich ununterbrochen angeschrien und sogar geflucht, und vergangene Nacht hätte seine Mutter dem Vater eine Kaffeetasse nachgeschmissen. Die sei kaputtgegangen, und auf dem Teppich sei jetzt ein Riesenfleck.
Rebekka kam nicht mit guten Ratschlägen oder supergescheiten Kommentaren. »Komm, gehn wir!«, sagte sie nur. Wir gingen nach Hause zu Weh. Die ganze Bande. Klar ging ich mit. Außer vielem anderen war ich auch neugierig, ich wusste ja nicht einmal, wo Weh wohnte.
Es zeigte sich, dass er auf der Golan-Höhe wohnte. Also fünf Häuserblocks weiter bergauf. Ich wusste, dass Weit-von-Daheim in einem dieser Häuser im ersten Stock gewohnt hatte, ehe sie in die Wohnung neben uns zog. Im

Lauf von ungefähr drei Jahren wurden eine Menge Einwanderer dort einquartiert, daher der Name Golan-Höhe. Von denen, die diese Bezeichnung erfunden hatten, war es bestimmt abfällig gemeint, aber für uns Kinder war es nie etwas anderes als nur ein Name gewesen.

Fünf graue, siebenstöckige Blocks, dazwischen Asphalt und Garagen. Weh wohnte ganz oben im letzten Block. Rebekka fuhr im Lift mit ihm rauf, wir andern ließen uns auf einem von diesen Grünstreifen nieder, die man Rasen nennt, wenn sie neben einem Wohnblock angelegt wurden. Nach fünf Minuten waren die zwei wieder unten. Rebekka schüttelte den Kopf – niemand daheim. Sie legte Weh wieder den Arm um die Schultern.

»Wir haben einen Zettel an die Tür gesteckt«, sagte sie. »Damit sie wissen, dass er heute Nacht bei mir ist.«

Ich konnte an diesem Abend nicht gleich einschlafen. Wahrscheinlich habe ich ein bisschen an Weh gedacht und was wohl mit seinen Eltern los sein mochte. Vielleicht habe ich auch an gewisse körperliche Dinge gedacht. Wie ein schlanker Arm auf den Schultern von jemandem landen konnte und wieso es geradezu lachhaft augenfällig war, dass diese Schultern nicht meine Schultern waren.

Rebekka war vielleicht einen viertel Millimeter größer als ich. Das heißt, wir waren gleich groß, aber wenn wir einander gegenüberstanden, hatte ich trotzdem immer das Gefühl, Rebekka sei ein wenig größer. Sie trug eine schwarze Lederjacke, eine von diesen abgewetzten mit schwarzen Nieten. Ihre Stiefeletten waren blau und spitz und aus Veloursleder – oder nennt man diese Dinger Pumps?

Fest stand, sie mochte kleine Kinder. Sie las dicke Bücher über Geschichte, und manche davon waren englisch geschrieben. Sie konnte den Daumen der linken Hand waagrecht zurückklappen, dass die Hand ganz verkrüppelt aussah. Es kam vor, dass sie gespannt eine lange Diskussion anhörte, ohne auch nur ein Wort zu sprechen, und plötzlich, wenn sie was gefragt wurde, konnte sie jegliches Interesse verlieren. Andere Male diskutierte sie wie eine Frauenrechtlerin, und ehe du noch die erste Frage beantwortet hattest, löcherte sie dich mit sieben neuen Argumenten und sieben neuen Fragen zu jedem Argument. Sie hatte braune, fast schwarze Augen. Sie bewegten sich nicht einen Millimeter, ehe sie nicht gesehen hatten, was sie sehen wollten, und ich hatte oft das Gefühl, dass Rebekka immer genau das sah, was sie meiner Meinung nach lieber nicht hätte sehen sollen.

Sie war flinker als eine Stechmücke. Sie war nie eingeschnappt, konnte aber hochgehen wie eine Rakete. Sie war schlank und stark und sanft. Einmal, es war in der fünften oder sechsten Klasse, hatte ich sie in der Pause geärgert, bis sie mir einen Schwinger verpasste, der mich für den Rest des Tages vom Schulbesuch befreite, die Nase in einem blutigen Taschentuch.

Wärst du abends während des Einschlafens heimlich zu mir hereingekommen und hättest dich durch die Dunkelheit unsichtbar in meinen Kopf geschlichen und mich geradeheraus gefragt – dann hätte ich wohl geantwortet, dass Rebekka möglicherweise der wunderbarste Mensch auf Gottes Erde sei.

Aber am nächsten Tag? Ach, da hätte ich dem allen abgeschworen. »Die?«, hätte ich da antworten und nebenbei so ganz unauffällig in der Nase bohren können. »Na ja, die ist so einigermaßen ...«
Wir kannten uns nämlich schon seit der frühesten Steinzeit. Beide hatten wir einander mit Eimerchen und Schaufel in der Sandkiste getroffen und auch gesehen, wie wir in die Hose gemacht haben. Capito? Im Schrank hinter dem Schrank hinter meiner Herzenstür lauerte ein schmerzlicher kleiner Verdacht, dass Rebekka drauf und dran war, mir zu entwachsen ...
Ich habe schon ewig lange eine gewisse Technik. Wenn ich den Entschluss gefasst habe, jetzt will ich wirklich einschlafen, setze ich in meinen Gedanken alles in Betrieb, was mich so richtig wach macht. Bis ich endlich so durcheinander bin, dass mir die Augen endgültig zufallen. Wirklich eine prima Methode. Du kriegst davon fabelhaft interessante Ränder unter den Augen.
Am nächsten Tag – es war ein Freitag – hatten wir zum Abschluss eine Doppelstunde Geschichte. König Harald war bei der Einleitung zum Zweiten Weltkrieg, und die Klasse guckte schweigend hinter halb geschlossenen Lidern zum Katheder. Außer Camilla. Die schwieg nur. Das war gut so, denn dadurch hatte er keinen Grund, gegen einen von uns den Dritten Weltkrieg einzuleiten.
Aber wie das schon ist, die letzten Stunden an einem Freitag können auch ohne König Harald oft sehr anstrengend und langweilig sein. Inwendig kämpfte ich gegen meine Augen an, die sich dauernd selbstständig machen und durchs

Fenster Richtung Stadt abschweifen wollten. Auch mein Mund war ungehorsam, der Unterkiefer bewegte sich, kaum dass ich ihn hochgeklappt hatte, unweigerlich wieder nach unten.

Jemand ließ einen Bleistift fallen. König Harald redete und erklärte. Ein Stuhl schurrte über den Boden, der Bleistift wurde aufgehoben. Jemand hustete hinter vorgehaltener Hand. Ein anderer scharrte unruhig mit den Füßen.

König Harald redete. Die wohlbekannten Klassengeräusche verdichteten sich und wurden zum sanften Ruhekissen. Es schmiegte sich weich dort an, wo meine Gedanken waren, wenn ich welche hatte.

Da sah ich etwas.

Richtiger gesagt – da begriff ich, dass ich die ganze Zeit etwas gesehen hatte. Eine Gestalt vor dem Fenster. Fast genau hinter König Harald. Einen Kopf und einen Oberkörper, der hinter der Scheibe mit dünnen Armen Zeichen gab.

Ich zuckte zusammen. Es war Weh, der dort winkte, und mich befielen sofort Todesängste. Nicht etwa, weil er so mies aussah. Er sah nämlich ziemlich schlimm aus, dreckverschmiert und verheult eben, aber ich hatte natürlich vor allem Angst, dass König Harald ihn sehen könnte.

Außerdem schien er mit seinem Gefuchtel mich zu meinen. Ich versuchte ihm zu bedeuten, er möge verschwinden. Aber das war nicht so einfach, weil ich ja aufpassen musste, dass der Lehrer es nicht sah. Binnen zwei Sekunden bekam ich eine Stinkwut. So ein Blödmann! Plötzlich fing ich zu schwitzen an, richtig zu schwitzen, ich wette, meine Temperatur stieg auf vierzig.

Weh fuchtelte wie wild herum. Ich merkte, dass Rebekka ihn auch entdeckt hatte. Camilla blickte von ihrem Heftchen auf und guckte zum Fenster.

Das war für König Harald Anlass genug, mitten im Satz abzubrechen. Jetzt starrte schon die halbe Klasse nach draußen. Aus dem Augenwinkel sah ich, dass Weh auf irgendetwas zeigte.

König Harald drehte sich zum Fenster.

Hokus, pokus, Weh. Fidibus, ade! Egal wie. Er war tatsächlich verschwunden, und König Harald machte weiter.

Ich saß mit dermaßen unschuldsvollem Gesichtsausdruck da, dass ich mir eher wie ein Fragezeichen vorkam. Das darf doch nicht wahr sein!, dachte ich. Der Junge hat 'ne Macke! Da war ja ein Selbstmord Gold gegen dieses Theater da draußen. Mehr Randale konnte ein Mensch sich gar nicht einfallen lassen.

Zwei Minuten später wurde es noch chaotischer. Über der Tür zum Klassenzimmer gab es ein zusätzliches Oberlicht, und hinter diesem verglasten Feld tauchte jetzt ein total kaputtes, von einer wilden Mähne umrahmtes Gesicht auf. Weh musste hochgesprungen sein und sich mit den Fingern irgendwo festgekrallt haben. Ein Wunder, dass er nicht gegen die Tür gedonnert war. Er schnitt eine verzweifelte Grimasse, weil er den Halt zu verlieren schien. Er entschwand unsern Blicken und ging zu Boden. Ich konnte den Aufprall hinter der Tür hören.

 In diesem Augenblick stellte König Harald Vornüber eine Frage. Etwas über Winston Churchill und Josef Stalin, glaube ich.

Was sollte ich tun? Ich kapierte einigermaßen, dass Weh Hilfe brauchte, aber es war ein Ding der Unmöglichkeit, aus einer Geschichtsstunde abzuhauen. Keine Idee! Nur: Wenn ich nichts unternahm, konnte dem Jungen wer weiß was einfallen.

»Und was kannst du uns dazu sagen?«, fragte König Harald.

Ich sah, wie Vornüber sich voll auf eine ungefährliche Antwort zu konzentrieren versuchte. Er richtete sich ein wenig auf, um etwas zu sagen.

»Oh!«, kam es in diesem Moment laut und deutlich von Rebekka.

Sie drückte sich die Hand auf den Bauch und starrte angestrengt zur Tafel. Sie schien gar nicht zu merken, dass König Harald sie mit einem Blick streifte.

Rebekka flippte im Unterricht nämlich normalerweise nicht aus, und Vornüber setzte gerade zu einer Antwort an. König Harald hörte ihm zu und machte dann mit seinem Weltkrieg weiter.

Rebekka sah gar nicht gut aus.

»Ohh!«, machte sie wieder. Leiser diesmal, aber immerhin deutlich hörbar. Sie wand sich ein wenig auf ihrem Stuhl und nahm die Hand nicht vom Bauch. »Entschuldigung«, stöhnte sie gequält.

»Tut mir Leid, aber ... Mir ist so ...«

Mit jetzt rotem Gesicht erklärte sie: »Ich habe solche Leibschmerzen. Darf ich bitte nach Hause gehen? Ich könnte das Kapitel zu Hause durcharbeiten.«

König Harald betrachtete sie.

»In Orrrdnung«, entschied er endlich. »Pack deine Sachen zusammen. So schnell und so leise du kannst.«
Daraus wurde, musst du wissen, für uns eine fast historische Geschichtsstunde. Rebekka zwinkerte mir verschwörerisch zu, als sie sich über ihren Rucksack beugte. Dieses Zwinkern ging absolut über meine Kräfte; schließlich beneidete ich sie ja schon um mehr als genügend andere Dinge. Jetzt oder nie musste ich, noch ehe sie die Tür hinter sich zugemacht hatte, meine Chance wahren. Ich sah Wehs bittendes, verheultes Gesicht vor mir, atmete tief durch und begann Bücher und Schreibzeug zusammenzuraffen. Mit zitternden Händen zwar, aber immerhin.
König Harald erfasste die Situation, als Rebekka die Tür erreicht hatte. Er beugte sich ein wenig vor und nahm mich ins Visier.
»Und, darf man fragen, welche Vorstellungen du hast?«
»Entschuldigung«, antwortete ich und konnte genau hören, wie heiser ich war. Ich erhob mich.
»Ich muss nach Hause«, sagte ich. »Mir ist auch schlecht.«
Er war dermaßen von sich überzeugt, dass er seine Haltung um nicht einen Millimeter veränderte. Ich wagte niemanden anzusehen, fegte nur meine Sachen in die Schultasche.
»Du setzt dich wieder!«, hörte ich vom Katheder. »Sofort!«
Rebekka drehte sich in der offenen Tür stehend noch einmal nach mir um. Ich warf König Harald einen verstohlenen Blick zu.

Er zeigte mit langem, starrem Finger auf mich, was unverkennbar ausdrückte: Gnade dir, wenn du dich nicht sofort hinsetzt!

Rebekka hatte sich inzwischen verkrümelt und machte die Tür hinter sich zu.

So oder so ähnlich mag es zu den wirklich entscheidenden Wendepunkten der Weltgeschichte kommen. Wäre sie doch beim Türschließen nur um den Bruchteil eines Augenblicks langsamer gewesen! Ich bin felsenfest überzeugt, dass ich ausgebüxt wäre – hätte sie nur eine Sekunde gezögert!

Aber das tat sie nun mal nicht, und ich setzte mich, schwerer als Churchill und Stalin zusammen, wieder auf meinen Platz.

Nie mehr in meinem Leben würde ich irgendetwas in Angriff nehmen.

Feig, feig, feig!, rief es in meinem Inneren, und es tickte wie eine Unheil verkündende Wanduhr die ganze Stunde so weiter. Ich glaube, ich habe den Blick nicht ein einziges Mal von meinem widerlichen Pult gehoben, und ich hatte das Gefühl, die ganze Klasse habe **Das Anstarren des Schülers Finger** als Gruppenarbeit bekommen.

Beachtlich war, dass König Harald mich in Ruhe ließ. Als es läutete, war ich als Erster draußen. Ich wusste, er wurde sich die Rache für den zweiten Teil der Doppelstunde aufheben.

Ich schaffte es, einigermaßen unangefochten durchs Schultor zu kommen. Ich war nicht in der Stimmung, witzige Kommentare über mich ergehen zu lassen. Weder von Vornüber noch von irgendjemand anderem.

»Hallo Finger!«

Ich zuckte zusammen. Weh und Rebekka standen an der Ecke.

Rebekka winkte, und ich bewegte mich widerwillig auf ihr Lachen und ihre spitze Zunge zu.

Tatsächlich rastete Rebekka vor Lachen fast aus. Aber nicht etwa über Finger, den Feigling, sondern über König Harald und die Kletterkünste von Weh. Sie hatten beide keinen Moment daran gezweifelt, dass ich in kürzester Zeit durchs Schultor kommen und zu ihnen stoßen würde.

Na also. Was tut ein zum Tode Verurteilter, wenn er als einzigen Ausweg die Leiter zum Galgen vor sich hat?

Richtig! Er nimmt einen Anlauf, dass es nur so zischt, und schwirrt ab. Ich scherte mich den Teufel drum, dass meine Sachen noch in der Klasse lagen. Ich nahm den bewussten Anlauf und schwirrte ab. Oder besser gesagt: Ich heftete mich Weh und Rebekka wie ein schlingernder Anhänger an die Fersen.

Rebekka hörte mit ihrem meschuggenen Gekichre nicht auf. Ich konnte da nicht mit, denn ich hatte viel zu viel Angst. Schließlich wusste ich, dass ich König Harald wieder begegnen würde. Jetzt wurde diese beknackte Behauptung, die ich ihm in der Stunde zu servieren versucht hatte, Wirklichkeit. Die Geschichte lag mir noch lange schwer im Magen. Lange nachdem der Schulhof hinter uns lag.

Erst im Lauf des Nachmittags war ich wieder einigermaßen ich selbst. Die gesamte Clique stand zu diesem Zeitpunkt unten in der Stadt auf dem Bahnhof. Alle hatten wir für Fahrkarten zusammengelegt. Sogar Wabbel hatte ein paar

Kröten beigesteuert, obwohl er und Shu-shu gar nicht mitmachen konnten. Nur Vornüber, Rebekka, Weit-von-Daheim und ich wollten uns mit Weh auf den Weg machen.

Shu-shu konnte nicht, und Wabbel traute sich nicht. Natürlich hat er es ganz anders ausgedrückt, aber jeder von uns wusste, wie die Dinge standen.

Vermutlich waren wir einigermaßen nervös; wir lachten und redeten alle durcheinander, als wir zum Bahnsteig gingen.

Allerdings wusste da noch keiner von uns, dass wir so lange ausbleiben würden, wie es sich dann tatsächlich ergab. Wir hatten uns nur Rückfahrscheine bis knapp über die Stadtgrenze gekauft, denn wir wollten am frühen Abend wieder zu Hause sein. Ein kleiner Ausflug sozusagen.

Warum? Nun, das war im Grunde genommen nicht schwer zu beantworten. Es war natürlich wegen Weh. Er brauchte Hilfe, und wir gewährten ihm ein bisschen mehr davon, als er verlangt hatte.

Nachdem wir von der Schule abgehauen waren, gingen wir mit Weh ins Mumps. Das Café heißt eigentlich »Ziegenpeter«, aber alle nennen es kurz und bündig Mumps. Weder Rebekka noch ich hatten Lust, nach Hause zu gehen und zu erklären, warum wir nicht in Geschichte bei König Harald waren. Wir setzten uns mit Cola und einem Stückchen Kuchen an einen Fenstertisch und hörten uns stattdessen Wehs Geschichte an. Seine Stimme war zwar nicht ganz fest, aber weinerlich klang es auch nicht. Er wirkte eher verbissen und ernst. Als hätte er einen wichtigen Entschluss gefasst.

»Mein Vater ist abgehauen«, sagte er. »Er ist aus unserer Wohnung ausgezogen, hat sich abgesetzt. Stellt euch das doch nur vor – mein Vater! Er hat ein bisschen was in einen

Koffer gestopft und ist abgedampft. Das hier hat mir meine Mutter gegeben; er hatte das für mich liegen lassen. Guckt mal ...«

Er legte einen schmuddeligen Zettel auf den Tisch. Es war ein kurzer Brief auf ganz gewöhnlichem Schreibpapier, und die Flecke drauf stammten vermutlich von Weh. Ich las den Brief nicht, aber Rebekka warf einen Blick darauf. Später meinte sie zu mir, sie hielte das Ganze für eine dumme Geschichte. Er, Wehs Vater, habe Weh lieber als jeden anderen Menschen, stand da zu lesen. Das mache ihn traurig. Er hoffe, Weh werde ihm eines Tages verzeihen können. Und so weiter in diesem Stil. Aber wenn er die Wahrheit geschrieben hatte, warum in aller Welt war er dann abgehauen?

Wegen einer Frau, stellte sich heraus. Weh erklärte uns alles, ohne dass wir darum gebeten hatten. Seine Mutter hatte ihm die ganze Geschichte vermutlich aufgetischt, und daraufhin war er auch von zu Hause weggerannt.

Die betreffende Frau war eine Arbeitskollegin seines Vaters. Sie waren wohl schon eine ganze Weile insgeheim eng befreundet gewesen. Dann kam Wehs Mutter dahinter. Und damit begannen die Auseinandersetzungen und der Krach. Der Vater wollte aber nun mal lieber mit dieser anderen Frau zusammen sein als mit Weh und dessen Mutter. Also hatte er in seiner Firma gekündigt, und die Kollegin tat desgleichen. Dann packte er seine Zahnbürste ein und verschwand.

Weh wühlte in seinem Haarschopf herum und schlürfte ein Glas Cola in sich hinein. Rebekka und ich hörten seinen Bericht schweigend an. Dann und wann sagten wir **ja** oder **oh Gott!** Mehr schafften wir einfach nicht.

Ich fragte mich dauernd, wie er das alles so einigermaßen verkraften konnte. Damit will ich sagen – es ging ihm verdammt schlecht, das konnte keinem verborgen bleiben. Es war ungefähr so, als hätte ihn jemand gewaltig verprügelt, nur noch viel schlimmer. Er war und blieb das kleine Weh, und trotzdem, so wollte mir scheinen, wirkte er weitaus erwachsener als Rebekka und ich.

Erwachsener als ich ganz sicher.

Rebekka fragte fast gelassen: »Können wir irgendwas für dich tun?«

Weh zuckte mit den Schultern und beknabberte einen Fingernagel.

»Nja«, sagte er.

Was er jetzt brauchte, war Geld. Er wusste nicht, welches Ziel sein Vater mit dieser Frau im Sinn hatte, aber er wusste, dass sie sich gerade jetzt unweit der Stadt befanden. Dort hatte nämlich der Wagen den Geist aufgegeben. Der Wagen der Neuen. Daraufhin hatte dieser Schwachkopf von einem Vater, während sie das Auto zum Mechaniker brachte, von einem Motel aus zu Hause angerufen und um Verzeihung gebeten.

»Na, und dann?«, fragte ich. Schließlich musste ich auch mal was sagen.

Weh hatte ein kleines Päckchen in der Tasche. Er verriet nicht, was drin war, aber er hatte es in buntes Geschenkpapier gewickelt und mit Bindfaden verschnürt. Es war nicht viel größer als eine Streichholzschachtel. Jetzt wollte er hinaus zu diesem Motel und seinem Vater das Päckchen geben. Es war ihm unheimlich wichtig damit. Er musste seinem Vater das geben, und damit basta. Weh hatte nicht vor, bei diesen beiden zu bleiben, aber das Päckchen musste er unbedingt hergeben. Und drum brauchte er Geld für die Eisenbahn.

Wir waren sofort mit ihm einer Meinung. Selbstverständlich. Es wäre uns nicht im Traum eingefallen, ihm eine ablehnende Antwort zu geben.

Und als er dann zum Bahnhof wollte, setzte sich Rebekka in den Kopf, dass sie mitwollte, und Weh war für das Angebot dankbar.

Da legte ich ihm den Arm brüderlich um die Schultern: »Wenn du willst, fahre ich auch mit dir mit.«

Es hörte sich in meinen Ohren fabelhaft an. Für einen Augenblick hatte ich die Welt im Griff. So schätzungsweise eine Viertelsekunde.

»Die ganze Clique wird ihn begleiten«, schlug Rebekka vor.

Weh drehte sich so heftig um, dass mein Arm von seiner Schulter rutschte.

»Na hört mal!«, sagte er. »Ich muss doch sofort los!«

Ich wollte protestieren, aber Rebekka kam mir zuvor. Sie meinte, wenn der Vater von einem Motel aus angerufen hatte, hieß das, dass er sich heute bestimmt nicht mehr von dort wegrühren würde. Der Wagen war ja in einer Werkstätte und wurde bestimmt nicht so schnell fertig.

Weh wirkte nicht ganz so überzeugt, aber vielleicht gefiel ihm der Gedanke, Begleitung zu haben. Mir wäre es jedenfalls so gegangen. Daraufhin blieben wir in der Nähe der

Schule, bis die anderen ihr Tagespensum auch hinter sich hatten.
Sie waren ganz unserer Meinung, als sie hörten, worum es ging. Wir zogen, mit Weh als Hauptperson, einträchtig Richtung Stadt. Am Fahrkartenschalter erkundigten wir uns nach den Kosten. Wabbel hatte schon beschlossen, daheim zu bleiben. Aber trotzdem waren die Fahrkarten ein bisschen zu teuer für uns alle.
»Da bleibe ich eben auch zu Hause«, sagte Shu-shu. »Dann reicht die Knete. Ich hätte sowieso heim müssen.«
Wir sagten, das sei aber schade, aber keiner machte einen Aufstand. Schließlich bedeutete es, dass die Knete reichen würde.
Vornüber ging die Fahrkarten kaufen, und dann rannten wir alle zum Bahnsteig. Dort standen haufenweise Menschen, die offensichtlich von der Arbeit nach Hause wollten. Ich hatte ein flatteriges Gefühl im Bauch und mimte nach Leibeskräften den Gleichgültigen. Der Himmel war bleigrau, und ich gab mir jede nur erdenkliche Mühe, mir einzureden, das Wetter sei an meinem Schweißausbruch schuld.
Shu-shu drückte Weh an sich und wünschte ihm alles Gute. Vornüber klärte sie darüber auf, dass der Junge schließlich nicht in Urlaub führe. Dann meldete der Lautsprecher die Ankunft des Zuges, und wir schoben uns mit der Menge näher an die Bahnsteigkante. Shu-shu nahm Weh noch einmal in den Arm; ich hielt mich dicht hinter Rebekka. Wir stolperten den Einstieg hoch und riefen Wabbel und Shu-shu ein **Tschüüüss** zu.

Ich versuchte durchs Fenster noch einen Blick auf die beiden zu werfen, aber der Gang war total verstopft. Die Türen machten pffft! und klappten zu. Ich verlor Rebekka im Gedränge aus den Augen. Der Zug setzte sich in Bewegung.

Weit-von-Daheim
weit von daheim

Weit von Daheim
weit von daheim

Weit
weit

Ich hatte eine üppige gebleichte Mähne vor der Nase und einen Kinderwagen im verlängerten Rücken. Der Zug schoss mit uns durch den langen, finsteren Schlauch, den man unter der Stadt durchgezogen hatte. Ich kriegte von allen Seiten Männerschultern, Ellbogen und Stressköfferchen zu spüren. Lieber Amund, Sardinen haben in ihrer Dose einen Ballsaal zur Verfügung, gemessen an dem, was Menschen in einem Lokalzug freitagabends in der Stoßzeit auf sich nehmen. Da Vornüber die Fahrkarten hatte, versuchte ich zu erspähen, wo er stand, aber Frau Prachtmähne überflutete dauernd mein Gesicht mit ihrem parfümierten Blondhaar, wenn ich versuchte, mich ein bisschen zu strecken.

Der Zug setzte vor der ersten Station zur Bremsung an, vom Abteil her entstand Druck. Vor allem von Youngs in super Outfit, die alle und mächtig gut drauf vermutlich ins Stadtzentrum wollten. Ich entdeckte Rebekkas rotbraunen Schopf, der sich von der Tür wegkämpfte, um der Aus steigwelle zu entkommen. Der Lockenkopf in ihrem Gefolge ließ ahnen, wo Weh sich befand.

»Hallo, Bekka!«

Sie gönnte mir ein etwas gequältes Lächeln und schnitt eine Grimasse wegen des Gedränges. Ich zwängte mich an der Parfümfrisur und einem Schmerbauch im rosa Hemd vorbei und erkundigte mich nach unserm Klotz. Rebekka konnte nur mit dem Kopf deuten.

»Da, hinter dir.«

Vornüber stand in der Ecke und klammerte sich an einen fremden Mantel, um nicht in den Kinderwagen zu kippen. Der Zug hielt. Unterirdischer Bahnsteig, Neonlicht und Werbeflächen. Als sich die Wagentüren öffneten, landeten wir zur Hälfte in einem Abteil, ehe sich vom Bahnsteig die nächste Menschenfuhre heranwälzte. Genauer gesagt: Weh schlüpfte hast-du's-nicht-gesehen an unsrer ganzen Clique vorbei und sicherte sich einen frei gewordenen Sitz in der äußersten Ecke. Wir anderen bildeten im Mittelgang weiterhin Füllmasse, als der Zug durch den Tunnel weiterbrauste.

Vornüber schaute beunruhigt: »Wo is' 'n Weit-von-Daheim?«

»Weiß nicht. Hat sich hier wohl irgendwo zwischen die Sardinen gepackt.«

Aber Rebekka sagte: »Nein, die ist gleich beim Einsteigen weiter nach hinten gegangen.«

Da sah sich Vornüber veranlasst, in die weite Welt zu ziehen und sie suchen zu gehen. Er fing an zu drängeln und war schon fast in der Menge untergegangen, als Rebekka

ihn zurückpfiff. Aber nur so viel, dass sie unsre Fahrkarten zu fassen kriegte. Dann schob er sich weiter. Weh und ich bekamen von Rebekka jeder einen Fahrschein, und dann verschwand sie in entgegengesetzter Richtung, um dort ihrerseits nach Weit-von-Daheim zu suchen.
Ich war total eingeklemmt und nervös. Weh hockte seelenruhig in seiner Ecke, obwohl er uns doch eigentlich die ganze Misere eingebrockt hatte. Die Bahn verließ den Tunnel und trug uns einer Station entgegen, an der sich eine neue Ladung Ellbogen hereinwühlte. Und wieder fuhren wir, und ich fand, hier war es viel dunkler als vorhin in der Stadt. Reihenhäuser, Villen, eine Schule. Eine Straße am Höhenrücken entlang. Einkaufszentrum, Fußballplatz. An der nächsten Haltestelle wälzten sich tatsächlich mehr Leute aus dem Zug als herein, wir konnten endlich mal durchatmen.
Rebekka und Vornüber kamen aus ihrer jeweiligen Richtung wieder zurück. Was war – bei allen kleinen grauen Zellen! – aus Weit-von-Daheim geworden? Konnte sie irgendwo abgesprungen sein, ohne dass wir es gesehen hatten? Rebekka und Vornüber kauten alle Möglichkeiten durch, ohne zu einem Ergebnis zu kommen. Ich hüllte mich in Schweigen. Ich fühlte mich schuldig, weil ich gesagt hatte, ich will mit, als Rebekka mitwollte. Daraufhin hatte sie vorgeschlagen, die ganze Clique soll mit. Daraufhin kam Weit-von-Daheim mit. Daraufhin verloren wir sie im Zug.
Endlich kam ein Uniformierter daher, und Weh machte von seinen kleinen grauen Zellen, also von seinem Kopf, Gebrauch. Das soll nun nicht heißen, dass er seine Fahrkarte

zwischen die Lippen steckte oder so, nein, er erklärte die Situation. Wir hätten hier die Fahrkarte von einem ellenlangen, schwarzhaarigen Mädchen, die vielleicht nicht wisse, wo sie aussteigen müsse. Ob der Herr Schaffner ihr wohl Bescheid sagen könne, wenn er sie sähe?

Das konnte der Herr Schaffner, und wir waren einigermaßen beeindruckt von Weh, obwohl ja jeder von uns leicht selbst auf diese Idee hätte kommen können. Ich würgte im Leerlauf an dem Gefühl herum, dass wir da etwas ganz Dummes auszulöffeln hätten, als der Zug in Pfenningheck einfuhr.

Wir jumpten ab und sprinteten über den Bahnsteig, um jeder einen Teil des Zuges abzuchecken. Drei Dressmen stiegen aus dem Waggon vor unserm, sonst war da niemand. Ich hatte einen total unsinnigen Knödel im Hals. Neben dem vordersten Wagen stand unser Schaffner. Ich sah, dass er etwas zu Vornüber sagte und bedauernd mit den Armen gestikulierte. Das Pfeifchen trillerte, der Schaffner schwang sich an Bord.

Psssch!, machten die Türen. Im Moment, als sie zuklappten, zwängte sich Weit-von-Daheim durch eine davon und hopste aufs Festland.

Johlend umringten wir sie, und der Zug sauste ab.

»Also so was!«, lachte sie. »Nu schlafft schon mal ab! Da war eine Klotür nicht verschlossen, und da dachte ich, wir können uns das Fahrgeld zurückholen, wenn die Karte nicht gebraucht ist.«

Sie lachte sich scheckig wegen Vornüber, der wie ein Asthmatiker herumkeuchte.

»Spinner! Denkst du, das hätte ich gemacht, wenn ich nicht gewusst hätte, wo wir raus müssen?«

Damit waren wir die Belämmerten, denn wir hatten den Schaffner ja ihren Fahrschein entwerten lassen. Wir gingen die Bahnsteigtreppen runter und motzten Weit-von-Daheim dabei ordentlich an. Die konnte nur lachen.

Ich war noch nie in Pfenningheck gewesen, hielt das aber nicht gerade für eine Bildungslücke. Wir kamen auf einen kleinen menschenleeren Platz mit Supermarkt, Telefonzelle und ein paar kleineren Läden. Die Wurstbude hatte offen, sonst war alles zu. Ein einsames Taxi erwartete die drei Dressmen aus unserem Zug. Wir befanden uns am Fuß einer Hügelkette, die sommerliches Grün anzulegen begann. Ich entdeckte etliche Wegweiser und sah einen PKW vor einem von ihnen flüchten. An den Hängen dösten ältere Einfamilienhäuser schweigend vor sich hin. So etwas wie ein Hotel oder Motel kam mir nicht zu Gesicht. Nicht einmal eine lumpige Campinghütte.

»Herzlich willkommen also!«, sagte Vornüber zu Weh. »Tu dir bloß keinen Zwang an – wohin sollen wir uns bitte wenden?«

Weh meinte, da sei er sich nicht ganz sicher.

Ich wünschte mir nur, er hätte das nicht in diesem Ton gesagt. Mir drückte dieser Auf-was-zum-Kuckuck-haben-wir-uns-da-eingelassen-Kloß wieder heiß und ekelhaft aufs Zwerchfell. Hätte Weh nicht sagen können, wir erkundigen uns nach dem Weg?

Rebekka sprach es aus: »Können wir die da drüben nicht nach dem Weg fragen?«

Die drei Dressmen gingen gerade von der Telefonzelle zu diesem Taxi, und wir gingen ihnen nach.

»Verzeihung«, sagte Weh. »Dieses Motel, dieses Esso-Motel, wissen Sie, wo das ist?«

Jeder von den dreien hatte ein Stressköfferchen dabei. Zwei stiegen wortlos ins Taxi. Der Fahrer und der letzte der Dresses sahen uns an. Richtiger gesagt – der Fahrer sah uns an, und der Dressman sah nur Weit-von-Daheim.

Ich schätzte den Kerl so auf Mitte vierzig. Lang und dünn und grauer Anzug. Blondes kurzes Haar und eine Schmachtlocke in der Stirn. Er glotzte Weit-von-Daheim an und setzte ein Lächeln auf. Ein widerliches Lächeln, dessen Sinn und Zweck mir schleierhaft war.

Eine dreckige Bemerkung hätte mich nicht gewundert. Aber er kehrte uns den Rücken und setzte sich in den Wagen. Den Weg zum Motel erklärte uns der Fahrer. Seiner Beschreibung nach wären wir von Anfang an besser mit dem Bus gefahren.

Weh bedankte sich für die Auskunft, und das Taxi startete. Die drei Insassen lachten beim Anfahren über irgendetwas. Ich warf Weit-von-Daheim einen Blick zu, ersparte mir aber eine Bemerkung. Vielleicht hatte nur für mich im Moment so etwas wie Taktlosigkeit in der Luft gelegen.

»Auf geht's!«, sagte Weh.

Da wir keine andere Wahl hatten, marschierten wir wirklich los. Das Motel lag natürlich an der Autobahn, und von der Autobahn waren wir weit entfernt. So viel hatte ich schon begriffen. Die Straße, auf der wir gingen, war nur ein Asphaltstreifen zwischen Villen und Wildnis. Oder wildem

Nichts. Immerhin sah ich viel frühlingsgrünes Blühn, während wir mit unserm Städterschritt dahinzockelten. Mit Abgasbeinen, Pflasterfüßen, die wohl an Asphalt, nicht aber an Stille und die Düfte von Gras gewöhnt waren. Wo waren Verkehrsgedröhn und Straßenbahnrattern? Und außerdem fehlt dir doch was, wenn sich dir nicht eine einzige rote Ampel in den Weg stellt!

Kurz gesagt, ich fühlte mich wie ein Fisch auf dem Trockenen. Alles, was wir zu tun hatten, war, Weh zum flüchtenden Vater zu begleiten, damit der Junge das kleine Etwas abliefern konnte, das er – egal was es war – eingepackt hatte. Leider gehörte es bei mir zu den Selbstverständlichkeiten, in der Nähe des elterlichen Mittagstischs zu leben. Wohl wusste ich im Grunde, die Welt ist groß, aber viel hatte ich – außer im Kino und im Fernsehen – noch nicht von ihr mitgekriegt. Das Einzige, was mir an Pfenningheck wirklich gefiel, war, dass Rebekka neben mir ging.

»Du, Finger?«, sagte Rebekka.

»Ja?«

»Du fürchtest dich doch wohl nicht im Dunkeln? Oder?«

»Haha! Mach ’n Punkt! Wovon redest du eigentlich?«

»Nur weil’s Spaß macht, so mit dir durch den Abend zu tigern«, sagte sie. »Aber warum musst du eigentlich dauernd so an mich ranzockeln?«

Endlich hatten wir alle so richtig was zu lachen. Ich lachte, weil die andern lachten. Außer Weh natürlich, der gut fünf Schritte vor uns schweigend vorwärts strebte. Ein ausladender, runder Lockenkopf auf schmalen Schultern und zwei dünnen Beinen.

Vornüber nützte den Augenblick.
»Glaub nicht, dass es ihm ums Zockeln geht«, kam es hämisch. »Der hätte zu ganz was anderm Lust!«
Jetzt kicherte nur noch Weit-von-Daheim vernehmlich. Ich schaffte keine Antwort. Ich musste mich darauf konzentrieren, dass es in meinem Oberstübchen nicht überkochte. So ein Blödmann! Ich war felsenfest überzeugt, dass Rebekka diese Bemerkung noch viel kindischer fand als ich, und deswegen fühlte ich mich noch wesentlich dümmer und kindischer. Schließlich hatte er das allein auf mich gemünzt. Ich holte hinter dem Rücken der Mädchen zu einem ordentlichen Tritt gegen unsern Klotz aus, aber das machte mich auch nicht erwachsener.
Die Zeit auf Wehs Spuren verging also mit Geblödel. Wir kamen an eine Wegkreuzung, die uns ein bisschen unsicher machte, aber Rebekka glaubte das Rauschen der Autobahn zu hören, und so fiel die Entscheidung schnell.
Die Dunkelheit schlich sich heran. In blauer Erhabenheit entfaltete sich der Abend über der Erde und schob große Entfernungen zwischen Menschen, Villengärten und Laternenpfähle am Weg. Eine ganz andere Art Abend war das als in der Stadt. In der Stadt war der Abend voller Licht und Bewegung, aber hier draußen war er nur angefüllt mit großen Entfernungen. Das Geräusch unsrer Schuhe auf dem Asphalt machte uns bewusst, wie weit und still die Landschaft rund um uns war. Wir trotteten einen mäßig steilen, von Felsen gesäumten Hang hinauf, und jedes Mal, wenn wir an einem Lichtmast vorbei waren, dehnte sich unendliche Finsternis bis zum nächsten.

Am Fuß des Abhangs lagen in verlassenen Gärten einstöckige Häuser; da und dort war ein Fenster erleuchtet. Mir fiel ein Haus mit zwei Schornsteinen auf, ein anderes mit einer Treppe davor. Hinter einer Gardine zuckte das unruhige Licht eines Bildschirms. Vermutlich lief jetzt das Familienprogramm, aber hören konnte ich nichts.

Ein PKW kam den Berg herunter. Das Scheinwerferlicht huschte an uns vorüber, das Motorengeräusch verebbte langsam hinter uns in der Stille, war noch kurz als schwaches Summen in immer weiterer Ferne zu vernehmen. Irgendwo öffnete jemand eine Tür und schloss sie dann laut. Die Luft wurde allmählich kühl. Ich überlegte, ob meine Eltern sich jetzt wohl Gedanken machten, wo ich sein könnte. Warum hatte dieser primitive Mensch von einem Vater nicht bei Frau und Kind, also bei Weh zu Hause bleiben können? Hoffentlich gelang es uns, ihn zu finden. Hoffentlich entstand da kein größerer Trouble! Ich hatte nur den einen Wunsch, heim in unsern Wohnblock und in mein Zimmer zu kommen.

Davon ließ ich natürlich nichts verlauten. Schließlich waren wir keine Babys mehr.

Als wir den Hügel erklommen hatten, erblickten wir zu unserm Glück unter uns die Autobahn mit dem nicht abreißenden Strom von Scheinwerferlicht, das wie aufgefädelt durch den Abend glitt. Gleich daneben lagen unter einer riesigen Tafel mit rotem Neonlicht mehrere Gebäude. Dieses Aushängeschild zeigte uns an, dass hier, bitte sehr, das bewusste Motel zu finden sei. Dies war der perfekte Ort für dumme Väter, die mit ihren Sekretärinnen von zu Hause ausrissen. Besonders dann, wenn genau hier vor der Tür das Auto den Geist aufgab und keine andere Ausweichmöglichkeit bestand.

Als wir unten ankamen, stellten wir fest, dass es dort auch eine Tankstelle gab. Motel, Tankstelle und Autobahn – eine wirklich warme und gemütliche Bleibe an diesem kühlen Frühlingsabend. Oder etwa nicht? Wir entschlossen uns eher für ein Nein und verloren allen Schwung, als wir ein bisschen hilflos hinter der Tankstelle stehen blieben.

»Ist der Wagen da?«, fragte Vornüber und ging um die Ecke. »Und was für'n Auto hat dei'm Vater seine Freundin?«

»Peschoo, glaub ich«, sagte Weh.

»Peugeot«, verbesserte Vornüber. Vermutlich, weil er keine Ahnung von Autos hatte.

»Der dort?« Weit-von-Daheim zeigte auf einen ramponierten grünen Wohnwagen neben der Waschhalle.

Weh zuckte nur die Schultern.

»Mann«, sagte ich. »Weißt du überhaupt, was für 'n Auto das ist?«

»Nein, überhaupt nicht.«

Vornüber ging an uns vorbei und sagte dann: »Kommt, wir gehen drüben fragen.«

Wir marschierten hinter ihm an der Tankstelle vorbei über den Platz zum Motel.

Ich für meinen Teil habe solche Gebäude nur im Film gesehen, und da waren es immer amerikanische Ausgaben der eher verdächtigen Art. So was wie eine Reihe Vogelkäfige mit einem geisteskranken Mörder und einer ganzen Hand voll Opfer in jedem zweiten Käfig. Blood River Motel: Sleep Now – Pay Later. Das hier war ja an sich ein ordentlicher Bau mit einem gemeinsamen Eingang und ein paar von diesen enorm beruhigenden norwegischen Plakaten, die die Raucher auffordern, das, was sie offensichtlich nicht lassen können, im Aschenbecher abzutöten, ehe sie den Schritt zur Rezeption wagen.

Oder heißt es nicht Rezeption? Jedenfalls war es umwerfend schick da drin. Dicker blauer Spannteppich, Ledersofa aus Kunststoff. Ein Typ saß dort in Pulli und Strickjacke. Vielleicht irgendeine Very Important Person? Ich fand, er sah irgendjemandem ähnlich. Der Tresen war so groß und hässlich, dass man ihn eher als Schranke empfinden musste. Weh und Rebekka waren als Erste dort, und Weh fragte nach seinem Vater.

Die Dame hinter der großen, hässlichen Schranke war klein und hübsch. Ich mochte sie sofort, vor allem gefiel mir ihre blonde Frisur. Aber ich stieß nicht auf Gegenliebe. Sie schaute uns an und mochte uns alle nicht.

»Das ist nämlich mein Vater«, erklärte Weh.

Die Dame besah ihn sich näher und hatte sich schon entschieden. Weh erntete ein verhungertes, blasses Lächeln, und dann widmete sie sich dem Computerbildschirm. Der Mann auf dem Sofa schaute auf die Uhr.

»Ach ja«, sagte sie freundlich. »Sie wohnen auf Nummer zwölf. Aber im Moment sind sie nicht im Haus. Willst du warten, oder hinterlässt du lieber eine Nachricht?«

Mit der größten Selbstverständlichkeit duzte sie Weh. Dieser herzbewegende Junge mit seinem Lockenkopf musste doch an ihr Innerstes rühren, doch wehe uns andern, die wir uns in seiner Gesellschaft befanden!

»Ääh ...«, sagte Weh und warf uns einen Hilfe suchenden Blick zu.

Ich bemerkte zwei Typen, die aus dem Fahrstuhl stiegen und den Mann auf dem Sofa anpeilten. Sie hatten sich umgezogen, aber ich erkannte die drei Macker aus dem Taxi in Pfenningheck trotzdem gleich wieder. Sie palaverten eine Weile und wollten vermutlich ausgehen. Weh teilte der Dame mit, er wolle draußen ein bisschen warten. Die Dame lächelte, und wir nahmen Kurs auf den Ausgang.

Es fing an, als wir gerade durch die Tür wollten, und es begann so unerwartet, dass ich zunächst überhaupt nichts mitkriegte. Ich hörte nur die Stimme hinter mir:

»Sieh einer an! Ist das nicht der Eisberg von vorhin?«

»Selbst Eisberg!«, hörte ich Weit-von-Daheims Stimme.

Ein dreckiges Lachen begleitete uns hinaus, und einer der zwei andern sagte: »Ach nein, reden kannst du auch?«

Es waren tatsächlich die drei Männer aus dem Taxi. Sie standen seelenruhig vor dem Moteleingang und musterten uns. Wir erschraken alle vier, und mein Puls fing plötzlich so zu rasen an, dass ich fast über Weh gefallen wäre. Rebekka und Weit-von-Daheim waren unvermittelt vor mir stehen geblieben.

Der Lange, der im Taxi solche Stielaugen gekriegt hatte, trat einen Schritt vor. Er hatte jetzt einen hellen, eleganten Mantel an und ein nichts sagendes Lächeln im glatt rasierten Gesicht. Er verstellte die Stimme und gab so eine Art Ausländerjargon von sich.

»Wohl ein klein Asiatin? Du.«

Seine Kumpels feixten. Der mit der Halbglatze war klein und untersetzt. Sein roter Blazer saß schlecht, und die weiße Hose hing wie ein Sack an ihm herunter. Er trug so eine kleine Ledertasche für Geld und Papiere am Handgelenk.

»Ich reisen mit Dschungelexpress!«, näselte er, und die andern schienen das besonders witzig zu finden. Sie amüsierten sich mächtig und ließen uns nicht aus den Augen.

Weit-von-Daheim stierte stur zurück. »Pfui Teufel!«, sagte sie wütend. »Wie kann man nur so blöd sein!«

»Tja, nur die Hoffnung nicht aufgeben!«, meinte der Dritte. Er war auch klein und schon älter und hatte den grauen Anzug anbehalten. »Ich bin nämlich der Dümmste von denen da!«

Jetzt lachten die drei geradezu schallend.

Vornüber fasste Weit-von-Daheim am Arm und zog sie weiter.

»Komm«, sagte er leise. »Wir gehen jetzt einfach ganz ruhig in die andere Richtung und vergessen alles.«

Weit-von-Daheim schien sich widersetzen zu wollen, aber Rebekka gab ihr einen Schubs. Wir zogen über den Platz auf die Tankstelle zu, wo drei Zapfsäulen besetzt waren. Ein vierter Wagen schwenkte aus dem Halbdunkel mit zuckendem Blinker von der anderen Seite herein. Von der Autobahn jenseits des Grünstreifens summte und rauschte es abweisend. Neben der Waschanlage blieben wir bei einem Stapel Altreifen stehen.

Die Männer kamen uns nach. Nicht schnell und nicht auffällig, aber sie kamen nach. Ein Anzug, ein Mantel, ein Blazer, so bewegten sie sich langsam über den Platz. Der kleine Untersetzte mit der Tasche am Handgelenk rief uns etwas zu.

»Pipi machen gehn?«

Schon wieder hatten sie einen Grund zu lachen und kamen uns dabei immer näher. Ich fühlte meine Hände zittern und versuchte sie in den Hosentaschen in Sicherheit zu bringen. Heiser schlug ich vor: »Gehn wir doch in die Tankstelle!«

»Kommt nicht in Frage«, sagte Weit-von-Daheim. Sie kreuzte die Arme über der Brust und sah aus wie aus einem Indianerfilm: groß und schlank und stolz. »Ich lass mir das doch nicht bieten!«

»Sei nicht dumm«, fing Rebekka an. Aber Vornüber fiel ihr ins Wort: »Abhaun ist feige!«

So ist das also, dachte ich. Du hast deine Meinung geändert, weil Weit-von-Daheim nicht nachgeben will? Ich hätte den drei erwachsenen Idioten am liebsten eine Frechheit ins Gesicht geschrien, aber gleichzeitig wäre ich am liebsten weggerannt. Weh stand mit großen Augen schweigend an der Hauswand. Im kalten Neonlicht der Tankstelle waren unsre Gesichter ganz gelbgrün. Ich sah deutlich, dass die andern auch Angst hatten, aber sie wirkten zumindest mutiger, als ich mich fühlte.

Zwei Autos starteten und rollten hintereinander zur Ausfahrt Richtung Autobahn. Mantel, Anzug und Blazer standen fünf Meter von uns entfernt. Der im Mantel wippte wie ein Polizist gelangweilt auf den Zehenspitzen.

»Na, Jungs, wollt ihr eure schwarze Tussi gar nicht verteidigen?«

»I wo«, sagte der im Blazer. »Die warten nur noch auf der ihren Clan. Zwölf messerstechende Stinkmäuler!«
Der im Mantel wieherte vor Lachen. Plötzlich trat Weit-von-Daheim einen Schritt vor, und ich zuckte zusammen.
»Pfui Teufel!«, schrie sie schneidend. »Ihr seid so dumm, dass einem schlecht werden kann!«
Vornüber stellte sich neben sie.
»Stimmt genau!«, kam es mit blecherner Stimme, die ich fast nicht erkannt hätte. Vermutlich hatte er etwas Geistreicheres sagen wollen, aber als er den Mund aufmachte, stand schon der Kerl im Mantel vor ihm.
»Und du bist ihr Boyfriend, was?«
Aus dem Augenwinkel konnte ich beobachten, dass Weh sich an der Mauer entlangdrückte. Der Mann im Mantel machte eine Bewegung, die ich nicht ganz mitkriegte. Ich sah nur, wie Vornüber kurz mit dem Kopf wackelte, einen kleinen Schritt zur Seite wich und sich ans Gesicht griff.
»Nein ...!«
Es war Rebekka, die da aufschrie, sie hatte Weit-von-Daheim gepackt und zog sie jetzt an mir vorbei an der Mauer entlang. Vornüber, der sich den Mund zuhielt, rannte hinterher, wir rannten alle an den alten Autoreifen vorbei zum Fußweg hinter der Waschanlage.
Ein Stück weiter oben stand Weh neben einem Laternenpfahl, der kein Licht von sich gab. Wir hielten atemlos an, ich hatte eine heillose Angst und schepperte wie eine Wäscheschleuder am ganzen Leib.

»Ist das unser Taxi?«
Der Mann im Mantel rief es dem im Anzug zu.

»Nein, das ist besetzt ...«

Das Taxi, von dem die Rede war, fuhr um die Tankstelle herum und hielt vor dem Motel. Der Fußweg hinter uns führte an einer hohen, frühlingsgrünen Hecke vorbei. Wir standen an einer flachen Stelle, von der aus ein steiler, schmaler Kiesweg sich weiter unten bei einem Apfelgarten im Dunkel verlor.

»Und was jetzt?« Vornüber sah aus, als hätte er gerade eine Behandlung bei einem sadistischen Zahnarzt hinter sich. Ein Mundwinkel hing schief nach unten, und seine Wange war dort, wo der Mann hingeschlagen hatte, dick verschwollen.

Wir hatten gar keine Zeit, irgendetwas abzusprechen. Aus dem Taxi vor dem Motel stiegen eine Frau und ein Mann. Sie verschwanden durch die Eingangstür, und es war außer den drei üblen Figuren da unten niemand zu sehen.

Der Blazerkerl schien ganz verrückt danach zu sein, andern Leuten Sachen nachzurufen, denn er fing schon wieder an: »Was Schlimmeres als Eisberg-Punker gibt's für mich gar nicht!«

Weh verschwand den Kiesweg hinunter. Ich lief mit Rebekka ein paar Meter bergauf, und Vornüber kam mit Weit-von-Daheim nach.

»Nigger-Freaks!«, rief der im Mantel.

»Judenschleimi!«

Sie wirkten längst nicht mehr so angeödet wie vorher, sie kamen kurzatmig und mit langen Schritten auf uns zu. Der im Blazer, dem die kleine Tasche am Handgelenk baumelte, nahm Vornüber aufs Korn, und ich rannte weiter bergauf.

Als ich mich umdrehte, sah ich, wie Weit-von-Daheim sich unsern Klotz schnappte und mit ihm im Schlepptau durch ein Loch in der Hecke verschwand. Rebekka stand neben mir.

Der Blazermann zögerte, aber als seine Kameraden ihn einholten, versuchte er sich hinter Vornüber durch die Büsche zu zwängen. Das schaffte er nicht, er war zu dick. Als er sich wieder befreit hatte, klopfte er sich wütend die Hose ab und nahm das Täschchen vom Handgelenk. Er legte es auf einen Briefkasten am Kiesweg und sagte irgendetwas zu dem Mann im Mantel. Ich konnte die Augen nicht abwenden. In keinem noch so schrecklichen Albtraum hätte ich etwas Ähnliches träumen können. Seine Kameraden lachten, als der halbglatzige, erwachsene Mann einen Anlauf quer über den Fußweg nahm und durch die Hecke brach, dass es nur so knackte und rauschte.

Sie feuerten ihn an, schauten ihm nach und entdeckten Weh erst, als es schon zu spät war, er war ihnen viel zu flink. Er flitzte wie ein kleines nachtaktives Tier den Kiesweg herauf und schnappte sich die Tasche vom Briefkasten.

»He, du! Du kleiner ...!«

Weh türmte über den Kiesweg den Hang hinunter, während die Männer dem Kerl hinter der Hecke etwas zuriefen und total kopflos hinter Weh herstürmten. Der im Mantel rannte seinen Freund im Anzug fast um. Der Blazertyp tauchte auf und hoppelte schwerfällig nach. Fluchend trampelten sie durch den Apfelgarten. Binnen zwei Sekunden waren sie nicht mehr zu sehen, wir konnten nur noch hören, dass sie Weh auf den Fersen zu bleiben versuchten.

Einen wunderbaren, kurzen Augenblick lang fühlte ich, wie Rebekka meine Hand fest und warm drückte. Plötzlich verspürte ich den Drang, unsern Weh mit lauten Zurufen anzufeuern, Heckenläufer, Hürdenläufer, Bürdenläufer Schmäh, den großen kleinen Superrenner Dreh.
Da ließ Rebekka meine Hand los, und mit einem Schweißausbruch kehrte ich in die Wirklichkeit zurück. Ich konnte nicht einmal einen schönen Gedanken zum Sternenhimmel hinaufschicken. Wir streiften an der Hecke entlang und riefen leise nach Vornüber und Weit-von-Daheim.
»Hier!«, meldete sich der Klotz. Die beiden kamen direkt hinter uns den Hang herunter, sie hatten offensichtlich weiter oben einen Durchschlupf gefunden. Rebekka und ich erklärten ihnen wie aus einem Mund gleichzeitig alles. Gemeinsam wagten wir uns vorsichtig zur Tankstelle zurück.
»Moment mal!« Weit-von-Daheim blieb wartend stehen. »Guckt doch nur!«
Hinter der Waschanlage zottelte im Halbdunkel ein riesiger Bär herum und gab so etwas wie menschliche Laute von sich. Wir drückten uns in die Hecke und sahen zu dem Bären hinunter, der dort aus dem Gebüsch kroch. Es zeigte sich, dass er weiße Hosen und einen roten Blazer trug und einen unverkennbar wütenden Gesichtsausdruck zur Schau stellte. Dicht dahinter kamen seine Kameraden, und sie blafften einander so lautstark an, dass wir merkten, sie waren keine Busenfreunde mehr.
Weit-von-Daheim zeigte wieder auf etwas.
»Da!«, flüsterte sie.

Drüben vor dem Motel warfen ein Mann und eine Frau Reisetaschen in einen kleinen weißen Wagen. Mir schienen sie dem Paar zu gleichen, das kurz vorher aus dem Taxi gestiegen war. Jetzt setzten sie sich schnell ins Auto und schlossen die Türen.

»Oh nein!«, sagte Rebekka. »Stell dir vor ... Glaubst du?«

Das glaubten wir wohl alle miteinander, und es erwies sich auch als richtig. Ich sah Weh zwischen der Tankstelle und den Zapfsäulen auftauchen. Der weiße Wagen startete, und die Scheinwerfer leuchteten auf, Weh winkte und begann zu laufen. Die drei bei der Waschanlage entdeckten ihn, als das Auto dort drüben vor dem Moteleingang loskurvte.

Weh schrie, dass es mir schmerzlich durch und durch ging: »Paaaa-paaa!« ... Wir hörten es immer und immer wieder. Aber der weiße Wagen fuhr schon über die Beschleunigungsspur auf die Autobahn. Ihm nach stürmte Weh über den Platz, und hinter ihm trabten drei fuchsteufelswilde Verfolger im gewichtigen Mannschaftslauf.

Koseruh

Schlusslicht waren wir. Finger mit Gefolge. Ja, ich übernahm tatsächlich bei unserm Lauf über den Platz am Abhang hinter dem Motel für eine Weile die Führung. Vielleicht war ich etwas mutiger, weil die drei Schufte schon drüben an der Autobahn entlangrannten. Vielleicht war der Grund für mein Supertempo, dass ich einen kleinen Jungen verzweifelt hinter einem Wagen herrennen sah, der mit seinem Vater davonfuhr. Ich weiß es nicht, aber das ist ja auch egal. Wir überquerten einen kleinen Parkplatz hinter dem Motel und landeten auf einem von einer Steinmauer begrenzten Rasenstück.

So was nennt man Schwein haben. Der Rasen dämpfte das Geräusch unserer Schritte, als wir an der Mauer zum Stehen kamen. Keiner von uns wagte einen Pieps, denn wir hörten deutlich, dass auch die Männer drüben auf dem Pannenstreifen stehen blieben.

»Vergiss es! Der ist über alle Berge!«

Ganz außer Atem blafften sie einander an.

»Vergessen? Dieser verdammte ...«

Es folgten ein paar wirklich hässliche Ausdrücke, die uns aber bestätigten, dass Weh ihnen entkommen war. Der dritte Mann humpelte erst jetzt daher, es hörte sich an, als wäre es der Kerl im Anzug. Er fauchte wie ein Blasebalg und meinte, es wäre sein Tod, wenn er auch nur noch einen Meter laufen müsse.

»Du brauchst das nur zu melden! Anzeigen musst du das! Und den Verlust kannst du abschreiben ...«, lautete sein Rat.

Das war das Letzte, was wir von ihnen sahen und hörten. Viel Pech, ihr Scheusale!

Wir schlichen an der Rückseite des Motels entlang. An der Ecke entdeckte Vornüber einen Fußweg, der sich hangwärts durchs Gebüsch schlängelte. Genau in diesem Augenblick drückte sich eine schwitzende, erschöpfte Gestalt durch den Eingang zur Rezeption. Wilde Locken und eine kleine Tasche unter der Jeansjacke kennzeichneten dieses Wesen.

Ich flüsterte, so laut ich mich traute:

»Hallo, Weh! Hierher ...«

Er erschrak so sehr, dass wir es auf zehn Meter Entfernung erkannten. Ich konnte einen Grinser nicht unterdrücken, und den andern ging es ganz gleich. Wir lachten und flachsten leise herum und tigerten im Dunkeln mit Weh über den Berg, um dann auf die Straße einzuschwenken, die uns vom Bahnhof hierher geführt hatte. Unser kleiner Freund war tatsächlich um das ganze Motel herum zu dieser Dame hinter der Theke in der Rezeption gehetzt. Besser gesagt – dieser Dame hinter der Schranke.

»Blödmann!«, lästerte Vornüber. »Was wolltst 'n bei der?« Weh kickte im Gehen einen Kiesel durch die Dunkelheit Richtung Straßengraben.
»Musste ich doch«, erwiderte er recht erstaunt. »Ich musste doch nachfragen, ob die eine Adresse hinterlassen haben, richtig? Wie soll ich denn meinen Vater finden, wenn ich nicht weiß, wo er hingefahren ist?«
Jetzt waren wir also wieder dort angelangt. Will sagen, unsre Erleichterung machte einfach puff! und weg war sie. Weit-von-Daheim schwieg, aber bei uns andern ging es eine Weile recht gesprächig zu, als wir dem Bahnhof von Pfenningheck entgegentrabten. Vornüber versuchte Weh zu überreden. Rebekka versuchte Weh zu überreden. Ich versuchte es. Jeder redete für sich drauflos, und wir nahmen einander gegenseitig dauernd das Wort aus dem Mund. Wir servierten ihm einen Haufen schöner Worte, dessen bin ich sicher. Es war ein strahlendes, unbezwingbares Gebirge an Intelligenz. Und ob ein Gebirge oder zwei, das spielte für Weh überhaupt keine Rolle mehr.
Er hatte die Stadt verlassen, weil er seinem Vater etwas geben wollte. Dieses Vorhaben zu ändern sähe er keinen Grund, sagte er. Und es sei bis vor kurzem ja alles viel schwieriger gewesen als jetzt. Er drückte die kleine Tasche unter der Jeansjacke fester an sich.
»Jetzt habe ich fast siebenhundert Kronen. Wir brauchen ihm also nur nachzufahren.«
»Siebenhundert Kronen!« Weit-von-Daheim musste laut lachen und sah ihn an, als hätte er im Lotto gewonnen.
»Und du willst das behalten?«, fragte Rebekka überrascht,

und Vornüber fuchtelte im Gehen mit den Händen in der Luft herum:

»Ja, ja, ja also ...« Ihm fehlten die Worte.

»Na, du ... Sie gehören ja trotz allem nicht dir!«

Weh trottete weiter, ohne die andern auch nur eines Blickes zu würdigen. Weit-von-Daheim schritt an seiner Seite und meinte: »Das geschieht denen ganz recht! Ich bleibe bei dir! Wenn es dir recht ist.«

Weh erwiderte ernst: »Es ist mir sehr recht.«

Allein das Zuhören machte mich wahnsinnig; mein Phantomfinger fing zu jucken an. Der ganze Plan machte mir Angst, der Diebstahl, die Jagd nach dem Vater und überhaupt alles. Ich fand es einfach unüberlegt, so ohne weiteres in die Nacht hineinzufahren, also versuchte ich ihnen ein bisschen Vernunft beizubringen. Aber Vornüber kam mir zuvor. Er redete und redete, um Weit-von-Daheim umzustimmen.

Das Ergebnis war, dass sie Vornüber herumkriegte und er zustimmte. Unser Klotz beteuerte, er mache mit, weil Weh in der Klemme sei. Man müsse einem Freund nun mal aus der Patsche helfen. Und so weiter, bla-bla. Mit anderen Worten: ein Haufen Quatsch, denn er konnte ja nicht zugeben, dass er nicht den Mumm hatte, Weit-von-Daheim zu widersprechen.

Wir trabten schweigend bergab zum Bahnhof.

»Meine Eltern sind übers Wochenende weggefahren«, sagte Rebekka.

Plötzlich drückte mir ein harter, kalter Klumpen aufs Zwerchfell.

»Also«, fügte sie hinzu. »Also kann ich ebenso gut mitkommen. Wenn's euch recht ist.«
Klar war es uns recht. Hipp, hipp, hurra, und willkommen an Bord, alle waren so sehr eines Sinnes, dass ich nahe daran war, mich breitschlagen zu lassen. Alle glotzten natürlich Finger an und warteten auf den Spruch des Jahres. Wir standen auf dem kleinen Platz vor dem Bahnhof von Pfenningheck. Die Wurstbude war geschlossen, es gab hier niemanden außer uns.
»Du, Klotz«, sagte ich versuchsweise auf die selbstsichere Tour. »Und was ist mit deinen Eltern?«
Vornüber zuckte die Schultern und markierte den starken Mann.
Ich hatte das Gefühl, alle müssten mein Herz klopfen hören. Angst-Angst, Angst-Angst, schlug es, aber ich war jetzt gezwungen weiterzumachen:
»Was wär, du rufst deinen Bruder an, ob wir zwei bei ihm übernachten könnten? Soll heißen, wenn dein Axel unsre Eltern anruft und sagt, wir übernachten bei ihm? Vereinfacht die Geschichte doch wesentlich, was?«
Er hatte nicht besonders viel gegen den Vorschlag. Nicht mehr als ein Ertrinkender gegen einen Rettungsring. Er ging in die Telefonzelle, und wir warteten. Danach war er wieder der starke Mann und ließ nur verlauten, es sei alles in Ordnung. Sein Axel sei zu Hause, und sein Axel sei einverstanden, uns für diese Nacht ein Alibi zusammenzulügen.
Wir saßen auf einer nassen Bank und warteten eine halbe Stunde, bis der richtige Zug kam. Abgesehen davon, dass ich fror, ging es mir wirklich ganz ausgezeichnet. Ein Aben-

teurer werde ich bestimmt nie werden, aber immerhin. Prickelnde Spannung mitten unter Freunden und ein nächtlicher Feldzug mit Weh und Weit-von-Daheim und Vornüber und Rebekka und Rebekka und ... Oh, Rebekka ...!

Ihr Haar war kastanienbraun, das habe ich möglicherweise schon erwähnt? Rotbraun oder glutbraun oder so. Lang und fließend und kraus. Fast wie Rosshaar. Manchmal trug sie es in einem Knoten hinten im Nacken, manchmal als Schwanz fast bis zur Hüfte. Gern machten sich ein paar Löckchen selbstständig, die sie dann aus der Stirn und hinters Ohr streichen musste. Ich wünsche mir oft, dass das passiert. Im Zug dann zum Beispiel. Es war diesmal ein Fernzug, und Rebekka und ich landeten auf den Fensterplätzen, genau einander gegenüber. Ich saß in meiner Ecke und sah ihr zu, wie sie die Locken aus der Stirn zupfte. Liebe weite Welt, was hatte ich für eine Lust, ihr dabei zu helfen!

»Du, Finger?«, fragte sie. »Vermisst du dein Bett sehr?«

Ich richtete mich im Sitzen auf, gab aber keine Antwort. Vielmehr bedachte ich sie mit meinem herablassendsten Blick. Der Zug entfernte sich immer weiter von der Stadt, eine innen erleuchtete Röhre, die mit uns durch die Nacht sauste. Der Schaffner kam und bat um die Fahrkarten, und Weh kaufte mit Geld aus der bewussten Tasche fünfmal bis Koseruh. »Hää?«, kam es von Vornüber, der neben mir saß. »Wohl verrückt geworden! Willst du wirklich bis nach Koseruh?«

Weit-von-Daheim lachte zufrieden: »Er doch nicht! Wir!«

Was mich betrifft, so hatte ich noch nie etwas von Koseruh

gehört. Vermutlich waren Weh und der Klotz die Einzigen, und als sie zu erklären anfingen, bildete sich jeder seine eigene Meinung darüber.

»Wohl total verrückt geworden, was? Liegt ja ganz am Meer!«

»Was hast 'n gegen 's Meer, hm? Brauchst doch nicht zu baden!«

»Ich, ich find's all right.«

»Setz mal kurz dein Hirn in Betrieb, du ...!«

»Hört zu, ist das denn so weit weg? Will sagen, ist es so weit, dass ...«

»Setz dein Hirn selbst in Gang!«

»Und wie weit ist es wirklich?«

»Viel zu weit, wenn du mich fragst.«

»Mach 'n Punkt, du. Wir fahren Bus von Hinterlass nach Koseruh. Und zurück auch wieder Bus und Bahn.«

»Ach, zieh Leine und los! Total beknackt!«

»So? Und wieso?«

»Wieso? Wieso ist das beknackt? Komm zu dir, Mensch! Kapierst du rein gar nix?«

»Junge, Junge, eins wüsst ich gern. Denkst du, ich frage, wenn ich weiß, was das alles bedeuten soll?«

Das war natürlich Rebekka. Sie sah mich an, als erwarte sie eine Antwort. Als wüsste sie nicht ganz ausgezeichnet, was ich meine! Sie wollte wohl die Überlegene raushängen und mich zum Denken zwingen oder so. Ich forderte sie also auf, selbst mal zu erforschen, ob bei ihr noch ein bisschen Hirn vorhanden sei oder ob sie dazu schon zu erwachsen wäre. Ich formulierte das so:

»Wenn du nich schon ganz überreif bist, fällt dir vielleicht auf, dass wir alle noch nicht ganz erwachsen sind. Alle außer dir wahrscheinlich!«

»Nicht?«, sagte Rebekka.

Sie lächelte ihr zögerndes, etwas schiefes Lächeln, das jedes Mal meine allerzartesten Gefühle weckte.

»Könnt'st du's nicht vielleicht ab und zu probieren, Finger? Bisschen zu wachsen, meine ich. Nur so 'n winziges Stückchen ab und zu?«

»Ha, ha!«, machte ich verärgert. »Meinst vielleicht, du bist erwachsen, weil du schon 'n Busen kriegst?«

»Nein, aber ich kann mich erinnern, dass ich das seinerzeit für einen guten Anfang hielt.«

»Für 'n guten Anfang hielt«, äffte ich ihre Worte nach. »Was hast du denn plötzlich Erwachsenes, was ich nicht habe?«

Sie lachte. »Tja – den Busen zum Beispiel?«

Um ihren Sieg so richtig zu unterstreichen, richtete sie sich kerzengerade auf, zog die Schultern nach hinten und wackelte mit dem Oberkörper. Sie kriegte einen ziemlich roten Kopf, war aber sichtlich zufrieden mit sich. Ich für meinen Teil war nur rot – nicht allein vor Ärger, sondern auch aus Verlegenheit.

Weit-von-Daheim und Vornüber lachten schon eine ganze Weile laut über uns, während Weh uns alle voll Ernst betrachtete. Zum ersten Mal seit langem machte er den Mund auf, ohne gefragt zu sein.

»Mich macht das echt happy, dass ich keine Titten hab«, ließ er verlauten.

Die ganze Bande grinste.
»Huhh!«, lachte ich. »Und du willst dir wirklich nie welche zulegen?«
Weh musterte Rebekka und Weit-von-Daheim mit seinem stets offenen Blick. Dann schüttelte er den Lockenkopf.
»Nie!«, kam es abweisend. »Ich finde, die sehen so schwer und unpraktisch aus.«
Jaja, die Stimmung hob sich. Es fiel uns gar nicht ein, darüber zu streiten, wohin wir wollten, und mir dämmerte, dass ich einigermaßen auf der Leitung stand. Dass ich den eigentlichen Grund, warum wir in der Eisenbahn saßen und gen Mitternacht fuhren, total verdrängt hatte.
Weh saß also in seiner abgetragenen blassroten Jeansjacke und so einer braunen Cordsamthose, wie sie zur Zeit meiner Geburt gerade aus der Mode gekommen war, mit uns, seinen Freunden, in der Eisenbahn. Er hatte immer Trauerränder unter den Nägeln. Sein braunes Kraushaar über dem spitzen Gesicht glich eher einem riesigen, ungerodeten Dschungel. Er hatte nicht ein Wort darüber verloren, dass er am Boden zerstört war, dass sein Herz blutige Tränen weinte, dass er sich in einer großen, bösen Welt auf dem Abstellgleis und total verlassen fühlte. Also empfand er es vielleicht gar nicht so? Von Zeit zu Zeit starrte er aus dem dunklen Fenster. Das Glas zeigte einen verschwommenen, blassen Widerschein unserer Gesichter und des Abteils, in dem wir saßen. Draußen floss die Dunkelheit vorüber. Lichtpunkte, Wegkreuzungen, flüchtige Blicke auf Bauernhöfe, Hundehütten, geblümte Küchengardinen. Dann und wann ein stillgelegter Bahnhof, husch! und vorbei. Im Hin-

tergrund, wie ausgezackt, ein waldbestandener Höhenzug, der unter dem Nachthimmel anstieg und absank.
Der Lautsprecher an der Decke knatterte und rauschte, und dann tat eine Stimme kund, dass die nächste Station Hinterlass sei, Ausstieg rechte Seite. Weh schoss sofort hoch.
Der Zug lud uns ab und lief davon, und als ich mich umsah, wusste ich, weshalb. Wir standen wie **vergessen** in Hinterlass, und man hätte gut und gern auch **verlassen** sagen können. Ein Bahnsteig und ein kleines Halbdach aus Beton, das war alles. Es war sozusagen ein bisschen kalt geworden, und Wald gab es, wohin man schaute. Großen, stillen Nadelwald, finster dass Gott erbarm. Einziger Lichtblick war der Mond, aber der sah auch nicht gerade freundlich aus. Er machte die Eisenbahnschienen zu Mondscheinschienen. Rund und fern hing er über uns am Himmel und machte die Bahnstrecke zu einem weißen Strich, um gewissermaßen aufzuzeigen, in welcher Richtung die Zivilisation lag. Sicher hundertzwanzig unmenschliche Tagesmärsche entfernt.
»Waldeslust! Waldeslust!«, sang Vornüber, aber keiner wurde davon seines Lebens froher. Wir liefen hinter Weh her, um den kleinen Betonbau herum, und stellten fest, dass es dort eine richtige Straße gab. Es war zwar nur eine schmale Straße, aber sie war echt asphaltiert, und es gab sogar eine Bushaltestelle, die hoffentlich auch echt war. Dem Fahrplan nach blieb uns reichlich Zeit bis zum letzten Bus nach Koseruh.
Wir warteten also eine Weile, und dann saßen wir eine Weile im Bus. Und noch eine weitere Weile und viele rat-

ternde, brummende Weilen dazu, mit vielen Gangschaltungen und überraschend scharfen Kurven im nächtlichen Wald. In einem grünen Bus mit einer grün gekleideten Fahrerin hinter dem Lenkrad. Vorn bei ihr saß ein älteres Ehepaar in dicken Daunenjacken, und ganz hinten saßen wir im Heißahoppsassa.
Rebekka und Weh saßen vor uns, und sie rempelte ununterbrochen gegen seine Schulter.
»Du hast dir doch hoffentlich die Adresse in Koseruh aufgeschrieben?«
Weh fuhr herum. »Aufgeschrieben, was 'n?«
»Na ja, vom nächsten Motel. Die haben doch hoffentlich eine Adresse hinterlassen. Weißt du noch –«
Nein, sie hatten keine Adresse hinterlassen.
Die ganze Bande war mit einem Mal putzmunter. Wir umringten Wehs Sitz.
»Was soll denn das nun wieder ...?«
»Soll wohl 'n Witz sein ...?«
Einen Augenblick lang wirkte er ein bisschen fassungslos, aber das war nichts gegen meine Gefühle. Ich hätte mir vorstellen können, dass ich ihn bei nächster Gelegenheit aus dem Bus hieve. Er legte den Kopf schief, und seine Locken verdeckten das eine Auge.
»Jetzt hört mal«, flehte er. »Hört doch mal! Mein Vater hat eine Tante. Soll heißen, ich hab eine Tante. Die Schwester von meinem Vater, und die wohnt in Koseruh, und er unternimmt nie was, ohne mit ihr geredet zu haben.«
Vornüber schob sein Gesicht ins Blickfeld und verzog stinkwütend seine geschwollene Lippe.

»Jetzt reicht's aber! Wenn er mit ihr reden will, braucht er doch nur 'n Telefon! Wozu in Dreiteufelsnamen muss er da gleich zu ihr fahren?«
Weh sah ihn erstaunt an.
»Klar hab ich das einkalkuliert!«, sagte er todernst. »Ich hab mir einfach die Landkarte vorgestellt und eine gerade Linie von zu Hause zu diesem Motel gezogen. Im Kopf natürlich. Und ratet mal, wohin diese Linie weiterführt!«
»Oh nein«, seufzte Rebekka leise.
Weh deutete aufgeregt in ihre Richtung.
»Ja, genau – direkt nach Koseruh ...!«
Es klang fast triumphierend. Ich glaube, keiner von uns war je Zeuge einer solchen Gedankenarbeit gewesen. Klotz sprach wohl so gut wie allen aus dem Herzen, als er sich an die Stirn tippte und laut stöhnte: »Du hast sie nicht alle! Du bist ja total bescheuert!«
Weit-von-Daheim fügte sicherheitshalber hinzu, er sei eine Pflaume, und: »Jetzt hast du uns alle reingelegt, du Nuss!«
Weh unterzog sie sofort einer näheren Betrachtung.
»Na gut«, gab er blitzschnell zurück. »Wann habe ich dich reingelegt, he? Und wann hast du mich was gefragt? Ich habe gedacht, ich hab Freunde dabei! Zufällig geht's nämlich um meinen Vater. Und zufällig wollte ich losziehen, und ihr habt euch zum Mitmachen angeboten. Oder wie?«
Klein und bissig stand er vor uns, und alle schaukelten wir uns gegenseitig auf.

Ich mischte bei einer neuen Runde Schimpfwörter eifrig mit. Aber Rebekka hatte wohl einen Blick aus dem Fenster geworfen, denn sie unterbrach uns.

»Okay«, sagte sie vernehmlich. »Hallo und gute Nacht allesamt – Pausenzeichen! Wir sind da.«

Und da waren wir.

Wir polterten aus dem Bus und stellten fest, dass Koseruh ein offener Platz am Meer war. Der Wald lag weit hinter uns oben am Bergrücken. Wir waren von weiß gestrichenen ein- und zweistöckigen Holzbauten umgeben, die Nacht roch nach Meer und Fisch und nach etwas, das möglicherweise Diesel war. Vor uns schwappte Ton in Ton mit der grauen Wolkendecke das Wasser an der Kaimauer hoch. Wo war der Mond? Vermutlich war er in Hinterlass hängen geblieben.

Der Bus zog eine Schleife und fuhr zur Straße zurück, auf der wir gekommen waren. Die roten Schlusslichter wurden kleiner und kleiner und verschwanden bald oben auf der Anhöhe. Allmählich verging auch das Motorengeräusch als einsames, schwaches Gebrumm in dunkler Ferne. Mir blieb keine Zeit, die Hoffnungslosigkeit zu genießen, denn Weh schritt schon den Kai entlang.

In Koseruh gehen alle Leute vor Mitternacht schlafen. Das ist gesund, viel gesünder, als verdrossen hinter einem beknackten Krauskopf herzutigern. Ich sah kein einziges Zimmerfenster, in dem Licht brannte, aber alle Leute hatten süße Laternen vor ihren süßen kleinen Häusern brennen, in denen sie süß schliefen.

Obwohl es vom Wasser her kühl aufstieg, war es hier in Koseruh wärmer als in Hinterlass. Wir folgten einem Weg, der dem Meer folgte. Die einzelnen Grundstücke waren durch flache, von der Dünung glatt gewaschene Felsrücken getrennt, wo an den Anlegebrücken sich die Boote mit **Plopp**- und **Klosssch**-Geschwappe unterhielten. Holzkähne und Kunststoffboote lagen hier vertäut. Es gab auch ein paar größere Dinger. Jollen, würde ich meinen.

Weh kannte sich hier offensichtlich aus. Er schwenkte auf einen schmalen Pfad ein, der zum Strand hinunter führte, und wir mussten uns anstrengen, im Dunkeln mit ihm Schritt zu halten. Er ging an einem hellen Lattenzaun entlang und dann an einer riesigen Sandkiste und einer Schaukel vorbei. Eine Abkürzung, wie sich zeigte, denn plötzlich standen wir hinter Tantes Garage. Ich ging jedenfalls davon aus, dass wir bei der Tante waren, denn Weh marschierte über den Kiesweg und dann die Treppe hinauf und klingelte an der Tür.

Das zweistöckige Haus war gelb gestrichen. Der kleine Garten enthielt wohl fast alles, was man sich an Büschen und Beeten und Steinplattenwegen vorstellen konnte. Er erstreckte sich lang und schmal zum Strand hinunter. Abgesehen von der Außenbeleuchtung, war im Haus kein Licht zu sehen. Weh stand ungeduldig vor der Tür. Wir anderen warteten am Fuß der Treppe.

»Und hier soll sie wohnen? Bist du sicher?«

Weit-von-Daheim war sauer und verdrossen. Weh warf ihr einen Blick zu, gab aber keine Antwort. Er drückte wieder auf den Klingelknopf. Lange. Wir hörten irgendwo im Haus dumpfes Gebimmel.

»Die schläft bestimmt schon«, kam es leise von Rebekka.

»Ich hab Hunger!«, sagte Weit-von-Daheim.

Sie war schon so down, dass es richtig gemein klang.

»Du!«, blaffte sie. »Hör mal! Der Strich, den du da in deinem Kopf gezogen hast! Wenn der ’n bisschen schief lief, sind wir vor dem verkehrten Haus gelandet!«
Ich fuhr zusammen, als hinter mir der Kies knirschte. Es war aber nur Vornüber, der eine Runde um die Garage gedreht hatte.
»Steht ’n Wagen dort«, meldete er. »Sieht aus wie ’n Kombi.«
»Schon gut«, sagte ich ärgerlich. »Mercedes oder BMW?«
»Klappe!«
Er schlug mir mit seiner Pranke auf die Schulter. Ich blieb ihm nichts schuldig und empfahl ihm, Leine zu ziehen. Um ein Haar hätte es ein Gerangel gegeben, aber Weh hopste jetzt die Treppe wieder runter.
»Sie ist hundertprozentig nicht zu Hause«, sagte er überzeugt und verschwand um die Ecke im Garten.
Wir zottelten ihm zwischen Büschen und Obstbäumen nach und stellten fest, dass das Haus an der Hinterseite eine breite Terrasse hatte. Weh rüttelte mehr als unsanft an der Terrassentür, aber sie war und blieb verschlossen. Er drückte sich die Nase an der Scheibe platt und versuchte einen Blick in das finstere Zimmer zu werfen. Ich hatte soeben hinter Rebekka die Terrasse erreicht, als er einen Besen packte und durch die Luft schwang. Rebekka blieb erschrocken stehen. Weh stieß den Besen wuchtig durch die Glastür.
Krasch! Mitten hinein, dass die Splitter nur so über den Boden klirrten. Haltlos schlug er mit dem Besen auf die Scheibe ein.

»Wohl vom wilden Wauwau gebissen, oder ...?«
»Pfui fallera!«
Mit offenen Mündern sahen wir zu, wie er seinen Arm durch das abgezackte Loch im Fensterglas steckte. Er tastete an der Innenseite nach dem Schlüssel. Ich stand einen halben Schritt hinter Rebekka und war keiner Bewegung fähig. Die Glasscherben knirschten unter Wehs Schuhen, ich hatte das Gefühl, halb Norwegen müsse davon wach werden und sich aus den Betten erheben.
»Hör schon auf!«
Meine Stimme kam breiig aus der Kehle. »Kommt, hauen wir ab!«
»Muss das rauskriegen«, sagte Weh und rüttelte weiter. »Muss wissen, ob die hier gewesen sind ...«
Weit-von-Daheim winkte uns von der Hausecke aus aufgeregt zu.
»He! Ein Auto! Da kommt jemand!«
Noch während sie das sagte, hörte ich es auch. Auf der Straße an der Anhöhe über dem Haus. Ein Wagenmotor. Ein Auto fuhr niedertourig in unsre Richtung auf dieses Haus zu.
In einem Affentempo hatte ich in Vornübers und Weit-von-Daheims Spuren die Wiese weiter unten erreicht, dicht gefolgt von Rebekka und Weh. Meine Beine liefen nicht, sie flogen. Weg vom Haus, ab in die Büsche.
Als wir bei der Garage ankamen, schweifte das Scheinwerferlicht über die Bäume am Kiesweg. Eng zusammengedrängt hockten wir, nach Atem ringend, im Kreis, als das Auto bremste.

Langsam blieb es außerhalb unsres Blickfelds stehen. Nur der rote Widerschein der Rücklichter war sichtbar. In der anderen Richtung beleuchtete ein weißer Lichtkegel die Hauswand neben der Treppe.

Es dauerte. Fünfhundert Jahre schätzungsweise. Wir schnauften und warteten und horchten. Der Motor hinter der Garage ging unbeteiligt im Leerlauf.

Eine Wagentür wurde geöffnet. Für einen kurzen Augenblick hörte ich erschreckend nah und deutlich eine Frauenstimme.

»Aber meine Liebe, ich bitte dich!«

Die Tür wurde wieder zugeschlagen und das restliche Gespräch abgeschnitten, falls es überhaupt weitere Worte gegeben hatte.

Eine menschliche Gestalt kam an der Treppe zum Vorschein, eine Dame im beigen Mantel. Vermutlich die Tante. Sie ging zur Haustür hinauf und steckte den Schlüssel ins Schloss.

Der Lichtkegel glitt über die Wand, als der Wagen anfuhr, um zu wenden. Die Rücklichter kamen um die Ecke und glühten uns durch die Auspuffwolke an. Gleichzeitig verschwand die Tante im Haus und schloss hinter sich ab.

Ich konnte sie eine Treppe hinaufgehen hören, dann übertönte der Wagenmotor alles. Das Auto schwenkte ein und rollte den Kiesweg hinauf.

Jemand hätte mich fast umgestoßen, und schon sah ich Weh oben am Straßenrand. Er sprintete neben dem Wagen her und schlug im Laufen gegen Tür und Dach.

Das Auto bremste so jäh, dass der Kies hochspritzte.

Weh gestikulierte und redete. Der Wagen war weiß, kein Zweifel, es war derselbe, der ihm vor dem Motel davongefahren war.

Der Fahrer kurbelte das Fenster herunter. Weh stand so, dass er uns die Aussicht versperrte, aber ich hatte den deutlichen Eindruck, dass es sein Vater war, mit dem er dort sprach.

Neben mir fingen Vornüber und Rebekka zu quasseln an, und im gleichen Moment machte Weh die hintere Wagentür auf und rief uns etwas zu.

Wir sprangen alle vier auf und trabten zu ihm hin.

Es war wohl einer der weniger erfreulichen Augenblicke in der Geschichte von Koseruh, als wir uns in den Wagen quetschten. Weh ordnete an, und keiner von uns hatte den Geist, zu protestieren oder Fragen zu stellen. Wir klappten die Türen zu, und los ging's.

Ich saß neben Rebekka, und sie saß neben Weit-von-Daheim, die Vornüber auf dem Schoß hielt. Auf dem Beifahrersitz saß Weh. Wir verließen Koseruh. Hinter dem Lenkrad saß eine eiskalte junge Dame mit blondem Haar und hasserfüllter Stimme.

Weiter weg als fort

Weiter weg als fort

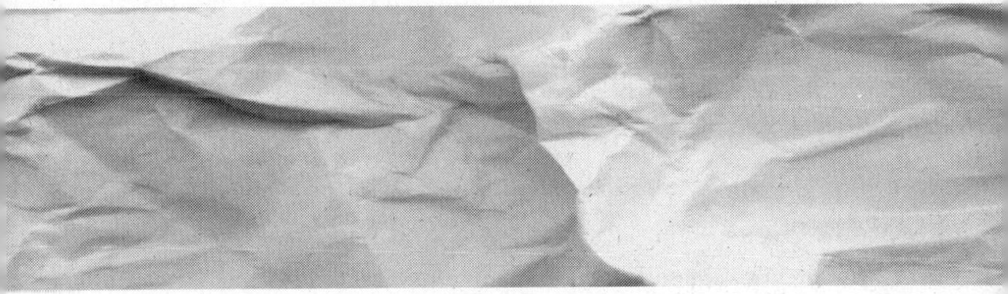

Keine Rede davon, dass sie uns hasste; nie wäre mir so etwas in den Sinn gekommen. Konnte es denn möglich sein, jemanden zu hassen, den man erst seit sechzig Sekunden kennt? Soviel ich weiß, gab es keinen einzigen Menschen auf der Welt, gegen den sie Hass empfand. Und trotzdem – ihre Stimme lief mir, als sie den Mund aufmachte, kalt und spitz den Rücken runter. Jedes zweite Wort war messerscharf und geschliffen.

»Ich hab Hunger!«, kam es brummig von Weit-von-Daheim.

»Ach ja«, sagte die Chauffeuse.

Sie hieß Johanne. Kurzes blondes Haar und lila Lederjacke. Die Hände auf dem Lenkrad endeten in langen Fingernägeln in der Farbe der Jacke. Nichts an Johannes Äußerem war Zufall, oh nein. Wenn ich schätzen müsste, würde ich sagen, sie war so Ende zwanzig oder Anfang dreißig. Sie fuhr ruhig, war aber alles andere als sanft gegen den Schalthebel.

Wir waren unterwegs nach Süderflucht, wo Johanne und Weh senior sich für diese Nacht in einer kleinen Pension eingemietet hatten. Am frühen Abend hatten sie die Tante aus Koseruh zu einem Schwätzchen in ihre Pension geholt, und dann hatte Johanne sie wieder nach Hause gefahren.

Für einen Augenblick überfiel mich erneut die große Angst. Ich sah die Tante vor mir, wie sie gegen Morgen in ihrem Bett zu frieren anfing und aufstand, um nachzusehen, warum es im Haus so vertrackt zog. Wie viel unternahm die Polizei wegen einer eingeschlagenen Fensterscheibe – gab es Großalarm und eine Straßensperre mit bewaffneten Beamten, ehe wir noch diese Pension erreicht hatten? Oder wurden wir der Einfachheit halber gleich in Süderflucht erwartet? Hatte uns die Tante möglicherweise ins Auto schlüpfen sehen und gleich einen Rundgang ums Haus gestartet?

Johanne erzählte uns, dass sie schon früh am nächsten Morgen weiter nach Radlos fahren wollten. Sie hatten beide dort in einer Fabrik Arbeit gefunden, die, wenn ich richtig verstanden hatte, Fahrräder herstellte. Wegen des Motorengeräuschs kriegte ich nicht alles mit, was gesprochen wurde. Meistens redete Johanne ja nur mit Weh.

Er legte, kaum hatten wir Koseruh hinter uns gelassen, die gestohlene Tasche ins Handschuhfach und zog ein Bein unter. Er versuchte sich wohl zu entspannen oder zumindest diesen Anschein zu erwecken. Nicht ganz einfach, stelle ich mir vor, wenn man mit der Papadiebin an seiner Linken durch die Nacht kutschiert. Ich muss sagen, er schaffte das prima, er schlug ihr nicht mit irgendeinem schweren, kantigen Ding den Schädel ein. Wo hätte er es auch hernehmen

sollen? Aber er machte auch keinen Versuch, uns abzuwimmeln. Er hatte ein kleines Päckchen in der Tasche und im Leben nur ein einziges Ziel.
Es war Johanne, die uns abwimmelte. Sie fuhr an eine Zapfsäule, um aufzutanken. Wir kletterten alle aus dem Wagen, um uns die Beine ein bisschen zu vertreten. Eine blasse, niedergeschlagene Clique, könnte man sagen. Eigentlich nicht einmal mehr eine richtige Clique. Es hatte sich wohl zu viel Müdigkeit und Hunger und einiges an Hirngespinsten eingeschlichen, jeder hatte seine eigenen Gedanken und sah keinen Grund, darüber zu reden. Die Tankstelle roch nach Benzin, wie Tankstellen das so an sich haben. Im Gebäude daneben pries sich in klassischem New-speach Torbjörns All-Night Café an. Davor parkte ein Schokolade-Fernlaster. Als Johanne sich erbot, uns einen Bissen Essen zu spendieren, waren wir alle ein Herz und eine Seele. Mit hoffnungsfrohem Magenknurren trabten wir treppauf.
Torbjörns All-Night war all right, aber dieser Torbjörn war entweder nach Hause gegangen, oder er hatte sich einer missglückten Schönheitsoperation unterzogen. Das riesenhaft wuchtige Wulstgebilde hatte zweifellos weibliches Schwabbelfett unter den Röcken. Wuchtige Preise nahmen sie auch für ihre belegten Brötchen. Wir pferchten uns in eine Ecke zwischen Juke-Box und Klotür. Weder die eine noch die andere verlockte zur Benutzung, aber ansonsten war es so einigermaßen bei Frau Torbjörn. Wir kauten in gefräßiger Stille, während Johanne versunken über einem zerdrückten Zigarettenpäckchen meditierte.
Das Päckchen enthielt offenbar keine Zigaretten mehr. Das

interessierte uns aber wenig, denn unser Geruchssinn war im Moment ganz auf »zweimal mit Gouda« eingestellt. Johanne sagte, sie wolle sich was zu rauchen holen, und es dauerte einige Zeit, bis Weh urplötzlich feststellte, dass sie nirgends zu sehen war. Wir galoppierten nach draußen und brauchten die Tankstelle gar nicht erst näher zu untersuchen, denn der weiße Wagen stand nicht im Entferntesten dort, wo er hätte stehen müssen. Er stand vermutlich überhaupt nicht, sondern rollte wohl mit Wehs Diebsgut im Handschuhfach Richtung Süderflucht.

Also waren wir jetzt auch noch pleite. Da standen wir und wussten nicht einmal, an welchem Punkt der Landkarte wir uns befanden. Hier gab es nur uns und Frau Torbjörn, einen schlafenden Fernfahrer – und das absolute Nichts.

Weh fing zu heulen an.

Drum konnten wir andern uns zurückhalten; irgendwie tat er es für uns alle. Er schmierte sich die Tränen mit einer geballten kleinen Faust durchs Gesicht und gurgelte vor sich hin: »O weh! Oh weh!«

Rebekka und Vornüber wollten ihn von beiden Seiten trösten, aber das bewirkte nur, dass er außer dem Heulen auch noch zu gehen anfing. Er trottete im Dunkeln am Straßenrand entlang, Süderflucht von Schluchzer zu Schluchzer einen Schritt näher, und wir latschten hinter und neben ihm her. Vornüber und Rebekka neben, ich und Weit-von-Daheim hinter …

Die lange, schnurgerade Straße lehrte uns mit einem Mal das Gruseln. Weh hörte ein Auto und drehte sich, starr vor Hoffnung, um. Scheinwerferlicht kam über den Hügel am anderen Ende, wir sahen es zur Tankstelle einschwenken und zu einem weißen PKW werden, der etwas Blaues auf dem Dach hatte. Zwei einander recht ähnliche Gestalten gingen zunächst zu Frau Torbjörn hinein und dann zur Tankstelle. Kurz darauf kam ein Polizeiwagen auffallend langsam auf uns zu. Ich konnte, während er gemächlich an uns vorbeisummte, auf den Vordersitzen zwei Personen ausmachen. Zwei Späher auf Rädern. Wir blieben bewegungslos im Straßengraben liegen, bis das letzte Flüstern des Motors entschwunden war.

Die spendable, rauchsüchtige Johanne hatte offensichtlich ein Telefon erwischt. Wer konnte es sonst gewesen sein als sie? Ihr war wohl gedämmert, wie riskant ein Treffen zwischen Weh und seinem Vater sein konnte – man stelle sich vor, der Junge hätte den Mann mit nach Hause geschleppt! Ganz zuverlässig war so ein Windhund schließlich nicht. Durchaus vorstellbar, dass ihr die Nerven durchgegangen waren, als sie diesen reizenden kleinen Weh zu sehen kriegte. Zum Beispiel. Ich glaube nämlich nicht, dass sie das alles geplant hatte; meiner Meinung nach war sie ein ehrlicher Mensch – bis zu dem Augenblick, wo wir zu Frau Torbjörn kamen. Vielleicht sollte sich das jeder mal überlegen, der Imbissstuben am Straßenrand gut findet.

»Ich will! Ich will, will, will!«, sagte Weh. »Ich werde ihn zurückholen!«

Weites, dunkles Flachland, die Straße eine lange Wellenlinie vor uns. Wir trotteten neben dem Straßengraben dahin und waren nicht gerade in Topform. Nach und nach ließ die Nacht ein wenig lockerer, die Wolkendecke gab ein paar blauweiße Sternenpunkte und einen Teil dieses schlimmen Mondes von vorhin frei. Jedes Mal, wenn wir eine Anhöhe in der Landschaft erreicht hatten, lag nichts als ein schnurgerades Wegstück hinter uns und ein schnurgerades Wegstück vor uns. Als sich Motorengeräusch näherte, stellten wir uns, in der Hoffnung, es könnte uns jemand mitnehmen, mit ausgestreckten Daumen schön in eine Reihe. Ein kleiner LKW kam und war schon wieder verschwunden, danach kam nichts.

Doch, fast hätte ich's vergessen, es kam ein kleines Gewässer und ein im Schlafe liegender Bauernhof. Vor der Scheune stand der LKW von vorhin; vermutlich hatte ihn der Mut zum Weiterfahren verlassen. Ich hatte ein Gefühl, als wären wir die ersten Menschen, die das anschließende Straßenstück benutzten.

Zu Hause in der Stadt hatte ich mir, als wir von der Schule abschwirrten, vorgenommen, dass ich Weh helfe. Ich hatte ja keine Ahnung, worauf ich mich da einließ, und es war ja auch egal, denn besonders waghalsig bin ich nie gewesen. Der Junge war in einer Verfassung, aus der ich ihm heraushelfen wollte. Daher mein Entschluss. Schnell, ehe der Entschluss sich zu etwas anderem entschloss. Eigentlich traute ich mich nicht, aber ich wollte.

Und jetzt setzte ich es in die Tat um, ich ging durch die Landschaft und half ihm. Mitten in der Nacht war ich dabei, ihm irrsinnig zu helfen. Vielleicht verhalf ich ihm zu Streitereien und Polizei und Strafe, vielleicht nur zu einer Enttäuschung. Meine Füße, meine Beine, der Nacken taten weh, ich hatte immer noch Hunger und war völlig geschafft, aber vor allem hatte ich die ganze Geschichte satt. Ohne Geld, ohne zu wissen, wo wir uns befanden, ohne jede Möglichkeit, Wehs Vater einzuholen. Nein, es gab jetzt überhaupt keinen Zweifel mehr, ich erkannte, dass wir aus reiner Idiotie weitermarschierten.

In meinem Kopf suchte ich nach den richtigen Worten, um die andern zu überzeugen, ich übte im Gehen, wie ich es so vorbringen könnte, dass sie mir zuhörten. Dass unser einziger Ausweg war, im nächsten Haus, an dem wir vorbeikamen, die Bewohner zu wecken. Oder uns einfach gleich hier hinzusetzen und auf Hilfe zu warten.

Wir kamen zu keinem Haus, aber es wurde bald ein wenig lichter. Der Morgen dämmerte herauf, aber in unseren Gemütern gab es keinen Lichtblick. Wir kamen an einem Schild vorbei. Es war der übliche gelbe Pfeil, und er zeigte nach rechts. »Schwenk 3 km« stand zu lesen. Nach einer Ewigkeit auf unentwegt gerader Straße konnte der nächste Ort gar nicht anders als Schwenk heißen, logo. Auf der nächsten Anhöhe kamen wir wieder zu einer Kreuzung. Dort stand an einer Abzweigung, die über die Ebene zu einem spärlichen Laubwald führte, noch einmal ein ebensolches Schild. Es gab hier sogar eine Bushaltestelle mit einer Bank. Also war hier in grauer Vorzeit einmal ein Bus vorbeigekommen – vielleicht vor sechs, sieben Stunden.

Vornüber ließ sich auf die Bank fallen. Weit-von-Daheim setzte sich neben ihn.

»Bis hierher und nicht weiter!«

Damit wollte sie ausdrücken, wem hilft es schon, sich hier totzulaufen!

»Das Schlaueste, was wir tun können«, erklärte sie, »das Schlaueste wäre, hier abzuwarten, bis jemand kommt, der uns heimbringt.«

Weh stand in etwa zehn Meter Entfernung und sah ganz und gar nicht nach Hinsetzen aus.

»Gib auf!«, rief Weit-von-Daheim. »Vergiss es. Schick's mit der Post!«

Vornüber war abgekämpft, aber trotzdem anderer Meinung. Immerhin war es doch denkbar, dass wir dieses Süderflucht erreichten, ehe die beiden die Pension verlassen hatten?

Weit-von-Daheim schnaubte verächtlich und fragte, ob er den leisesten Schimmer habe, wo wir uns hier befanden. Oder hatte er vielleicht plötzlich eine geniale Eingebung bekommen?

Unser Klotz konnte darauf nicht viel antworten, aber ich sah ihm an, dass er sich etwas wie Mut wünschte, um wieder auf Trab zu kommen.

Ich holte tief Luft und sagte: »Jetzt kann es doch bis zu dieser Pension keine Stunden mehr dauern. Was soll's! Wo wir doch sowieso keinen Durchblick mehr haben.«

»Mach 'nen Punkt, Mann!« Weit-von-Daheim warf mir einen zornigen Blick zu. Rebekka setzte sich neben sie. Ich schielte nach Weh, der einfach so herumstand.

»Und außerdem«, sagte ich leise. »Außerdem sind wir hier, weil wir dem Jungen versprochen haben, dass wir mitgehen. Oder?«

»Und das war der größte Blödsinn!« Weit-von-Daheim ließ sich mit ihrem ganzen Gewicht gegen Vornüber fallen.

Unser Klotz hatte es bestimmt schwer; nicht mehr lange, und er würde aufgeben. Er legte Weit-von-Daheim seinen langen, starken Arm um die Schultern und starrte auf die Erde. Rebekka schaute Weh an, dann mich, und dann wieder Weh.

»Du!«, sagte sie. »Ob du wohl schon mal ans Aufgeben gedacht hast?«

Weh bohrte die Hände in die Hosentaschen. Er schüttelte den Kopf.

»Nei-hein!«, hörten wir ihn sagen, und Rebekka warf mir einen Blick zu.

»Ist doch Irrsinn, hier weiterzumachen. Das weißt du genau, oder? In Wirklichkeit weißt du doch, dass wir nichts mehr auf der Pfanne haben?«

Ich hüllte mich in Schweigen. Mein ganzer Körper fühlte sich wie Blei an. Ich schlurfte an den Straßenrand und setzte mich hinter der Bank auf einen riesigen Stein. Alles kam mir irgendwie selbstverständlich und eindeutig und im tiefsten Grunde bedeutungslos vor. Herr im Himmel, was war schon dabei, etwas zu wollen, was man einfach nicht schaffen konnte? Hier saß ich nun auf meinem Stein und fühlte mich wie ein riesengroßer Feigling.

Da begann Weh weiterzugehen. Ich merkte es an den andern, noch ehe ich sah, dass er sich in Bewegung gesetzt hatte. **Klipp, klapp**, im selben gleichmäßigen Tempo wie vorher.

Rebekka und Vornüber riefen ihm noch etwas nach, bekamen aber keine Antwort.

Sie riefen lauter, aber er marschierte einfach weiter.

»Weh!«, brüllten wir vielstimmig durcheinander.

Vornüber stand jetzt auf. Weh näherte sich Schritt für Schritt dem Laubwald, der der Straße von beiden Seiten schütter entgegenwuchs.

Vornüber winkte und schrie und setzte sich ebenfalls in Bewegung, aber Weh drehte sich nicht einmal um. Weit-von-Daheim erhob sich des besseren Überblicks wegen. Ich tat desgleichen. Wir sahen, wie unser Klotz ihn einholte und nach seinem Arm fassen wollte, aber Weh schüttelte ihn ab. Sie gingen nebeneinander weiter, und Vornüber fächelte herum und war offensichtlich voll in Aktion.

Bald waren sie unter den Bäumen fast verschwunden. Da peste Weit-von-Daheim mit einem unüberhörbaren Kraftausdruck auch los.

Rebekka warf mir einen Blick zu, lächelte mich verlegen an und stand ebenfalls auf.

»Also wie gehabt, Finger ...!«

Wir rannten nicht gerade, aber wir kamen doch zügig voran. Weit-von-Daheim hatte so lange Beine, dass sie bald hinter den andern im düsteren Dickicht untertauchte. Ich blieb neben Rebekka und guckte sie im Gehen an.

»Deine Eltern sind also übers Wochenende weg?«

Sie nickte.

»Also Samstag und Sonntag?«

»Ja«, sagte sie ärgerlich. »Volle achtundvierzig Stunden! Wieso?«

Ihre Augen ließen mich nicht los, aber das war mir nur recht. Ich konnte warten, bis sie den Blick wieder nach vorn richtete.

»Und wo sind sie?«, fragte ich.
»Geht dich doch nix an!«
»Nö, ganz und gar nicht. Aber war's nicht so, dass du deswegen hier mitgemacht hast? Und weil sie weg sind, hat dich das Jasagen irgendwie nichts gekostet?«
»Na und?«
Sie hatte Tempo zugelegt. Ich ließ mich nicht abhängen, aber mein Atem wurde für längere Sätze zu kurz. Rebekka warf mir ein paar Unheil verkündende Blicke an den Kopf, und ihre Augen ließen mich nicht los, während wir so nebeneinander durch den Wald trabten.
»Mal ehrlich, Finger! Hast du dir irgendwas dabei gedacht?«
»Im Grund schon«, antwortete ich heiser.
Unsre Schritte waren unter den Bäumen viel deutlicher zu hören. Es war auch wieder ein bisschen dunkler geworden. Von den andern sah ich nichts, ich hielt Rebekkas Blick stand und sagte: »Möglicherweise habe ich darüber nachgedacht, wer heute statt deinem Vater im Tor steht.«
Ihr Vater und meiner spielen zusammen Handball, und Rebekkas Vater ist Tormann. Es ist nur so ein Altherren-Fez, purer Spaß eben, aber einen brauchbaren Reservekeeper hatten sie für das heutige Spiel nicht. Ohne ihren Vater wäre also nichts gelaufen. Sie wusste genau, dass ich das wusste.
Rebekka drehte sich nach mir um. Atemlos blieben wir stehen und starrten einander an. Ich wage nicht gerade zu behaupten, dass die Funken stoben, aber ich garantiere, dass Rebekka selbst sprühte.

»Ach nein?«, fauchte sie. »Vielleicht setzen sie zum Beispiel Aanerud ein? Meinst du wirklich, die haben nicht noch einen fürs Tor? Kannst du dir wohl nicht einmal vorstellen, was?! Und warum kann nicht ...«

»Den setzen die doch nie ein«, fiel ich ihr ins Wort.

»Ach nein, und warum nicht?«

»Weil Aanerud nicht mal einen Ball erwischt, wenn du ihn ihm ans Hirn klebst. Und weil dein Vater daheim ist und mitspielt.«

Alle Wetter, war die wild! Sie strich sich die Haare wütend aus der Stirn und guckte mich herausfordernd an.

»Sag mal, was soll das eigentlich?«

Ich holte tief Luft, um zum vernichtenden Stoß anzusetzen, aber da hallte Vornübers Stimme durchs Waldesdunkel.

»Finger ...! Bekka ...!«

Es klang, als wären sie ein gutes Stück vor uns. Rebekka nahm die Unterbrechung nicht zur Kenntnis, aber ich hielt die Hände wie einen Trichter vor den Mund und rief:

»Jaaha! Wir kommen!«

Ich fing zu laufen an, sie kam hinterher. Wir drückten aufs Tempo und waren wieder Seite an Seite. Die Straße schlängelte sich leicht bergab. Unten am Waldrand standen drei, die auf uns warteten.

»Warum lügst 'n?«

»Halt die Schnauze, Mann!«

»Bist du so edel, dass du tun musst, als könntest du problemlos mitmachen? Willst du die Überlegene spielen, hm?«

»Sei kein Idiot! Red von was anderm!«

Sie versuchte mich abzuhängen. Aber schließlich wollten wir ja beide die andern einholen, also gab ich nicht klein bei, sondern sagte: »Ist doch rein zum Ausklinken, oder?«
Wir waren beide total ausgerastet, und als wir die andern einholten, schüttelten sie nur die Köpfe. Rebekka stemmte die Hände in die Seiten und fuhr mich an: »Vielleicht«, sagte sie wütend. »Vielleicht war denn doch ein andres Problem wichtiger als meins?«
Sie drehte sich auf dem Absatz um und übernahm, als wir den Wald hinter uns ließen, die Führung. Meine Stimme war eher schwach, aber ich musste das letzte Wort haben und rief ihr heiser nach:
»Das ist zum Glück nicht mein Problem!«
Die Straße führte an einem Flüsschen – oder sagen wir lieber an einem Bach – entlang. Es wurde wirklich nach und nach heller, es wurde Morgen, und da lagen vor uns – es war kaum zu glauben – einige richtige Gebäude. Ein großer, flacher vierstöckiger Kasten war von drei kleineren Häusern umgeben. Leerer Parkplatz, hohe Einfriedung. Auf dem Dach des größten Gebäudes stand A. G. Ha-We. Ein Name so gut wie jeder andere, da um diese Tageszeit sowieso keine Menschenseele hier zu sein schien. Im Vorbeigehen starrten wir schweigend durch den Maschendrahtzaun.
Kurz darauf waren wir in Hastwerk. Zumindest behauptete die Ortstafel solches. Wir hatten also kaum Grund, es zu bezweifeln. Wir kamen in das schöne Hastwerk, und wären wir nicht geblieben, hätten wir Hastwerk schnell hinter uns gehabt. Nicht gerade eine Großstadt, aber groß genug für

Gehsteige – und eine Kreuzung mit Wegweisern hierhin und dorthin.

Radlos in der einen, Süderflucht in der andern Richtung.

Das war nicht fair. Jetzt waren wir einfach gezwungen, eine Wahl zu treffen. Wir waren alle ausgepowert, sogar Weh. Die Welt stand in Erwartung eines neuen, schönen Tages. Die Sonne begann schon in den Baumwipfeln zu spielen, aber wir standen da und diskutierten, was weiter geschehen sollte.

»Ich muss aufs Klo«, sagte Weh.

Kein Zweifel, er musste. Er drückte die Knie durch und hatte eine tiefe Falte in der Stirn. Auf gut Glück folgten wir dem Gehsteig in die nächste Querstraße. Ein frühes Auto fuhr durch die Morgendämmerung, ein einzelner Mensch schritt auf dem Weg zur Arbeit an uns vorbei. Ich fühlte mich durch und durch steif gefroren. Das Postamt war noch geschlossen, der Gemüseladen ebenso. Wehs Blick irrte umher, zielstrebig auf der Suche nach einem Ort, wo er sein Problem loswerden konnte.

Ein Kastenwagen mit Backwaren tauchte an der Ecke auf und fuhr an uns vorbei. Wir entdeckten einen Bäckerladen. In der Querstraße stand vor aufgestapelten Brotkörben noch ein Wagen mit offener Schiebetür. Die Tür am Hintereingang der Bäckerei war angelehnt. Es roch dermaßen gut, dass mir das Wasser im Mund zusammenlief und mein Bauch nach Kuchen oder Brot oder … egal was schrie.

Wehs Bauch aber schrie nach etwas anderem. Er öffnete die Eingangstür.

»Ich versuch's mal hier«, sagte er mühsam.

Vornüber deutete auf die andere Straßenseite.
»Wir warten da drüben.«
Weh verschwand im Haus. Wir steuerten auf den asphaltierten Platz vor einem langen Gebäude gegenüber zu, das sich **KAUF & HANDEL** nannte. Eine hohe Laderampe erstreckte sich über die gesamte Länge, die aus Schaufenstern und einem riesigen Tor bestand. Es war schon eher ein Scheunentor. Kein Mensch war zu sehen, weder draußen noch drinnen, wir kletterten also auf die Rampe und ließen unsre müden Beine baumeln.
»Ich schlaf gleich ein«, sagte Vornüber.
Wir verstanden ihn. Wir saßen einfach nur so da.
Weh hatte offensichtlich gefunden, was er brauchte, denn es dauerte lange, bis er wieder herauskam, und als er auftauchte, war er ein wohlgelaunter Junge. Wir hingen wie eine Reihe gerupfter Hühner an der Rampe, während er uns von der Bäckerei her wohlwollend zuwinkte.
»Wenigstens kann er wieder winken«, stellte ich fest.
Unser Klotz hatte seinen Kopf in den Schoß von Weit-von-Daheim gebettet.
»Taxi kommt gleich«, meinte er schläfrig.
Wir lachten ein bisschen, weil wir einfach zu müde waren, es bleiben zu lassen. Aber mit einem Mal machte Weit-von-Daheim eine Handbewegung.
»Seht euch den an!«
Wir sahen.
Es zeigte sich, dass da ein Junge namens Weh hinter dem Bäckerwagen vor auf uns zusprintete. Ein Unglücksrabe auf der Flucht, aber das mit einem Korb voll hüpfender Back-

waren in den Armen. Niemand verfolgte ihn, zumindest im Augenblick nicht, aber wir waren vorsichtshalber ziemlich schnell auf den Beinen.

»Unmöglich!«, rief Rebekka.

»Futter!«, rief Vornüber.

Es war keine Zeit für langes Gelaber. Weh fegte vorbei, und wir hopsten herunter, wir pesten hinter ihm her und waren hinter **KAUF & HANDEL** auch schon um die Ecke. Ich bildete mir ein, ihn beim Laufen vergnügt lachen zu hören. Zwei Brötchen kullerten über den Asphalt, und Vornüber schnappte sie sich im gestreckten Galopp.

»Zeugen überflüssig ...!«

An der Rückseite des Gebäudes wuchs dichtes Gestrüpp. Weh hatte schon einen Weg gebahnt, als er stehen blieb, um auf uns zu warten. Wir setzten uns in Windeseile. Natur unter dem Hintern und Beton im Rücken, wer wollte sich über die Einrichtung beschweren! Wir waren geteilter Meinung, wie viel Hirnschmalz Weh eingesetzt hatte. Vermutlich gab es auch verschiedene Meinungen darüber, ob er überhaupt etwas eingesetzt hatte. Wir wagten uns kaum zu bewegen und behielten, ängstlich flüsternd, die Hauswand im Auge. Keiner verstand, was der andere sagte, denn wir hatten alle den Mund voll frischer Brötchen.

Eigentlich war es ja auch schon viel zu spät für Proteste – es gehört nicht zu den feinen Sitten, sich über den geschlachteten Ochsen zu unterhalten, während man Beefsteak isst. Du verstehst, was ich meine?

Web and Crime

Web and Crime

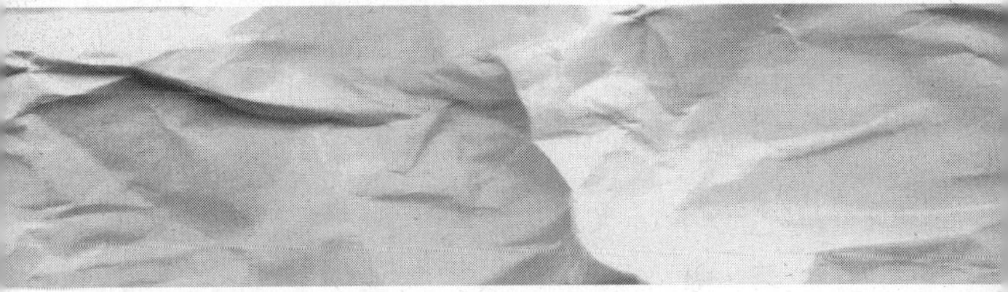

Jetzt habe ich diesen Bericht mal kurz durchgeblättert und festgestellt, dass ich ein bisschen von dem abgeschweift bin, worauf ich hinauswollte. Egal – lassen wir's stehen! Aber ab jetzt soll alles so niedergeschrieben werden, wie es ist. Wie es war.

Lieber Amund, die Zeitungen haben darüber geschrieben, es hat Leserbriefe gegeben, und die Leute haben die kuriosesten Ansichten geäußert. Über dich, über uns. Sogar im Radio. Auch im Fernsehen konnte ich Diskussionen verfolgen. Und das alles nur wegen ein paar kleinen Diebereien und einem Todesfall? Vielleicht. Aber vermutlich geht es den Leuten um etwas ganz anderes. Ich habe eine Menge Beiträge über Jugendliche gelesen, die dies und jenes geklaut hatten, aber das füllte nie mehr als wenige Zeilen auf Seite drei.

Und dass ein zehnjähriger Junge durch einen Verkehrsunfall ums Leben kommt, macht auch nicht unbedingt Schlagzeilen.

Ordentliche, ganz normale Familien, hieß es in einer von diesen Zeitungen. Wir kamen aus Elternhäusern, die man als ordentliche Familien bezeichnet, und das schien wichtig zu sein. Wir waren, wie man so sagt, normal, und das, was uns passierte, war ein Symptom, ein Zeichen für irgendetwas Typisches in unserer Zeit! Ein Fernsehmensch äußerte etwas Ähnliches, obwohl er es ganz anders formulierte.

Ich drückte auf die Fernbedienung und suchte mir einen anderen Kanal. Ich habe nichts dagegen, dass ich ein Symptom bin, aber ich glaube, die haben sich geirrt. Ich glaube, denen war es wichtiger, eine Meinung zu äußern als zu denken.

Erstens muss es doch ziemlich egal sein, ob unsre Familien nett sind oder beängstigend schlimm. Zweitens: Wenn es so etwas gibt wie eine nette Familie, wie normal ist sie? Ich weiß nicht. Ich weiß nur, dass wir aus fünf verschiedenen Familien kamen und dass die alle so gut wie gar nichts mit dieser Sache zu tun hatten.

Entschuldige, dass ich so daherrede, aber ich halte diese ganze Diskussion für blauen Dunst. Eine Seifenblase, zum Platzen voll Luft, und sonst nichts. Soviel ich weiß, hatte ein Journalist Wind von der Sache bekommen und hat dann ein bisschen in unsern Verhältnissen rumgeschnüffelt. Schließlich brauchte er Stoff, um seine Spalten zu füllen, das ist nun mal sein Job. Also hat er wohl in der Schule und in der Nachbarschaft ein paar Leute befragt und alles in seiner Zeitung breitgewalzt. Ohne dass es von irgendwelcher Bedeutung war. Er hat lediglich eine normale kleine Zeitungsblase aufsteigen lassen. Richtig in Schwung kam die

Geschichte erst, als alle andern Zeitungen auch anfingen mitzublasen.

Da ist die Blase immer schneller hochgestiegen. Sie wurde größer und sie schwamm auf einem Meer von Druckerschwärze, die Blase blitzte kurze Zeit schillernd auf und wirkte im Licht von Presse, Radio und Fernsehen eine Weile geradezu gewichtig.

Eine Woche später trat ein neues Ereignis ins Medienlicht, ein neues Elend kam zu Tage.

Pfff! – und wir waren nur noch ein feuchter Fleck in der Zeitung von gestern. Diebstahl oder nicht. Todesfall oder nicht. Plötzlich waren wir überhaupt nicht mehr interessant.

Ja, das fehlte gerade noch. Ich finde wirklich, man sollte schwerwiegendere Themen zur Diskussion stellen. Wenn du mich fragst, waren wir die ganze Zeit ungefähr so interessant wie eine Rolle gemeindeeigenes Klopapier. Versteh mich nicht falsch! Persönlich hätte ich gar nichts dagegen, etwas Besonderes zu sein. Aber um bei der Wahrheit zu bleiben, wir waren für überhaupt nichts typisch, und wir waren auch nicht besonders einmalig. Es passieren ein paar Sachen mit einigen Jugendlichen, und diese Jugendlichen machen ein paar Sachen. Punktum und basta. Bemerkenswerter war es nicht.

Zum Beispiel:

Vornüber und Weit-von-Daheim waren ineinander verliebt.

Es hat eine Weile gebraucht, bis ich kapiert hatte, was sie trieben, aber man konnte wirklich leicht übersehen, was da so lief. Sie nagelten einander mit Blicken fest, die wie glühende, stabile Drähte von Seele zu Seele führten. Oder so ähnlich.

Missverstehe mich richtig, ich meine nicht, dass die geil waren. Will heißen, das waren sie schon. Aber wenn sie etwas in dieser Richtung gemacht haben, begrenzte sich das unter Ausschluss der Öffentlichkeit auf den privaten Sektor. Dankenswerterweise. Das ist nicht anders aufzufassen, als es hier steht – sie waren ineinander verliebt. Auf die ganz normale, schwierige Tour.

Nach den Brötchen wollte Vornüber, dass wir den Korb zurückgeben, sofern sich das machen ließ, ohne dass wir gesehen wurden. Er hatte sich offensichtlich satt genug gegessen, um ein schlechtes Gewissen zu bekommen. Weit-Von-Daheim protestierte lautstark, und Rebekka stimmte ihr zu. Im Prinzip, wie sie es nannte. Mit anderen Worten: Sie wollte lieber ein schlechtes Gewissen haben, als erwischt werden.

Da Rebekka ein bisschen überheblich tönte, stellte ich mich dagegen. Nicht wirklich, sondern nur, weil sie es war. Rebekka wandte sich ab, und das war schon egal, denn Weit-von-Daheim und unser Klotz legten sich derart ins Zeug, dass sie schon eher eine Show abzogen. Sie diskutierten und argumentierten, ich glaube, die haben nichts andres gehört und gesehen als einander.

Erst meinte Vornüber, Weit-von-Daheim hätte Recht mit dem, was sie sagte. Aber dann vertrat sie mit einem Mal das, was er am Anfang gesagt hatte.

Dann wollte er alles noch einmal gründlich überdenken. In tönenden Worten selbstverständlich. Er war schon drauf

und dran, seine Meinung wieder zu ändern, als Weit-von-Daheim sagte, nein, er habe selbstverständlich Recht.
Und zu dieser Meinung wollten sie stehen?
Sie fragten einander in vollem Ernst, und beide versicherten, sie seien mit dem andern einer Meinung.
Das schien offensichtlich eine echte Erleichterung zu sein, denn plötzlich fingen sie an, ein endloses, geheimnisvolles Lächeln nach dem andern auszutauschen. Uns andern blieb die Spucke weg.
Lieber Himmel, die Bevölkerung von Hastwerk hätte ohrenbetäubende Tanzorgien im Gebüsch aufführen können – egal, die beiden hätte das nicht gestört. Vornüber und Weit-von-Daheim waren von einem Virus befallen, das um sie herum eine hohe, gläserne Wand errichtete.
Eine Hand berührte zufällig eine andere, und beide bekamen einen elektrischen Schlag, man konnte sehen, wie ihnen das Atmen schwer wurde. Pausenlos gab es zärtliche Blicke, schwellende Lippen und errötende Wangen. Gingen sie Hand in Hand, waren sie mit einem Mal nicht mehr Vornüber und Weit-von-Daheim. Die Körperkupplung erschuf aus zweien ein einziges Wesen, sie wurden zu Überweit und Vorndaheim. Sie konnten plötzlich sinnlos lachen, sie sahen Goldstaub, von dem niemand im ganzen Universum etwas wusste. Wenn sie einander umarmten, sahen sie so unwiderstehlich aus, dass sie sofort eine Anstellung in Disneyland hätten bekommen können. Aber du hättest ihnen das Messer ansetzen müssen, wenn du eine konkretere Antwort erwartet hättest als zwei sanft lächelnde, verträumte Münder.

Ob ich eifersüchtig war? Na klar, aber nicht auf unsern Klotz, sondern auf Weit-von-Daheim. Hin und wieder verspürte ich einen kleinen Nadelstich, denn irgendwie hatte sie mir den Freund ausgespannt. Jedenfalls empfand ich es so, und drum kamen mir die beiden vielleicht unausstehlicher und verrückter vor, als sie waren.

Weh, der ja etwas jünger war, schaute ihnen neugierig und eher erstaunt zu, aber im Grunde interessierte ihn das alles nicht. Rebekka allerdings ging mir echt auf den Keks, wenn sie verständnisvoll über die beiden lächelte. Sie flippte richtig aus, fand ich, also musste ich mal richtig Basic mit ihr reden. Sie möge sich abgeilen mit ihrem beknackten Oldie-Gehabe, weil sie dabei echt auf Null-Bock abfährt. Aber da kam's auch schon zurück, ich möge, bitte sehr, die Klappe halten. Oder mir jemand anderen suchen, mit dem ich meinen Frust teilen könne! Also hielt ich eine Weile den Mund, denn es stimmte ja, dass mir das Geknutsche langsam peinlich wurde.

Also alles wie gehabt, nichts Besonderes oder gar Ungewöhnliches. Ein Leben wie jedes andere und absolut kein Stoff für Schlagzeilen. Wir waren einfach eine kleine in Hastwerk gestrandete Clique, die einem Junior zur Seite stehen wollte.

Keiner von uns hatte jemanden vergewaltigt, wir schlugen keine alten Damen nieder, wir hatten keine Erfahrung mit Joints oder Junkies. Um die Wahrheit zu sagen, hatten wir mit überhaupt nichts besondere Erfahrung, bestimmt waren wir alle der Meinung, dass Power und Action nur was für andere war.

Aber letztlich ist dann einer von uns daran gestorben. Und in Hastwerk haben wir immerhin ein Auto geklaut.
Was Besonderes? Auffällig? Da bin ich mit Zeitungen und Radio und Fernsehen geteilter Meinung. Du weißt doch, ich bin längst nicht so smart, wie ich gern scheinen möchte! Nicht gerade eine sensationelle Enthüllung, aber ich glaube nicht im Mindesten, dass diese ganze Geschichte für uns typisch war oder uns irgendwie verändert hat. Ich kann sogar sagen, nein, ich weiß – eigentlich hätte alles nur Denkbare passieren können. Ja, wirklich alles nur Denkbare. Wir hätten ebenso gut etwas anderes machen können, etwas, was nicht in die Zeitung gekommen wäre, selbst wenn wir dafür bezahlt hätten. Der Zufall spielte genauso mit wie wir selbst.
Und drum ist es nicht wichtig. Wenn hier nur die Dinge zur Sprache kommen, die bei diesem Unternehmen auf unsere Kappe gehen, dann ist dieses Buch absolut unwesentlich.
Aber es ist einer von uns gestorben. Echt gestorben. Und wir haben in Hastwerk ein Auto geklaut.
Auch echt. Ein richtiges Auto, einen gelbbraunen Lieferwagen, auf dem seitlich eine Brezel abgebildet war.
Was ist eigentlich passiert?, habe ich mich hinterher gefragt. Eine Zeit lang habe ich mir andauernd solche Fragen gestellt. Was ist in Hastwerk passiert? Was ist mit uns passiert, habe ich mich gefragt, und andere fragten sich das nach und nach auch. Aber da war ich mit dem Fragespiel schon fertig. Meine eigene Antwort hieß nämlich, dass die Frage falsch war. Es hilft nichts, wenn man fragt, was mit uns passiert war, denn es war nichts Umwälzendes passiert.

Keine Veränderung, meine ich. Nein, man sollte lieber fragen, was wir waren.

Also Team A: Was waren wir?

Peng! Krach! Bumm! ... Der Richter sagt, die Antwort ist falsch.

Wir waren keine Teens. Nun ja, für die Zeitungen vielleicht, aber diese Antwort gilt hier nicht. Denn soviel ich weiß, war jeder von uns ein ziemlich verworrener Einzelfall, was hier aber kaum eine Rolle spielt. Möglicherweise waren wir unreifer als die gesamte übrige Weltbevölkerung. Hingen wir einfach zappelnd in der Luft, völlig unfertig genau zwischen zwei Abschnitten unseres Lebens? Schon möglich, aber was soll's? Das ist mir völlig egal. Unsicherheit wird als Antwort nicht anerkannt. Überschwängliche Gefühle werden nicht anerkannt. Pubertät – nicht anerkannt. Und so weiter, die ganze Liste von oben bis unten mit allem, was man uns zu sein lehrt, bis wir so um die Zwanzig sind. Nicht anerkannt, nicht in unserer Straße.

Was war ich? Ich war ein Mensch.

Das sagt dir nichts? Mir schnuppe, es ist trotzdem die Antwort, denn hier ist es Finger, der die Regeln aufstellt. Ein Mensch, nicht mehr und nicht weniger. Versuche dir fünf dieser Art vorzustellen. Fünf solche Menschen waren wir in Hastwerk.

Stelle dir einen niedrigen grauen Betonklotz am Rand einer Ortschaft vor. Straße auf einer Seite des Gebäudes, waldiges Gestrüpp auf der andern. Ein langer Bau mit flachem Dach. **KAUF & HANDEL** steht auf einem Schild. Es ist früher Morgen zu Beginn des Sommers, und die Sonne steht über

dem Höhenkamm im Osten. Etwas kühl, um genau zu sein, aber harmlose Sommerkühle.
Versuche dir eine Ortschaft vorzustellen, die nach und nach erwacht. Vielleicht acht, neun Straßen, fast menschenleer. Eine Frau im Mantel, aber mit Pantoffeln an den Füßen, führt ihren Hund Gassi; sie raucht und sieht aus, als wäre sie noch nicht ganz wach. Ein Bus und ein LKW fahren aus dem Ort hinaus, ein PKW parkt im nächsten Häuserviertel. Der Zeitungsbote radelt mit vollen Taschen vorbei. Im Postamt fängt jemand an, den Arbeitstag vorzubereiten, zwei Fußgänger sind unterwegs zur Arbeit. Drüben im Supermarkt rollt ein Fernlaster fauchend und quietschend die steile Kellereinfahrt hinunter. Vor der Bäckerei steht ein gelbbraunes Lieferauto mit der Abbildung einer Brezel auf der Seitenwand, ein älterer Mann im weißen Mantel trägt Brotkörbe aus dem Wagen in die Bäckerei zurück. Vielleicht hat der Fahrer angerufen, dass er krank geworden ist. Vielleicht hat es aber auch einen ganz anderen Grund.
Über der Straße, im waldigen Gestrüpp hinter **KAUF & HANDEL**, haben sich fünf junge Menschen versteckt und wagen von Zeit zu Zeit einen Blick um die Hausecke hinüber zur Bäckerei.
Sie sind blass. Fünf vor Müdigkeit graue Gesichter mit schwarzen Rändern unter den Augen. Sie sehen aus, als hätten sie sich schon länger nicht mehr gewaschen. Sie riechen auch so, verschwitzt, schmutzig, Mundgeruch. Der Kleinste hat die Hände tief in den Taschen seiner braunen Cordsamthose vergraben. Er ist mager, klein und durchgefroren. Seine blassrote Jeansjacke hat er zugeknöpft, den Kragen

um den dünnen Hals hochgeschlagen. Er will ein Auto stehlen, um nach Radlos zu kommen, er sagt, er sieht keinen anderen Ausweg. Wenn er den Kopf schüttelt, wehen die braunen Locken wie ein Vogelnest im Sturm. Seine Augen sind im grellen Licht der Morgensonne schmal, der hängende Mund ist halb offen. Er schnüffelt wie erkältet und zieht seinen schmutzigen Handrücken schnell unter der Nase durch.

»Das geht. Mit ein bisschen Schwein.«

»Nöö, geht unmöglich!«

»Ja doch, mit bisschen Schwein.«

»Kein Risiko, oder was!«

Sie beißt sich auf die Unterlippe, und es klingt fast, als wolle sie sich überzeugen lassen. Sie ist die Größere von beiden, ein asiatisch aussehendes Mädel. Die großen Augen drücken Erschöpfung aus, als sie einen der Jungen ansieht.

»Und wenn kein Schlüssel steckt?«, will sie wissen. »Wie wollt ihr dann starten?«

In der Stirn hat sie eine kleine Falte, das Haar ist über dem Jackenkragen zu einem Knoten gedreht. Kurze, braune Wildlederjacke. Mit hoch gezogenen Schultern wärmt sie die Hände in der Jackentasche und wippt unruhig auf den Zehenspitzen. Sie ist groß und schlank und ernst, die blauen Jeans haben hinten beim Sitzen Flecke abbekommen. Das andere Mädchen hat sich auf einen Stein gesetzt und lehnt sich an die Betonwand. Sie sagt nichts und sieht aus, als schliefe sie. Auch sie in Bluejeans, verschossenen, verschlissenen, recht schmutzigen. Ihre rechte Hand liegt auf dem Schoß, die linke hängt mit einer brennenden Zigarette zwischen den Fingern an der Wand herunter. Sie trägt eine schwarze Lederjacke mit glänzenden Nieten an Schultern, Ärmeln und Kragenbund. An den Beinen hat sie kurze, unter einer Schicht von Dreck und Staub dunkelblaue Sommerstiefeletten. Sie ist dunkelhaarig und hat einen fast weißen Teint. Grauer Lehmfleck auf einer Wange, die Augenlider fest geschlossen, den Hinterkopf an die Wand gestützt. Sie hört unbeteiligt zu.

»Keine Ahnung von Autos, oder?«

»Wie soll 'r.«

Der da protestiert, ist ein untersetzter, mittelgroßer Junge mit kurz geschorenem Haar. Beide Hände sind auffallend dreckig, der rechte Mittelfinger ist ein kurzes, merkwürdiges, nur aus einem Glied bestehendes Etwas. Jacke und Hose sind oversized, wie die Mode befiehlt. Hose rot, Jacke dunkel.

Nein, meint er, keine Rede davon, dass der Klotz ein Auto ohne Schlüssel starten kann, so was geht nämlich nur im Film. Die Klappe seiner einen Jackentasche ist halb abgerissen, ausgefranstes Futter steht heraus. Ein Ästchen steckt drin, aber das weiß er vermutlich gar nicht. Er blinzelt missmutig über roten Augen. Die Hosenbeine haben breite Aufschläge und sehen aus, als hätte er sie noch mehr in die Länge gezogen.

»So was geht nur im Film.«

»Woher willst du das wissen?«

»Weiß ich zufällig – und wenn du's könntest, du hättest gar nicht den Mumm.«

»Ach nee? Wetten?«

Der Letzte ist ein kräftiger Junge, groß und breitschultrig. Blondes Kurzhaar, hinten lang. Das verdreckte Gesicht macht ihn älter, als er ist. Im einen Mundwinkel steht die Unterlippe ein bisschen ab, und das Kinn ist geschwollen. Er kann ein Auto mit geschlossenen Augen starten, behauptet er, um eben auch etwas zu sagen! Er lehnt an einem Baumstamm, die Finger ziehen die Hosentaschen stramm. Seine Joggingschuhe sind längst nicht mehr weiß, eher grauschwarz. Ein rot kariertes Flanellhemd hängt zipflig unter seiner grünen Strickjacke vor. In den Maschen hängen hier und dort Blätter und Gezweig, als hätte er eine Hecke durchquert.

Etwas habe ich noch vergessen. Nämlich dass alle Hosen an den Knien dreckig sind, weil die Kids sich am Abend zuvor hinter einer Garage versteckt hatten und zudem einige Zeit im Straßengraben verbringen mussten.

Alles klar, Amund? Kannst du dir alles vorstellen? Siehst du den kleinen Ort, der gerade erwacht, und die fünf Kids im Gehölz hinter dem Gebäude von **KAUF & HANDEL**? Ausgepumpt, fertig, geistig eher weggetreten. Sie haben alles satt. Es steht ihnen bis zum Gehtnichtmehr. So abgekämpft und durstig und dreckig sind sie, dass sie absolut nicht mehr weiterwissen.

Sie hatten nie die Absicht, etwas zu stehlen. Bestimmt hätte keiner von ihnen das besonders schlau gefunden. Aber es war ja auch nicht gerade clever, dass sie dort waren, wo sie jetzt waren, jedenfalls nicht, wenn man normale Maßstäbe anlegte. Normal waren ja weder die Tageszeit noch der Ort, an dem sie sich befanden. Einer von ihnen war auf der Suche nach seinem Vater, er war in seinem Leben nur darauf aus, diesem Mann einen Gruß zukommen zu lassen. Es kommt schon manchmal vor, dass einer einsam und allein entscheiden muss, was für ihn im Moment das Allerwichtigste ist. Vielleicht kommt er zu dem Schluss, dass er dieses eine genau in diesem Moment tun muss, gleichgültig, was die Welt davon hält. Und die Folgen muss er dann hinnehmen.

Einer von diesen Kids hat viel über Autos geredet. Der, der weiterkommen will, fragt den Autoexperten, ob er ihm helfen will. Der Autofreak will das wahrscheinlich gar nicht, jedenfalls nicht auf **die** Tour, denn das bedeutet ja, dass er eine Grenze verletzen müsste, die zu verletzen er nie vorgehabt hat.

Aber da ist ja noch der Freund des Autoexperten. Er möchte gern helfen, und zwar auf die Weise, dass er diese idiotische Idee sofort ablehnt. Drum sagt er's, wie's ist, dass er nämlich glaubt, der Experte sei gar kein Experte, jedenfalls nicht, wenn's drauf ankommt.

Das kränkt den Autoschwätzer, und er wird wütend. Möglicherweise braucht er im Moment irgendetwas, woran er sich abreagieren kann. Es könnten sich Dinge in ihm aufgestaut haben, die raus müssen. Jedenfalls reagiert er.

»Ach? Wetten dass ...!«

Der gelbbraune Lieferwagen steht drüben vor der Bäckerei. Der Mann hat die Backwaren wieder hineingetragen, er ist nicht zu sehen.

Die Tür zur Bäckerei ist geschlossen, nichts regt sich in der Straße. Keine Fahrzeuge, keine Fußgänger. Von weither klingt dumpfe Musik aus einem Frühmorgenradio, und zu hören ist auch das Geräusch eines sich entfernenden Trucks. Sonst ist es still im Ort. Weh und Vornüber überqueren den Platz vor **KAUF & HANDEL**. Die aufgehende Sonne legt ihnen lange Schatten vor die Füße. Über die Straße, hin zur Bäckerei.

Weh stellt sich vor die Tür, vielleicht denkt er, er kann sie zuhalten, falls der Mann von vorhin heraus will. Vornüber klettert schnell in den Wagen, verschwindet hinter dem Lenkrad.

Es dauert ein paar Sekunden. Höchstens.

Der Lieferwagen fängt sanft zu schnurren an. Weh springt hinein und landet kniend im Bäckerduft. Der Wagen setzt sich von der Hauswand zur Straße ab. Die seitliche Schiebetür mit der Abbildung einer halben Brezel bleibt offen.

Sie fahren im ersten Gang am Wäldchen und ein kleines Stück am Gebäude von **KAUF & HANDEL** vorbei. Dort bremsen sie am Straßenrand, weich und gelassen. **Tick-tack** zeigt sogar der Blinker an, dass man stehen bleibt.

Die andern huschen aus dem Gebüsch in den Wagen. Erst Weit-von-Daheim, dann Finger, und schließlich Rebekka. Sie zieht die Schiebetür hinter sich zu, an der Außenseite erscheint eine vollkommene Brezel.

Bye-bye, Hastwerk. Sie fahren am Wald entlang, im Lauf von wenigen Sekunden liegt der Ort hinter ihnen. Etwas später behauptet Vornüber, dass er beim Starten in den Rückspiegel geguckt hat. Er behauptet, er habe das andere Bäckerauto um die Ecke kommen und vor dem Laden halten sehen, und die andern glauben ihm aufs Wort.

»Pfui Teifl! So ein Mist ...!«
»Bonnie and Clyde!«
»Was 'n das?«
»Alter Film von solch'n Kids wie wir! Gangster, Action, Crime! Wie jetzt ...«
Sie lachen laut und zu Tode erschrocken. Von Angst durchrieselt, sind sie mit einem Mal alle hellwach. Weit-von-Daheim sitzt neben Vornüber auf der Bank. Weh steht mit gebeugtem Rücken hinter ihnen, neben ihm Finger und Rebekka. Sie fahren an einem Fluss entlang nach Süden und finden tatsächlich die Hauptdurchzugsstraße zur Küste Richtung Radlos.
Weh setzt sich auf den Boden. Bald tun Rebekka und Finger das auch. Es rüttelt unter dem Hintern und schüttelt alle ziemlich durch, aber es ist auszuhalten. Viel unbehaglicher ist das Gefühl, hier eingeschlossen zu sein, ohne hinaussehen und den Vorgängen folgen zu können. Zwischendurch stehen sie mal auf und werfen einen Blick durch die Windschutzscheibe.
Sie albern herum, damit die Zeit vergeht und die Nerven einigermaßen mitspielen. Der Klotz probiert es mit einem Lied, aber da macht keiner mit. Sie blödeln lieber.
Sie fahren eine gute halbe Stunde oder vielleicht drei viertel. Alles in allem ist Vornüber wirklich Klasse. Sie halten die erlaubte Geschwindigkeit. Irgendwo nimmt der Wagen eine Linkskurve zu schnell und muss unerwartet abbremsen, aber alles geht gut. Angeblich kann das jedem passieren. Abgesehen von einigen wüsten Schaltmanövern mit Krachen und Zähneknirschen, haben sie keine Probleme.

Der Verkehr wird dichter, als sie sich Radlos nähern. Sie streiten ein bisschen, was sie jetzt machen sollen, aber alle sind sich einig, dass sie den Wagen loswerden müssen. Keiner von ihnen ist schon einmal in Radlos gewesen, also fahren sie auf dem kürzesten Weg ins Zentrum. In einem langen Tunnel entdeckt Vornüber, dass er vergessen hat, die Scheinwerfer einzuschalten, und fummelt auf dem Armaturenbrett herum, aber da sind sie schon wieder draußen in der Morgensonne. Sie stellen den Wagen auf einem riesigen, fast leeren Parkplatz ab.

Weh sagt, sie müssen alles abwischen, was sie angefasst haben. Wegen der Fingerabdrücke.

Die andern lachen und nehmen ihn ein bisschen hoch, warten aber auf ihn, als er es allein macht. Sie scheinen es komisch zu finden, wie er da mit seinem Taschentuch herumkriecht.

Dann machen sie, dass sie wegkommen, und sehen sich nicht mehr um. Keiner beklagt sich, keiner ist überfordert, denn es ist ja keiner wegen Autodiebstahls im Gefängnis gelandet. Sie haben das Gefühl, dass sie einfach alles schaffen können. Ja, wirklich, es geht ihnen momentan gut, und außerdem sind sie hier ja – genau wie zu Hause – von Straßenpflaster und Verkehrsampeln und Abgasen umgeben. Sie brauchen jetzt nur auszukundschaften, wie es um die nächste Ecke aussieht.

Große Gebäude, lange Straßen. Radlos ist eine richtige Stadt, nicht viel kleiner als die Stadt, aus der sie kommen. In einiger Entfernung sieht man Hafenanlagen am graublauen Meer, das in der Sonne glitzert. Die Geschäfte haben

gerade geöffnet, der Verkehr von Autos und Fußgängern kommt in Schwung. Ein typischer Familientag, ein gewöhnlicher Samstagmorgen für die Radloser. Aber nicht für unsre fünf. Sie haben einen Mann ausfindig zu machen und ein Päckchen abzuliefern.
Plötzlich ist Finger auf ein Telefonbuch aus. Wahrscheinlich ist es ihm wichtig, als Erster darauf zu bestehen. Er überholt Rebekka und übernimmt mit Weh die Führung.
Nach kurzem Gehsteigtrab kommen sie zu einem kleinen Platz mit einem noch kleineren Park, der schon in üppigem Sommergrün steht. Es gibt dort eine Sitzbank und einen Springbrunnen und eine Telefonzelle. Das Telefonbuch ist sogar unbeschädigt. Aber was suchen sie eigentlich?
Wie hieß nur diese Fahrradfabrik? Hatte Johanne darüber etwas gesagt? Na ja. Aber ganz bestimmt hatte sie von Fahrrädern geredet.
»Dann müssen wir auf den Gelben Seiten nachschlagen«, weiß Rebekka, und Finger fängt an, gelbes Papier zu suchen.
Nach eifrigem Gedrängel finden sie die Rubrik **Fahrradfabriken und Reparaturwerkstätten**. Eine lange Überschrift für wenige Zeilen mit Einschaltungen.
»Da isse!«, ruft Weh, und Fingers Trommelfell wird ganz taub davon.
»Sieh mal: **HemoRideRäder AG**!« –
Die Anschrift lautet: Nutzlos 2. Sie fragen eine alte Dame nach der Richtung und folgen der Straße nach Westen.

Oben auf der Anhöhe ist es wunderschön, sie haben einen weiten Ausblick über die Stadt, die unter ihnen am Fjord liegt und einer Bucht folgt. Die Piers im Hafen und die Hochhäuser im Zentrum sehen eher aus wie kleine Pfähle und Würfel. Die Sonne funkelt über einem älteren Stadtteil am Hang jenseits der Bucht.

Nutzlos erweist sich als Industriezone, ein langer Asphaltstreifen zwischen Fabriken und kleineren Gewerbebetrieben. Hohe Maschendrahtzäune und große Schilder mit vielen kleinen Wegweisern und Namen sind zu sehen. Es gibt Container und Maschinen und Kräne, und bei jeder Anlage einen anderen schlechten Geruch. Sie stiefeln an Nummer 18 vorbei, werden aber etwas unsicher, als sie Nummer 9 passieren, die sich **Süd-Pappe AG** nennt.

Rebekka bleibt stehen.

»Ist doch völlig wurscht, diese Fahrradfabrik«, meint sie.

Finger hat sofort eine Antwort auf Lager. Er fordert sie auf, zurück in die Stadt zu gehen und sich auf die Bank am Springbrunnen zu setzen. Man sei sicher hoch erfreut, wenn sie dort die Wasserspiele bewundre, sagt er. Sie machen ihr das Angebot, sie abzuholen, wenn sie das erledigt haben, weshalb sie hergekommen sind.

Rebekka bedankt sich spitz und fragt, ob das ein Versprechen ist.

»Dann holt ihr mich also am Montag?«

Sie hat Recht. Heute ist ja Samstag. Der Tag vor dem Sonntag. Bestimmt die Tage mit Hochbetrieb bei der **HemoRide AG**. Das erklärt die Stimmung – drum ist alles rundherum so still und verlassen.

Weh sagt, dass er trotzdem weiter will, mit gespitzten Lippen schielt er Rebekka unter der Lockenmähne an.

Sie bittet um eine Nachdenkpause, aber Weh will die Fabrik sicherheitshalber suchen gehen, sie muss doch ganz in der Nähe sein. Er hat das dauernde Hickhack satt. Er kehrt allen den Rücken und setzt sich in Bewegung.

Hartfrid

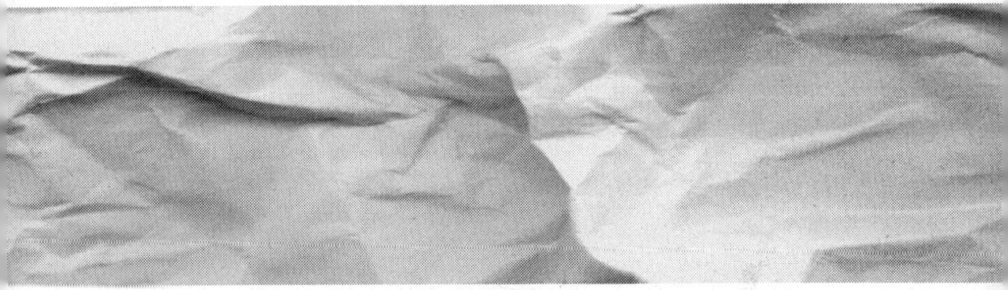

Hinter sich hört er Finger laut nachdenken, dass so etwas doch vorkommen könne. Wehs Vater sei ja ganz neu hier, also verwende er vielleicht den Samstagvormittag dazu, die Fabrik kennen zu lernen? Vornüber denkt auch so, und da schließt sich Weit-von-Daheim an.

Rebekka fällt das Weggehen nicht leicht.

»Jetzt holt alle erst mal tief Luft! Ich wette, da gibt es irgendwas, an was wir noch nicht gedacht haben.«

»Denk allein nach, Bekka«, kommt es von Finger.

Weh hat sich schon ein paar Schritte entfernt und lässt die andern reden. Ein scharfer, übler Geruch liegt in der Luft. Die Straße führt im flachen Bogen zwischen **Süd-Pappe** und einer großen Anlage durch, die sich **Frost Fisch** nennt. Er stößt auf die **HemoRide AG** am Ende der Straße, die in ein Heidemoor übergeht.

Gleichzeitig entdeckt er gewisse ernst zu nehmende Gefahrenpunkte.

»Schnell, Gunnar!«

Der eine Gefahrenpunkt steht keuchend hinter dem Zaun. Er stemmt ein funkelnagelneues Fahrrad hoch, das offensichtlich über den Zaun gehievt werden soll. Neben ihm sieht Weh drei genau gleiche Fahrräder stehen. Die Tür der nächstgelegenen Lagerhalle ist offen, die Teile eines geknackten Schlosses baumeln daran herunter. An der Außenseite des Zaunes steht, zur Entgegennahme bereit, der zweite Gefahrenpunkt, der offenbar Gunnar heißt.

»Rune, da kommt wer ...!«

Beide sind so gegen zwanzig. Groß und mager und ungepflegt, in verschlissenen Jeans, und jeder mit einem gelblich weißen Irokesenschopf mitten auf dem Schädel. Sollten sie nicht aus demselben Ei geschlüpft sein, sind sie jedenfalls echte Kloninge.

Weh und neben ihm Finger bleiben jäh stehen. Der Kerl auf der Innenseite, also der, der Rune heißt, lässt das Rad auf die Erde scheppern und steigt, um Hilfe brüllend, am Zaun hoch.

»He, Arvid! Hierher, Arvid ...!«

Im nächsten Augenblick ist er schon wie eine Katze über dem Zaun und segelt auf der Außenseite herunter. Da ist der Bruder schon zu ihnen unterwegs, aber weder Rune noch Gunnar machen ein freundliches Gesicht.

Alles rennt. Weh läuft über die Straße und stellt fest, dass Finger neben ihm ist. Sie springen über den Graben und stürzen über ein morastiges Stück Land auf den Zaun der nächsten Fabrikanlage zu.

Weh kann außer Finger niemanden hinter sich hören, aber er nimmt sich auch keine Zeit nachzusehen. Er kommt zu einem Bretterzaun, dem er bis zur nächsten Ecke folgt. Finger quetscht sich neben ihn, Weh hört ihn keuchend atmen, und sie rennen so eng nebeneinander weiter, dass ihre Beine fast durcheinander geraten. Sie röcheln im Chor und verschwinden um die Ecke.

Peng! – in die Arme eines riesigen Wesens.

»Au, autsch! Loslassen ...!«

Beide zappeln und schlagen um sich, ohne loszukommen. Sie sind von zwei gewaltigen Armen in einem übel riechenden Mantel gefangen, und Weh hat das Gefühl, die Luft wird ihm aus dem Leib gepresst.

Als er einigermaßen zu sich kommt, sieht er einen Hünen von einem Oldie mit verwittertem Runzelgesicht. Vier braune Zahnstummel kommen beim Lächeln zum Vorschein. Der Mann bugsiert sie von der Ecke weg und hält sie, jeden in einem Arm, fest umklammert. Er zählt mit zum Riesenhaftesten, was Weh in seinem Leben gesehen hat. Unter dem Mantel hat er eine dicke Jacke an, und auf seinem Schädel sitzt über dichtem grauem Haarwust eine Art Sportmütze.

Weiter drüben in der Straße drücken sich Gunnar und Rune am Zaun entlang. Die eigenen Freunde sind nicht zu sehen.

»Guck mal! Arvid hat zwei im Schwitzkasten ...!«

Arvid wartet mit seiner Beute, bis die beiden da sind. In einem Winkel an der Ecke versteckt, sieht Weh ein paar Tragtaschen und einen alten Rucksack stehen. Auf der Erde liegt ein großes, verbeultes Stück Pappendeckel, wahrscheinlich eine Unterlage zum Draufsitzen oder gar zum Schlafen.

Die Geklonten spucken um die Wette und feixen säuerlich.

»Unn jetz'?«

»Hau'n w'r ab, Arvid, oder was?«

Der Oldie blickt gutmütig auf Finger herab und nickt.

»Mor'n, Junge!«, kommt es mit tiefer, rauer Stimme, begleitet von einem kräftigen Schwall Alkoholdunst.

»Ich heiße Arvid. Und du?«

Finger schüttelt den Kopf und ringt nach Luft. Wehs Blicke streichen an den Fabrikgebäuden vorbei die Straße entlang, aber von seinen Freunden ist kein Schimmer zu sehen. Er fasst den Alten ins Auge und lutscht nervös an seiner Zunge, um Spucke zu sammeln.

Der Mann müsste sich denken können, was Weh im Sinn hat. Trotzdem quetscht er ihm nicht die Seele aus dem Leib. Grinsend entblößt er die braunen Zahnstummel und wendet dem Jungen eine stoppelbärtige, zerfurchte Wange zu.

»Kleiner Terrier, was!«, sagt er. »Spuck du nur, Junge. Spuck drauflos, mal sehen, wie weit du kommst!«

Weh schüttelt sein Lockenhaupt und spuckt wütend auf die Erde. Der Alte lacht kurz auf, aus seiner Brust kommt ein pfeifender Ton.

Er schiebt die beiden Jungen den Geklonten hin.

»Das hier kann nur unser Messer.«

»Wo is' 'r 'n?«

»Wohl drüben auf der Pappe. Du wolltest doch die Räder bringen, oder wie, Wollkopf!«

Weh versteht nicht ganz, was los ist, aber er hat ja sowieso nichts zu melden. Gunnar und Rune packen ihn und Finger unsanft und schubsen sie beide vorwärts. Arvid bleibt zurück.

Finger lässt den Kopf hängen. Weh scheint zu überlegen, ob er vielleicht heulen soll. Er versucht es mit ein bisschen Widerstand, gibt aber auf, als Gunnar ihm den Arm zwischen die Schulterblätter dreht. Sie stapfen nebeneinander durch den Morast der Straße zu. Keiner der Geklonten spricht ein Wort, sie treiben die beiden Jungen einfach zwischen den Zäunen vorwärts.

Weh hat den Eindruck, am Ende der Straße steht jemand. Es ist nur eine Art Wahrnehmung, er kann sich nicht überzeugen, denn er wird mit Finger zusammen hinter die Halle der **Süd-Pappe AG** gezwungen.

Am Ende des Gebäudes gibt es hinter der Laderampe einen Anbau. Eine Art Säule oder ein schmaler Turm, der sich drei Stockwerke hoch bis zum Dach erstreckt. Weh kann an dem Turm kein Fenster entdecken, aber das erste Stockwerk besteht aus grünen Metallplatten und hat eine hohe Metalltür, die ein bisschen offen steht. Es erinnert an einen Container.

Einer von den Klonen tritt gegen die Tür.

»Hallo, Messer, guck doch mal!«

Ein Mädchen kommt heraus. Zwanzig Jahre vielleicht oder jünger, aber verwelkt und abgewrackt wie ein alter Mensch. Schmuddelige rosa Daunenjacke. Helles halblanges Haar.

»Was soll 'n das? Kidnapping, oder?« Sie guckt missmutig, wirkt aber nicht sonderlich überrascht. Die Augen mit dem eher glasigen Blick sind rot geädert.

Rune zwingt Finger einen Schritt vor, als wolle er ihn so richtig zur Schau stellen.

»Hol 'n Messer, Erna. Arvid sagt, wir soll'n die zwei mal Messer bring'.«
Ernas Haut ist grau, und die knochigen Finger zittern ein wenig, als sie sich eine Marlboro ansteckt. Sie guckt Weh und Finger an, scheint sie aber nicht zu sehen.
»Is' nich da«, sagt sie.
»Hä? Wo is' 'r 'n?«
»Weiß nich.«
Sie will wieder durch die Metalltür verschwinden, aber Rune und Gunnar fangen mit ihr zu motzen an. Sie können die Rotzer doch nicht ewig niederhalten, sagen sie. Außerdem hat ja Arvid gesagt, sie sollen die zwei zu Messer bringen. Will Erna sich vielleicht mit Arvid anlegen?
»Dann steckt sie mal solange in 'n Muser.«
Sie hält die grüne Tür auf. Weh und Finger werden ins Halbdunkel geschubst.
Klong!, macht es unter ihren Füßen. Der Boden ist aus Metallplatten, genau wie die Wände. Sie stehen in einem großen, kalten Metallbehälter. Die Geklonten beäugen sie von der Tür her.
»Das kann doch nicht euer Ernst sein!«, ruft Finger. Es klingt, als wäre er den Tränen nahe. »Lasst uns bitte da raus! – Wir verraten keinem Menschen was!«
Gleichzeitig drängt Weh sich an ihm vorbei und sieht aus, als wolle er zuschlagen. Aber die schmale Öffnung schließt sich, ehe er zum Zug kommt, und es wird stockfinster.

Dann folgt ein lautes, schweres Dröhnen; von außen wird ein Riegel vorgelegt. Weh flucht, was das Zeug hält, und trommelt mit den Händen an die Metalltür.

»Hör auf!«, stöhnt Finger. »Bitte!«
Weh gibt klein bei. Draußen wechseln Erna und die Klone schnell ein paar Worte, und dann verschwinden die Kerle.
»Lasst mich raus!«, ruft Weh.
Erna klopft an die Wand.
»Maul halten!«
In dem Gebäude riecht es beklemmend süßlich. Nach einer Weile gewöhnen sich die Augen ein wenig an das Dunkel, und die beiden können ihre Umgebung verschwommen wahrnehmen.
Von irgendwo über ihnen kommt schwaches Licht. Der obere Teil ist eine Art Netz oder ein durchlässiges Gitter. Darüber verlieren sich die Wände im Dunkel. Die Jungen können das eigentliche Dach nicht sehen. Sie haben ein zwei Etagen hohes Nichts über den Köpfen.
Finger setzt sich auf den Metallboden.
»Weh«, flüstert er. »Was meinst du, tun die?«
»Von wem redest du?«
»Die Ganoven natürlich. Was glaubst du, denken die sich?«
Weh tastet sich an der Wand entlang. In der Mitte führt so etwas wie eine schmale Schiene nach oben, sonst ist alles glatt. Er geht zur Ecke weiter und an der Längsseite entlang zur nächsten Ecke.
»Ich glaube, die denken überhaupt nicht«, antwortet er. »Die warten auf Messer.«
Es ist eine Weile still. Wehs Hände gleiten die Wand entlang. Als er mit dem Fuß an Finger stößt, macht er einen Bogen um ihn und geht auf die Seitenwand zu. Er findet nichts. Außer dieser Schiene, die auch hier nach oben führt,

genau wie auf der gegenüberliegenden Seite. Die Platten sind völlig eben und nur mit breiten Blechen vernietet.
Finger schiebt die Beine nervös in eine andere Stellung. Seine Stimme klingt in der Dunkelheit merkwürdig schwach.
»Was meinst du, wer der ist?«
»Messer?«
»Ist das nicht ... ein witziger Name für'n Kerl?«
Weh bleibt in der Ecke stehen.
»Witzig? Find's eher verdächtig.«
Er lässt sich an der Wand heruntergleiten und setzt sich in die Ecke. Unter dem Hosenboden ist es kalt.
Finger schiebt sich etwas näher an ihn heran.
»Ganz schön irre, findest du nicht? Ganz schön irre, uns so einzusperren. Was für 'n Käfig das sein mag?«
»So was wie 'n Silo«, sagt Weh.
»Ach ja? Aber zu was brauchen die so was hier?«
»Pappe vielleicht«, antwortet Weh.
»Was denn – Pappe?«
»Stand auf dem Schild nicht, **Süd-Pappe** oder so?«
»Ja, richtig, stimmt. **Süd-Pappe AG.** Also so 'ne Art Pappefabrik, ja, hast wohl Recht.«
Eine Weile sitzen sie schweigend nebeneinander. Kein Laut im Dunkeln, und auch von draußen hören sie nichts.
»Du, Weh«, kommt es leise von Finger. »Du hast deinen Vater wohl unheimlich gern?«

»Ja, klar. Du deinen nicht?«
»Meine Eltern? Oh ja, mag sie beide. Aber bei allen wird's nicht so sein.«

»Bei mir aber.«
»Und was macht er so? Ich meine, was hat er für 'n Job gehabt? Früher. Ehe sie – also ehe er ...«
»Kinderwagen«, antwortet Weh.
»Ach ja?«, sagt Finger, und es klingt ein bisschen unsicher. »Ja, und was hat er damit gemacht?«
»Entworfen und getestet. Andre Sachen auch. Aber hauptsächlich Kinderwagen.«
»Mhm«, macht Finger. »Und das hat ihm gefallen?«
Weh muss überlegen.
»Ich denke. Als ich noch klein war, hat er mich manchmal mitgenommen. Ich kann mich erinnern, dass wir uns einmal so ein Untergestell aus der Montagehalle geholt haben, und dann hat er mich durch die Gänge gekarrt. Volles Tempo und ein mords Kurvengeist. Fast hätten wir den Geschäftsführer umgerannt, weil er grade aus dem Klo kam. Ich hab mich an seinem Schlips fest gehalten, sonst wär ich aus dem Fahrgestell gekippt, und mein Vater war von einer Höflichkeit ...! Aber hinterher hat er Tränen gelacht.«
Ganz versonnen sagt Weh vor sich hin: »Ich kann mich noch gut erinnern.«
Er hört, wie Finger sich räuspert, um die Kehle frei zu machen. Jeder lehnt mit dem Rücken an einer Wand. Weh kann Umrisse einigermaßen erkennen.
Finger fragt: »Wo wohl die andern sind? Hab nicht mal gesehen, wo sie hingelaufen sind.«
»Ich auch nicht. Wohl die Straße lang.«
»Rufen vielleicht bei der Polente an?«
»Hoffentlich nicht!«, sagt Weh.

»Ja«, meint Finger. »Aber denk an diesen Messer. Wir haben doch keine Ahnung, was der – was dem einfällt. Falls er überhaupt auftaucht. Stell dir vor, der ist noch überdrehter als die von vorhin.«

»Pah!«

Weh zieht die Beine an und steht wieder auf. Er starrt nach oben in den finsteren Schacht.

»Untersuchen wir das mal?«, fragt er.

»Was denn?«

»Diesen Rahmen, die Oberseite.« Er zeigt nach oben. »Dieses Netz, meine ich.«

Finger steht widerwillig auf. Sie stehen nebeneinander und starren nach oben.

Plötzlich rammt Weh Finger die Faust zwischen die Schultern.

»Ich hab's! Wir landen im Müll!«

»Was du nicht sagst! Ist es dir hier immer noch nicht gemütlich genug?«

»Nein«, sagt Weh ganz aufgeregt. »Ich glaube, das ist ein Müllschacht, verstehst du! Die sammeln hier ihren Abfall, und dann kommt dieses Netz irgendwie in Bewegung und drückt alles flach. Pappe oder sonst was.«

Finger denkt nach.

»Schon möglich«, sagt er. »Danke für die Information. Wirklich verflucht interessant.«

Er will sich setzen, aber Weh hält ihn mit einer energischen kleinen Hand am Arm fest.

»Bück dich!«

»Hast wohl nicht alle?«

»Na, hör doch mal! Wenn du dich an der Wand abstützt, kann ich auf deinen Rücken klettern, und dann reiche ich bis an dieses Netz.«

Finger wirkt nicht sonderlich begeistert.

»Und warum? Willst du Turnübungen machen?«

Weh wird richtig böse:

»Mach schon! Oder bist du zu feig? Willst du's nicht wenigstens probieren? Willst du dich einfach von denen verkuttern lassen, wenn der mit dem Messer auch noch kommt? Waschlappen!«

Sie funkeln einander im Halbdunkel an.

Finger dreht sich um. Breitbeinig stützt er sich an der Schmalseite an einer Wandplatte ab. Weh fordert ihn auf, sich noch etwas tiefer zu bücken, und Finger macht in der Grätsche den Rücken flach.

»Moment!«, sagt Weh. »Ich brauch 'n Anlauf.«

Er tastet sich bis zur gegenüberliegenden Wand.

»Klar?«

»Okay!«

Im gleichen Augenblick hören sie draußen Rufe. Es ist Erna, die irgendjemandem etwas zuruft, aber die Worte sind nicht zu verstehen.

Dann ist es wieder still. Weh sprintet in vier Schritten über den Metallboden, federt sich in Fingers Kniekehlen ab und landet kniend auf dessen Rücken.

Finger stöhnt laut auf und spannt unter dieser Belastung alle Muskeln an. Weh schwankt und versucht an der Wand ins Gleichgewicht zu kommen. Es geht, er kann einen Fuß nachziehen und sich langsam aufrichten. Er steht auf Fin-

gers Schultern und tastet im schwachen Licht über seinem Kopf herum.
»Ruhig stehn!«
»Mann!«, stöhnt Finger.
»Du, das ist kein Draht, das sind – sind Gitterstäbe. Sitzen auf einem Rahmen, glaub' ich ...«
»Mmm.«
»Vom Rand hängt was aus Gummi runter ... Gummibahnen!«
»Meine Schultern sind nicht mal mehr Gummi!«
Da ruft Erna draußen wieder. Diesmal laut und deutlich: »Ihr da unten ...!«
Finger bewegt einen Fuß, Weh schwankt. Er greift nach dem Gitter, das er über seinem Kopf weiß. Aber seine Hand greift in die Luft, und sein Schuh gleitet an Fingers Jacke ab. Beide schreien auf.
Weh landet auf Fingers Kopf und kracht über dessen Schulter auf den Boden.
Beide fangen zu jammern an. Draußen schreit Erna jemandem mit scharfer Stimme etwas zu.
»Haut ab da, hab ich gesagt! Sonst müssen's die zwei da drin ausbaden ...!«
Finger reibt sich die Schulter.
»Ob die die andern meint? Ist vielleicht unser Klotz in Sicht?«
»Wie soll ich das wissen?«, sagt Weh. Er kommt auf die Beine und stellt sich an die Tür. »Was die wohl vorhaben?«
Als er sich gegen die schmale Metalltür drückt, kommt am Rand ein Streifen Licht durch, aber der Spalt ist zu schmal,

als dass man hinaussehen könnte. Plötzlich macht Erna von außen kurz die Tür auf, er kriegt sie an den Kopf und taumelt zurück.

»Haut ab!«, hören sie sie schreien.

Weh hämmert mit den Fäusten an die Tür und ruft, so laut er kann:

»He! Helft uns, wir sind hier drin – helft uns raus!«

Auch Finger fängt zu brüllen und gegen die Wand zu schlagen an, und der Lärm hallt gellend zwischen den Metallplatten wider. Als sie innehalten, um zu horchen, dröhnt der Lärm noch durch den finstern Schacht über ihren Köpfen.

Erna johlt draußen hysterisch.

»Kapiert endlich – haut ab, sonst zermatsche ich die! Echt!«

»Finger!«

Das ist Vornübers Stimme. Und unmittelbar danach gleichzeitig Rebekka und Weit-von-Daheim noch einmal:

»Weh! ... Finger!«

Weh und Finger hämmern als Antwort gegen die Tür. Aber es ist wohl zu weit weg, und Erna scheint jetzt völlig auszurasten. Ihre Stimme schnappt gefährlich über, als sie schreit:

»Ich warne euch! Zwingt mich nicht ...! Noch ein Schritt, und – wehe!«

In diesem Augenblick erschreckt die beiden Eingesperrten ein harter, metallischer Ton irgendwo hoch über ihnen. Sie erkennen oben im Schacht eine schwache Bewegung. Nur eine Ahnung, ein Ruck im Gitterdach oder dem Rahmen, in

dem das Gitter befestigt ist. Sie vernehmen einen gleichmäßigen, leisen Ton, der im dunklen Raum hängt, etwa wie das Summen einer Leuchtstoffröhre.
Aber es gibt nirgendwo Licht. Weh tastet nach Fingers Arm und drückt ihn.
»Wir müssen die einbremsen! Die dreht durch!«
»Und – wie?«
Weh ruft leise:
»He, Erna! Kannst mich hören?«
Er bekommt keine Antwort. Beide pochen wie wild gegen die Wand.
»He, Erna, wart mal 'n Moment! Hörst du? Immer mit der Ruhe ...!«
Antwort kommt auch jetzt keine. Sie kriegen aber mit, dass plötzlich Vornüber und Rebekka an der Tür sind und mit Leuten da oben reden. Aber irgendwo im Schacht fängt ein Motor zu brummen und zu quietschen an, und sein Lärm schluckt jedes Wort. Das Geräusch geht in die Ohren, der ganze Kasten rüttelt.
Die Finsternis selbst scheint dort oben in Bewegung geraten zu sein. Weh nimmt wohl wahr, dass Finger ihm irgendetwas zuschreit, er kann es geradezu sehen. Aber es herrscht ringsum nur entsetzlicher Lärm. Er versucht ebenfalls, Finger etwas zuzuschreien, nimmt es aber kaum selbst wahr. Über ihren Köpfen kommt der mächtige Gitterrahmen langsam auf sie zu, und schon können sie das sich in der Schachtwand von einer Seite zur anderen kreuzende Gestänge deutlich sehen.
Sie ducken sich Schulter an Schulter.

Plötzlich wird der Bewegung Einhalt geboten, ohne dass der Lärm aufhört. Weh hebt einen Arm und greift in das Gitter, die einzelnen Stangen sind nicht viel dicker als ein Daumen. Finger tut dasselbe.
Da durchdringt ein laut vernehmbares Klingen den Motorenlärm, und das Gitterdach hebt sich um vielleicht einen halben Meter. Ein Erzittern durch und durch, das Gitter wippt langsam nach oben. Die Freunde stehen eng nebeneinander und sehen diese Abdeckung an einer Art Achse schwingen. Sie ist mit den Schienen an den Schmalseiten verbunden und bewegt das große Abdeckgitter, das sich jetzt wie ein Schaufelrad dreht, nach oben. Der Lärm ist unerträglich, Finger hält sich die Ohren zu.
Weh wirft sich über ihn und drückt ihn zu Boden. Ein Ende des Gitters schwingt jetzt auf sie zu. Plötzlich können sie den unbeleuchteten Schacht fast ganz sehen. Die schweren Gummibahnen, die an den Gitterkanten hängen, klatschen ihnen gegen die Köpfe und setzen ihren Weg fort. Das Gitter dreht sich, die Jungen liegen zusammengekrümmt auf der vibrierenden Bodenplatte, sehen es nach oben schwingen, bis es wieder waagrecht über ihnen hängt. In gleicher Höhe wie vorher, aber um die eigene Achse gedreht, sodass die Oberseite von vorhin jetzt Unterseite ist.
Finger versucht auf die Beine zu kommen. Weh will ihn zurückhalten, sie schreien, ohne einander zu verstehen. Finger taumelt stolpernd und strauchelnd auf die Wand zu, aber Weh klammert sich an ihm fest, um ihn auf den Boden zu zwingen. Es ist wie ein Ringkampf an der Wand entlang, bis Finger die Tür gefunden hat und sich dagegenwirft.

Das Gitter kommt wieder auf sie zu. Langsam. Die Schiene über ihren Köpfen singt. Weh zieht den Freund zu Boden. Finger versetzt ihm einen verzweifelten Fußtritt und zieht sich an der Tür hoch. Das Gitter ist knapp zwei Meter über dem Boden, und diesmal bleibt es nicht stehen. Es hat sich gedreht und Abfälle abgeworfen – die Maschine ist bereit, sie flach zu drücken.

Aber hier geht es heute nicht um Abfälle, sondern um zwei zu Tode erschrockene Jungen. Finger quetscht sich gegen die Tür und kreuzt in Abwehr gegen das Gitter die Arme über dem Kopf. Weh kämpft darum, ihm die Beine unter dem Leib wegzuziehen, um ihn so tief herunterzubekommen wie möglich.

Das Gitter nähert sich Fingers Kopf.

Er packt es mit beiden Händen, will es zurückhalten. Aber das Gestänge schiebt ihn gewaltsam nach unten, während Weh schon flach an der Wand liegt und an Fingers Beinen zieht, damit er sich zumindest setzt.

Da schießt Sonnenlicht grell in den Raum, die Tür ist offen. Das Motorengeräusch schlägt mit einem Mal in Wellen an ihre Ohren, Weh erkennt eine winkende, schreiende Gestalt.

Finger sitzt strampelnd auf dem Boden. Seine linke Hand umschließt das rechte Handgelenk, das im Gitter eingeklemmt ist. Wegen des kurzen Mittelfingers ist die Hand so schmal, dass sie durch die Stangen geschlüpft ist, und jetzt sitzt sie dort fest.

Die Gestalt draußen im Freien sieht das nicht. Sie packt Weh und zieht ihn halbwegs durch die Tür, während das

Gitterdach Finger mit doppelter Härte zu Boden zwingt. Weh schlägt mit aller Gewalt um sich. Er kann sich befreien, kriecht zurück unter das Gitter und packt Fingers Arm. Von draußen ziehen sie an seinen Beinen, er setzt seine ganze Kraft ein, als wäre dieser Arm ein lebloser Gegenstand.

Die Hand kommt frei. Sie ziehen Weh an den Beinen nach draußen. Er ist schwer, denn er lässt Finger nicht einen Augenblick los. Beide gleiten auf dem Bauch durch die Tür, eine Zweijungenkette, die im Augenblick, als sich das Gitter das letzte Stück senkt und laut auf den Boden prallt, noch entkommt.

Im gleichen Moment bleibt die Maschine stehen.

Die Ohren singen, das Sonnenlicht schmerzt in den Augen. Die Fabrikanlage rundum, die Straße, die Zäune – alles ist unverändert und so normal wie vorher. Weit-von-Daheim hockt jetzt zwischen Weh und Finger. Rebekka und Vornüber stehen bei einem Fremden, einem hoch geschossenen, dünnen Jungen mit strähnigem, langem Haar.

Es dauert eine Weile, bis Weh versteht, was sie reden. Er sieht, dass Fingers Handgelenk aufgeschürft ist und leicht blutet. Das hat Finger vermutlich noch gar nicht bemerkt, denn er starrt den fremden jungen Mann ganz verwirrt an. Er scheint etwas zu schreien, aber Weh hört diese Stimme nur wie aus weiter Ferne, obwohl sie beide nebeneinander liegen.

»Jan?«, schreit Finger. »Hartfrid? ... Iversen? ...«

Der Angesprochene hat eine scheckige rot-gelbe Jacke an, er gibt grinsend Antwort. Alle helfen Weh und Finger auf die Beine und kümmern sich um Fingers Handgelenk. Weh reißt verwirrt die Augen auf, als Jan Hartfrid Iversen die Stange herzeigt, mit der er die Türverriegelung aufgebrochen hat.

Finger rammt ihm den Ellbogen in die Seite und erkundigt sich, ob man sie beide nicht vielleicht ein bisschen früher hätte herausholen können?

Jan Hartfrid Iversen zuckt die Schultern.

»Nja«, sagt er schwerfällig.

Grinsend wirft er die Stange weg.

»Wär ja die ganze Spannung im Eimer gewesen, hm?«

Weh wird wild.

Heimtransport auf einer Bahre

Heimtransport auf einer Bahre

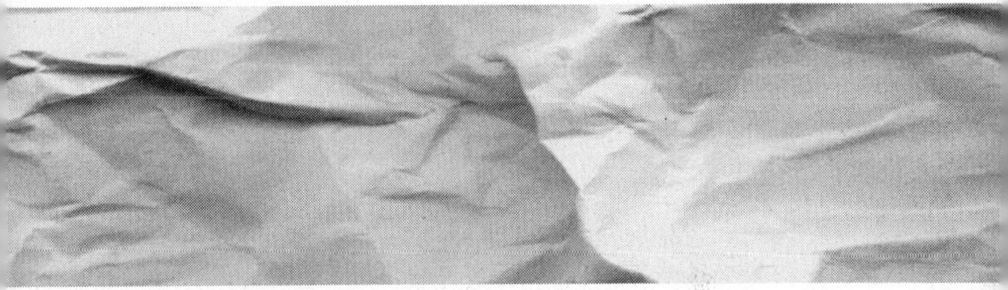

»Verdammter Sadist!«, brüllt er. Und wütend springt er Jan Hartfrid Iversen an.

Der lange, knochige Kerl lacht und weicht, ihn mit den Händen abwehrend, aus. Wehs Fäuste zielen mit Wucht auf sein Gesicht, treffen aber immer nur die scheckigen Jackenärmel.

Vornüber und Rebekka schieben sich dazwischen. Sie halten Weh fest. Der aber spuckt und tobt, er regt sich so auf, dass es eine Weile dauert, bis er kapiert, was sie sagen.

»Nimm dich schon zusammen ...!«

»War doch nur Spaß ...!«

Sie berichten, dass Erna ganz aus dem Häuschen geriet, als sie auftauchten. Sie setzte einfach die Maschine in Gang und rannte weg, und keiner konnte herausfinden, wie man das Ding abstellt. Der Verriegelung an der Tür war nicht beizukommen, solange der Motor lief. Alle sind sich einig: Ohne Jan Hartfrid Iversen wären die beiden unmöglich beizeiten herausgekommen. Der hat nämlich das erstbeste Gerät genommen, das er finden konnte, und hat damit sofort auf die Verriegelung losgedroschen.

Weh beruhigt sich. Sie geben ihn frei. Er kriegt zu hören, dass Vornüber und Finger und Rebekka diesen Jan Hartfrid Iversen schon als kleine Kinder gekannt haben. Er entschuldigt sich zwar nicht, ist jetzt aber friedlich. Jan Hartfrid Iversen grinst immer noch so unbekümmert wie vorher, und Weh wirft ihm schiefe Blicke zu.

»Dann bist du vielleicht auch noch dieser Messer, was?«

Das Grinsen wird noch breiter, als sie sich gegenseitig mit Blicken messen.

»Nja, schon möglich. Und du, Frettchen – wer bist du? Etwa Donald Duck?«

Weh nimmt sich reichlich Zeit, um die gelb-rote Jacke zu studieren und die langen, strähnigen Haare. Er schiebt das Hemd in die Hose und zupft seine Jeansjacke zurecht.

»Schnauze!«, bellt er voll Verachtung. »Dreckiger Hippie.«

Messer lacht hell und schallend auf und scheint sich köstlich zu amüsieren. Als er hört, wie sie nach Radlos gekommen sind, bietet er ihnen an, mit ihm nach Hause zu gehen und ein bisschen was zwischen die Zähne zu kriegen und zu überlegen, was sie weiter tun wollen. Er meint, dass er ihnen vielleicht sogar helfen kann.

»Kannst du?«, fragt Weh. »Finde, du siehst aus, als könntest du dir nicht mal selbst helfen.«

Messer fängt wieder zu lachen an.

»Aber, aber, nicht so sauer, kleines Frettchen! Schon mal in den Spiegel geguckt, wie du selbst aussiehst?«

Vornüber stellt sich schnell zwischen die beiden.

»Nehmt euch schon mal zusammen, seid doch kein altes Ehepaar! Ich glaube, was zu futtern wäre für uns jetzt die Sache. Isses weit bis zu dir?«

Messer sagt, in Radlos ist es nirgendshin weit, und Weit-von-Daheim fängt an, von einer riesigen gedeckten Tafel zu schwärmen und von Betten, in denen man sich ab sofort eine ganze Woche ausschlafen kann. Sie verlassen das Fabrikgelände, und Finger und Vornüber albern sich mit Messer in eine Mordslaune.

»Weißt du noch ...? Erinnerst dich, wie wir ...?«

Außerdem spucken sie massenhaft blöde Ausdrücke aus, die Weh nicht kapiert. »Strick dir ein Zelt«, sagen sie und lachen sich halb kaputt. »Zieh Leine, Mann, und Heimtransport auf einer Bahre!«

Schließlich wird es Weh zu dumm, und er bricht die Party ab.

»Du, Hippie, – dieser alte Gammler und die zwei Geklonten, wie schaffen die's denn ohne dich?«

»Tja, die klonen sich wohl so dahin. Warum das denn, Frettchen?«

»Wie war 'n das, klauen die nicht Räder für dich?«

Finger macht ein komisches Gesicht und wirft Weh einen gekränkten Blick zu. Sie folgen einer steilen Straße Richtung Stadt, Rebekka schaut rüber zur andern Straßenseite. Dort gehen, eng umschlungen, Vornüber und Weit-von-Daheim.

Messer sieht aus, als ließe ihn überhaupt alles kalt.

»Persönliches Interesse?«, fragt er anzüglich. »Willst jetzt wohl nach Hause radeln?«

Weh erwidert kurz angebunden, nein, dazu habe er nicht das Herz, weil alle ihn viel zu sehr vermissen würden.
»Aber«, meint er dann, »die ausgeflippte Erna ist sicher deine Braut? Siehst sie wohl gerna, die Erna?«
Messer dreht sich im Gehen um. Schon hat er Wehs Jeansjacke mit beiden Händen gepackt und schwenkt ihn durch die Luft. Weh zappelt erschrocken mit Armen und Beinen, er wird jetzt nämlich an die Hauswand genagelt. Dort baumelt er unter Messers Griff, den Jackenkragen über den Ohren.
»Wohl 'n Witzbold, Frettchen?«
»He, lass ihn los!«
Die andern drängeln sich um sie herum, kommen aber kaum dazu, den Mund aufzutun. Messer keilt Weh einmal mit dem Rücken an die Hauswand und lässt ihn gleichzeitig los. Der landet auf steifen Beinen.
Dann bohrt er Weh seinen knochigen Zeigefinger in die Brust.
»Große Klappe und sonst Ebbe? Hast du auch nur 'n blassen Schimmer von Ernas Leben? Nicht die Hälfte von dem tätst du aushalten, was die mitgemacht hat!«
Weh stiert unter den Wuschelhaaren hoch.
»Und du?«, krächzt er heiser. »Hältst du was aus?«
Während er das sagt, fährt sein Knie mit aller Härte hoch. Messer dreht sich schnell weg, um seinen Schritt zu schützen, und kriegt Wehs Knie dafür an den Oberschenkel. Mit verzerrtem Mund hinkt er weiter. Weh tummelt sich keuchend an den Straßenrand, behält Messer aber abwartend im Auge.

Die andern mischen sich jetzt ein. Weit-von-Daheim ist wütend auf Weh.
»Brems dich ein!« Und zornig zu Messer: »Wohl ganz übergeschnappt, was?!«
Messer, der sein wehes Bein in Betrieb nimmt, muss lachen. »Ich?«, grinst er. Er humpelt weiter und deutet mit dem Kopf zu Weh hinüber. »Und der da? Wie heißt das bei dem?«
Finger hebt beide Arme, als wolle er versuchen, eine ganze Schulklasse während einer hoffnungslosen Musikstunde zur Ruhe zu bringen.
»Mal langsam!«, bittet er. »Seid so nett! Hört mal zu, könnt ihr das alles nicht einfach vergessen? Wie?«
»Oder euch gleich gegenseitig umbringen!«, kommt es trocken von Rebekka. Sie lehnt sich an die Hauswand und steckt sich eine Zigarette an. Vornüber bittet sie, die Klappe zu halten. Finger bittet Vornüber, sich zusammenzunehmen. Weit-von-Daheim mault mit allen gleichzeitig. Eine kinderwagenschiebende Frau wirft ihnen verärgerte Blicke zu, weil sie auf die Fahrbahn muss, um vorbeizukommen.
Messer winkt Weh zu sich.
»Komm, Frettchen – gehn wir?«
Weh zieht mit dem Handrücken Rotz unter der Nase weg und nickt mürrisch. Er schlendert schweigend die Straße entlang. Messer humpelt ein Weilchen neben ihm her, und bald ist sein Bein wieder gut. Hinter den beiden hat das Gekeife den Siedepunkt längst unterschritten und ist zum wirren Gemurmel geworden. Sie haben es jetzt alle eilig.
Aber es ist doch ein ganzes Stück zu gehen, sie müssen

durchs Zentrum und an den Kais entlang zur Anhöhe an der anderen Seite der Bucht. Unterwegs fangen Finger und Messer wieder mit ihren Kindheitserinnerungen an, und Vornüber mischt durch kleine Erklärungen für Weit-von-Daheim munter mit. Rebekka als Schlusslicht raucht und untermalt die Angebereien mit bissigen Bemerkungen. So werden die wildesten Geschichten doch ein kleines bisschen erträglicher. Sie sind eine zwar total erschöpfte, aber doch aufgekratzte Clique, die sogar irgendwann bei Messer zu Hause ankommt. Weh ist der Einzige, der unbeteiligt vor sich hin latscht.

Er stellt fest, dass sie sich in einem älteren Stadtteil befinden. Sie erreichen ein Viertel mit rot gestrichenen Reihenhäusern; es liegt am Hang über schmalen Straßen, in denen alles grau und alt aussieht. Noch weiter oben setzt das Alte sich fort, doch ist hier alles gepflegt, die Villen sind von großen Gärten umgeben. Messer wohnt in einer Reihenhauswohnung mit Erna zusammen. Sie ist offensichtlich von der Pappfabrik anderswohin geflüchtet. Während er aufschließt, erzählt er, dass seine Eltern gleich nebenan wohnen, aber sein Vater ist auf Entziehung und wird den ganzen Sommer dort bleiben.

Keiner fragt ihn, was »Entziehung« bedeutet. Weh geht hinter Messer durch einen Flur, in dem Stiefel und Schuhe und Kleider in einem beachtlichen Haufen auf dem Fußboden liegen. Außerdem steht dort eine Spülmaschine, aber man kommt einigermaßen daran vorbei.

»Braucht keine Schuhe auszuziehen«, sagt Messer.

Dazu hätten sie auch gar keinen Platz gehabt. In der Stube

gibt es dafür außer massenhaft Platz fast nichts. In einer Ecke stehen ein breites Bett und davor ein niedriger Tisch und ein Stuhl. Das Bett ist nicht gemacht, ein Michael-Jackson-Poster hängt darüber an der Wand. Auf dem Tisch steht ein Fernsehapparat, und auf einem Stoß Zeitschriften ein Videogerät. Ein Glas steht auch noch dort und ein Tellerchen mit einem halb aufgegessenen Brot. Weh glaubt zu erkennen, dass Käse auf dem Brot ist. An der Wand steht auf dem Teppich eine blitzblanke Stereoanlage. Zwei Lautsprecher und eine Pappschachtel mit CDs neben einem Gestell, wie man es in Kleidergeschäften hat. Es hängt voll Hemden und Jacken auf Kleiderbügeln, und alles sieht völlig neuwertig aus. Sonst ist die Stube leer.

Messer stellt fest, dass Weh und Weit-von-Daheim sich über die Kleider wundern.

»Hab 'nen Deal«, erklärt er. »Verkaufe so Zeug für einen Kumpel – der Keller is' auch ganz voll, wenn's euch interessiert.

Aber keinen interessiert das. Sie gehen mit ihm in die Küche, er holt den Stuhl aus der Stube, und jetzt stehen um den schmuddeligen Küchentisch zwei Stühle und zwei rote Hocker.

Weh lässt sich auf den Hocker neben dem Fenster sinken und stützt sich auf dem Tisch auf.

»Has' nu' was zu futtern, oder nich?«

Finger und Weit-von-Daheim nehmen sich je einen Stuhl, Rebekka setzt sich auf den zweiten Hocker. Finger fragt, ob Messer ein Pflaster hat, aber so was gibt's hier nicht. Die Schürfwunden an Fingers Handgelenk sind rot entzündet und sehen schlimm aus. Als Weh sie sich näher ansehen will, verbirgt Finger die Hand im Schoß und sagt, er hat auch Hunger.

Vornüber hilft Messer beim Tischdecken. Bald sind alle eifrig dabei, Messers Brotsack und auch den Kühlschrank zu leeren. Ehe nicht der letzte Krümel verdrückt ist, kann keiner seinen Mund zu anderem brauchen als zum Kauen, Trinken und Schlucken.

»Sag mal, Hippie!«, fragt Weh. »Woher hast du eigentlich die Knete für die Wohnung?«

Messer deutet großspurig ins Leere.

»Frettchen-klein, ich habe magische Hände! Plus Mutter und Sozialhilfe«, antwortet er mit ernstem Gesicht. »Und über mir wohnen noch zwei, und Erna geht schließlich arbeiten.«

»Schon gut!«

»Wohl 'n Spaßvogel?«

»Nö. Oder war's 'n Spaß, mein Knie gegen's Bein zu kriegen?«

Da streckt Vornüber plötzlich die Glieder und fängt vor Müdigkeit dermaßen laut zu gähnen an, dass er damit in einer Fernsehshow hätte auftreten können.

»Ich fall' gleich um, du. Ganz im Ernst, kann ich auf dei'm Bett mal bisschen relaxen?«

Messer grinst.

»Ja, Hauptsache, es steht hinterher wieder an seinem Platz.«

Weit-von-Daheim sagt, Vornüber kann ihren Stuhl haben oder sich auf ihren Schoß setzen, aber er will lieber ein bisschen im Bett liegen. Kurz darauf hören sie ihn in der Stube schnarchen, sie sitzen bei Messer in der Küche und sparen sich die Kommentare lieber.

Da gibt es nämlich nicht nur im Flur eine Spülmaschine, sondern Messer und Erna haben noch eine genauso neue unter der Arbeitsplatte in der Küche stehen. Sie haben nicht nur in der Stube einen Fernseher, es thront auch ein kleiner Apparat auf dem eleganten Gefrierschrank. Auf der Arbeitsplatte steht ein Mikrowellenherd, der fast aussieht, als wäre er noch nie benutzt worden. Zwar ist der Küchenherd vom eingebrannten Dreck total versaut, aber es ist eines der modernsten Modelle mit Keramikkochfeldern statt Kochplatten. In dem Durcheinander auf dem Kühlschrank entdeckt Weh einen Solarrechner und einen Game-boy und auch einen Anrufbeantworter, der noch in der Plastikverpackung steckt. In der Ecke neben der Tür sieht er einen großen Karton, auf dem »Food-Processor« steht. Sie haben einen elektrischen Dosenöffner an der Wand und eine Kaffeemaschine, die viel eher in einem Restaurant am Platz wäre.

Auch Weit-von-Daheim ist müde und gähnt.

»Ääh«, sagt Finger zu Messer.

Weh hat den Eindruck, Finger ist irgendwie verlegen.

»Ääh, du ...«, fängt er noch einmal an. »Schule has' du wohl aufgegeben, oder?«

Rebekka hat nichts Besseres zu tun, als eine Zigarette auf dem Tisch hin und her zu rollen. Messer sitzt auf der Arbeitsplatte, baumelt mit den Beinen und antwortet: »Nee, Schule funkt nich bei mir.«

»Oder«, fragt Weh bissig, »funkst vielleicht du nicht so recht?«
Messer grinst ihn an: »Schon möglich, Frettchen.«
Dabei fällt Weh auf, dass Messer jetzt eine tiefe Furche in der Stirn hat. Weit-von-Daheim steht schwerfällig auf und gähnt wieder.
Finger fragt: »Und du konntest einfach so aufhören?«
»An sich, ja. Und dann war mir ja Business wichtiger als Aufgaben und so. Ich glaube, ich bin kein Verlust für die.«
Weit-von-Daheim steht in der Stubentür. Weh hat fast den Eindruck, sie stellt sich müder, als sie ist.
»Was 'n für Business?«, fragt Finger.
Mit einer stolzen Handbewegung umfängt Messer die ganze Welt.
»Die Sachen, die ich habe, zum Beispiel. Einkauf und Verkauf. Verstehst. Alles Mögliche, alles, was du zu Geld machen kannst.«
Weh tupft ein paar Krümel vom Tisch auf und bringt Rebekkas Zigarettenrollerei mit dem kleinen Finger zum Stillstand. Sie wirft ihm einen kurzen Blick zu, stützt dann das Kinn in die Hand und starrt mit fernem Blick durchs Fenster. Finger räuspert sich leise und sieht geradezu elend aus.
»Na ja, ich meine – klaust du?«
Da ist Messer für einen Augenblick völlig baff. Dann wendet er sich Weh zu und lacht schallend.
»Hört euch den an! Was sagste, kleines Frettchen, is' der nich Spitze?«
Eine Antwort ist Weh einfach zu dumm, und Messer wendet sich wieder Finger zu: »Klar klauen wir! Denkste die

Geschäfte hier sponsern mich? Mach dich doch nich dümmer als de bist. Haste doch längst geschnallt!«
Weit-von-Daheim ist in der Stube verschwunden. Weh guckt Finger an, der nachzudenken scheint. Nach einer Weile hebt er den Arm und studiert seine Schürfwunden am Handgelenk.
»Und was für ein Leben ist das?«
Messer lacht nicht. Er feixt nicht einmal. Er sitzt auf der Arbeitsplatte und wartet ab, bis Finger ihn wieder ansieht.
»Was meinste?«, fragt er und ist plötzlich ganz wie aus dem Häuschen. »Reine Selbsthilfe, du! Sag doch, sieht's hier bei mir vielleicht mies aus?«
Sie starren einander an.
»Ja«, erwidert Finger.
Rebekka stöhnt: »Lieber Gott ...!«
Sie dreht sich zu den beiden um, scheint sich einmischen zu wollen, aber jetzt wird Weh ernst und kommt ihr zuvor.
»Du, Hippie!«, sagt er. »Wenn wir grade von Selbsthilfe reden – hast du nicht gesagt, du kannst mir helfen, meinen Vater zu finden?«
Es dauert eine Zeit, bis Messer und Finger einander lange genug angestarrt haben. Aber dann hopst Messer von der Arbeitsplatte, und das Grinsen steht ihm wieder im Gesicht. Er meint, na klar kann er das.
»Kein Problem, Frettchen. Anruf genügt.«
»Wovon redest du?«
»Ich rede davon, dass Erna bei **HemoRide** arbeitet, na! Gib mir zehn Minuten, und du hast die Adresse. Dick Tracy klärt alles auf!«

Er geht in die Stube. Finger und Rebekka fangen leise und aufgeregt miteinander zu reden an. Weh hört gar nicht hin, sondern stellt sich an die Tür, um mitzukriegen, was Messer in der Stube tut.

Drüben im Bett liegt ein Haufen Kissen, und dazwischen an einem Ende davon die Köpfe von Vornüber und Weit-von-Daheim. Sie schlafen nicht, sie beobachten Messer schweigend. Er kriecht unters Bett und fördert ein Telefon zutage. Dann setzt er sich mit dem Apparat auf dem Schoß auf die Tischkante.

Es dauert keine zehn Minuten. Er ruft zwei Leute an, und fertig. Er drückt Weh einen Zettel in die Hand, aber die Schrift ist so krakelig, dass der fragen muss, was das heißt.

»Irrweg 7«, liest Messer vor. »Vierter oder fünfter Stock. Auf dem Weg von der Fabrik sind wir dort vorbeigekommen, 's liegt an dem Berg, wo du fast Dresche gekriegt hätt'st. Wills 'n Rad?«

Weh schielt ihn von unten herauf an und kann einfach nicht mehr ernst bleiben.

»Was 'n für 'n Rad?«

»Kannst aussuchen. Hab viere.«

Rebekka und Finger kommen aus der Küche und wollen Weh begleiten. Vornüber und Weit-von-Daheim wollen das nicht. Außer den Schuhen haben sie wohl noch alles an, sie gucken aus dem Federbett und wünschen mit glühenden Gesichtern: »Viel Glück!«

Weh holt sein kleines Päckchen aus der Tasche. Er wickelt es in den Zettel mit der Adresse und schiebt es dann in die Gesäßtasche seiner Cordsamthose. Sie drücken sich an der

Spülmaschine im Flur vorbei. Draußen vor der Tür schließt Messer den Schuppen auf und bugsiert zwei rote Fahrräder ins Freie. Wenn sie mit zweien auskommen, meint er, braucht er nicht noch extra in den Keller zu gehen.

»In Ordnung«, meint Finger. Er kann sich ja hinten bei Rebekka auf den Gepäckträger setzen. Aber sie schnaubt nur und bedankt sich.

»Du kannst, bitte schön, dein Gewicht selbst transportieren!«

»Jetzt sei doch nicht so!«

»Was heißt hier ›so‹?«

»Schon gut, vergiss es. Dann setzt du dich eben bei mir hinten drauf.«

Aber das will sie auch nicht, sie sagt, wenn sie schon im Verkehr umkommen soll, dann will sie das in eigener Verantwortung tun. Weh sitzt schon abfahrbereit auf seinem Rad und wartet ungeduldig, weil Messer wieder im Haus verschwindet. Finger und Rebekka können sich immer noch nicht einigen. Weh schaut ihnen kopfschüttelnd zu.

»Warum seid ihr eigentlich so belämmert? Könnt ihr nicht einfach zugeben, dass ihr verknallt seid ineinander?«

Da halten sie den Mund. Messer trägt ein grünes Rad heraus, und jetzt hat jeder seine eigenen Pedale. Sie rollen zum Tor hinaus. An der Ecke taucht eine schlaksige Gestalt im rosa Anorak auf. Weh erkennt Erna sofort. Sie bleibt stehen und schaut herüber, aber er tut, als hätte er sie nicht gesehen.

Messer schreit den Radfahrern nach: »Hals- und Beinbruch, Frettchen!«

Er hat Erna noch nicht entdeckt.
Weh winkt, so gut es geht.
»Schon gut, Hippie! Beklau dich nich aus Versehen selbst!«
Er tritt kräftig in die Pedale und wird von einem Volvo wütend angehupt, als er auf die andere Fahrbahnseite quert. Rebekka und Finger folgen ihm hintereinander, er beugt sich über den Lenker und beschleunigt das Tempo, um den Wind im Gesicht und in den Haaren zu spüren. Nach der ersten Kreuzung geht es steil bergab Richtung Zentrum, und Weh legt los, dass es im Bauch kitzelt.
Die Lenkstange rüttelt, die Gehsteige pfeifen vorbei. Kinderwagen, Mülltonnen, Fußgänger – Gestalten, vom Tempo in Farbkleckse ohne erkennbare Gesichtszüge verwandelt. Er reiht sich zwischen einem Rohrtransporter und einem bremsenden LKW mit blauer Plane ein. Wieder hinaus, in voller Fahrt vor einem von rechts kommenden, weiß glänzenden Lieferwagen über die Kreuzung – er war einen Augenblick deutlich zu sehen, im nächsten aber schon dahinter verschwunden.
Die Häuserwand braun im Augenwinkel, den Berg hinunter. Fenster, Ladenschilder, Türen. Ferne Geräusche jenseits des Brausens in seinen Ohren, im Sattel spürt er den Asphalt unter den Rädern, Füße, Po, Hände, der ganze Körper vibriert. Die beiden anderen liegen schon weit hinter ihm, das weiß er, ohne es zu sehen. Die Geschwindigkeit hallt laut in ihm wider, am liebsten möchte er schreien. Am gelben Bus knapp vorbei, ein Moped, einer auf dem Sozius, ein halbes Häuserviertel vor ihm, Tempo! – und schon überholt.

»Am Irrweg! Am Irrweg!«, schreit er hinaus.

Ihm kommt vor, die Geschwindigkeit verschlingt seinen Schrei. Vorüberhuschende Gesichter, die sich nach ihm umdrehen, er nimmt das Tempo im dichten Verkehr an einer etwas weniger steilen Stelle etwas zurück. Was machst du im Moment, Vater? Richtest du am Irrweg 7 gerade deine Wohnung ein? Bist du vielleicht einkaufen gegangen? Stell dir vor, wir treffen uns auf der Straße! Einkaufstaschen und Menschenschlangen und eine fremde Gegend, und plötzlich dein Sohn auf dem Fahrrad vor dir. Hallo Papa, ich wollte dir nur das kleine Dings hier geben und dir sagen, dass es fein wäre, wenn du mal anrufst oder schreibst oder zu Besuch kommst.

Nein, er ist sicher in dieser Wohnung. Keine Frage, das wird eine Überraschung. Bitte, nur ein kleines Geschenk. Ich bin gestern Abend von zu Hause weg, weil ich dich einholen wollte. Ich hab dich lieb, wirklich.

Der Verkehr im Zentrum ist dicht, zwischen hohen Bürohäusern gleißende Sonne. Weh rollt gelassen das letzte abschüssige Straßenstück hinunter und hält schon nach einer Stelle Ausschau, wo er sein Rad am besten abstellen kann. Ein kurzer Blick über die Schulter. Rebekka rast den Berg herunter, Finger liegt ein Stück hinter ihr. Tankstelle und Kreuzung. Weh tritt stehend in die Pedale, um drüberzukommen, ehe die Ampel umspringt. Für einen Moment spürt er etwas am Hosenboden. Vor ihm liegen das Meer und die Kaianlagen, denen sie ein Stück in westlicher Richtung folgen müssen.

Finger ruft ihm etwas zu. Rebekka auch. Er hält neben

einem Mast an und dreht sich nach ihnen um. Als Rebekka sich ihm nähert, begreift er, um was es geht.

Rebekka bleibt keuchend hinter ihm stehen: »Hast's verloren ... Ist dir aus der Tasche gerutscht.«

Sie sehen Finger jenseits der Kreuzung anhalten und vom Rad steigen. Er bückt sich und hebt etwas aus dem Rinnstein auf. Es ist das bewusste Päckchen. Finger winkt ihnen vergnügt zu und wartet, dass die Kreuzung freigegeben wird.

Weh lächelt Rebekka an.

»Tolles Tempo, was!«

Sie verdreht die Augen, und das gefällt ihm so, dass er lachen muss. Er merkt, dass sie hinter ihm etwas sieht, und folgt ihrem Blick.

Über der Straße, draußen am Kai, parkt ein Auto. Ein kleiner weißer PKW. Niemand sitzt drin, aber die Tür auf der Fahrerseite steht offen. Ein großer Mann im hellen Mantel geht, während er noch mit einem anderen Mann spricht, rückwärts auf den Wagen zu. Der Motor scheint zu laufen, denn Weh kann die Abgaswolke neben dem Hinterrad sehen.

Der Mann im Mantel spricht auch noch, als er sich hinters Lenkrad zwängt.

Weh schubst sein Fahrrad auf die Fahrbahn und legt sich in die Pedale. Rebekka will ihn zurückhalten, aber dazu ist es schon zu spät. Er schießt die Straße förmlich entlang. Hinaus auf den ersten freien Fahrstreifen, im Irrsinnstempo über die zwei nächsten – ehe der Verkehrsstrom von rechts einsetzt.

Es sah nicht danach aus, als hätte er auch nur einen Blick in diese Richtung riskiert. Aber selbstverständlich muss er die Autos gesehen haben. Der Verkehr war ja mit ein Grund, dass er wie verrückt losstrampelte; ich glaube nicht, dass es nur war, weil er dieses weiße Auto da drüben rechtzeitig erreichen wollte. Und bestimmt wollte er lebend dort ankommen.

Als Erster fuhr ein roter Lieferwagen an, aber dem entkam Weh gerade noch. Er wechselte in die erste Spur an der Gehsteigkante. Dort fuhr schon ein dunkelblaues Taxi, das wie besessen hupte und zu bremsen versuchte, dass die Reifen quietschten.

Weh wurde vom Kotflügel gerammt, ich habe es ganz deutlich beobachtet, und alle, die in der Nähe waren, müssen es gehört haben. Der Aufprall war gewaltig, viel lauter, als ich mir das je hätte vorstellen können. Das Fahrrad rasselte auf die Straße, als hätte es überhaupt kein Gewicht. Weh schien, einen Arm himmelwärts, mitzukippen, aber dann schleuderte es ihn nach der anderen Seite, und er schlug mit lautem Dröhnen auf der Kühlerhaube des Taxis auf.

Ich weiß nicht wieso, aber ich könnte schwören, dass er für einen Augenblick durch die Luft flog und mit dem Kopf nach unten über dem Kühler hing, ehe er nochmals dröhnend frontal aufprallte und mit einem Salto an der Rückseite des Wagens verschwand.

Rebekka und ich schrien auf. Glaube ich. Ich glaube, nicht nur wir allein haben geschrien. Es waren ja eine Menge Menschen in der Nähe. Sie hatten sich schon um das Taxi geschart, als wir hinkamen.

Er lag, beide Arme unter sich, ausgestreckt auf dem Gehsteig. Ich möchte keine Einzelheiten schildern, aber als wir ihn sahen, wussten wir, er ist tot. Ein Meer von Blut war dort, und sein Kopf sah nicht mehr aus wie ein Kopf.

Wir klammerten uns aneinander. Ich weiß die Reihenfolge von all dem, was rund um uns geschah, nicht mehr, aber ich weiß, dass meine Gefühle in diesen Augenblicken mit nichts von all dem zu vergleichen waren, was ich je empfunden hatte.

Warum verschweige ich denn nur die Wahrheit? Die Polizei kam und der Krankenwagen und sogar ein großes Feuerwehrauto. Ja. Die Feuerwehr spülte die Fahrbahn sauber, als die andern ihre Arbeit getan hatten. Eine Menge Abscheulichkeiten gleichzeitig, aber tatsächlich machten alle diese widerwärtigen Dinge auf mich gar keinen so gewaltigen Eindruck. Jedenfalls nicht im Augenblick.

Rebekka und ich setzten uns ein wenig abseits hin, um dem ärgsten Trubel zu entgehen. Wir waren jeder in eine Decke gewickelt, denn jemand hatte etwas von einem Schock geredet und gesagt, wir müssten uns warm halten. Wir sagten immerzu, dass das alles einfach unbegreiflich sei. Einfach unfassbar. Im Rinnstein erkannte ich etwas Kleines, Weißes, Hartes. Ich hob es auf, wir schauten es gemeinsam an und überlegten, was es wohl sein könnte. Wir saßen da wie zwei unwirkliche, fremde Wesen. Ich stand außerhalb meiner selbst, konnte mich beobachten, konnte mich hören.

Als die Tränen sich ihren Weg gebahnt hatten, überkam mich das Weinen wie eine Flutwelle, ich hatte so etwas noch nie erlebt. Das Entsetzliche war ganz einfach, dass Weh tot war. Alles andere, das ganze Elend drum herum, war, daran gemessen, eine Kleinigkeit. Im Laufe einer kurzen Sekunde war Weh für immer und ewig aus unserm Dasein verschwunden; dieser Gedanke war zwar simpel, aber vollkommen unbegreiflich. Jetzt weiß ich, was gemeint ist, wenn man liest »ihm schwindelte«, denn genau so war mir nämlich. Die ganze Welt schien plötzlich mit meinem Kopf verklebt zu sein, und diese Welt drehte sich langsam weiter. Ich war ein winziger Punkt mitten in einer unwahrscheinlich großen Trommel. Ich musste mich an Rebekka festhalten, um nicht in den Weltraum geschleudert zu werden.

Tod im Radlos

Tod

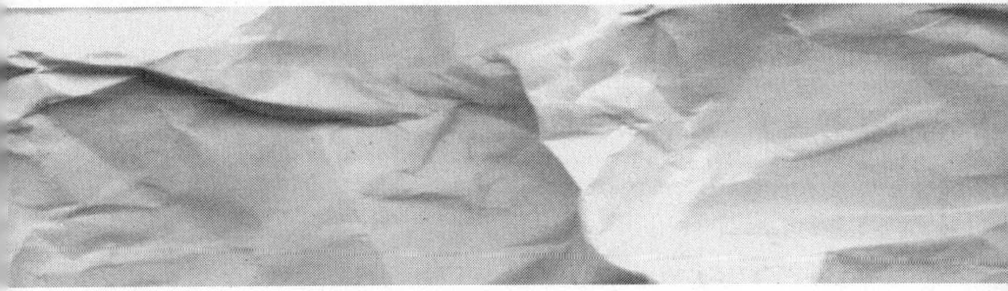

Es ist ewig lange her, seit wir von daheim weggegangen sind. Nach normalem Zeitmaß waren es nur wenige Stunden.

Aber als ich begriff, dass Weh tot ist, wurden die Stunden zu einem ganzen kleinen Leben. Einem Leben, das plötzlich mit Unmassen von Bildern und Tönen in die Gedanken einbrach. Kleinen Dingen, die ich unterwegs gesehen hatte, und Sachen, die wir gesagt hatten, fielen mir ohne Sinn oder Zusammenhang ein.

Weh im Abenddunkel an der Autobahn, als er vor diesem Motel dem Wagen seines Vaters nachrannte. Wie Johanne im Café den Tisch verließ und sagte, ich will mir nur was zum Rauchen holen.

Wehs entsetzlich verheultes Gesicht vor dem Fenster von König Haralds Klasse. Weit-von-Daheim, die sich völlig ausgepumpt auf eine Bank fallen ließ. Dieses lebensgefährliche Gitter in dieser Müllpresse der Pappfabrik. Ein grüner Bus, der in Koseruh mit roten Rücklichtern verschwand.

Weh in der Eisenbahn, ernst und überzeugt: »Bin ich froh, dass ich keine Titten hab.«

Rebekka, die mich einen Augenblick fest bei der Hand hielt, und Rebekka auf einem Weg durch den Wald. Ich erinnere mich an Wehs Lachen, als er mit dem Brotkorb angerannt kam. Wie Weit-von-Daheim Vornüber umarmte. Wie uns das Laub im Nachtdunkel übers Gesicht strich, als wir durch Tantes Garten liefen.

Wie ich hinter den andern herging und sie beobachtete.

Und vieles mehr – was alles gleichzeitig holterdiepolter in mir herumpurzelte. Es war wie ein Film, aber unfertig und zusammenhanglos. Finger war der Produzent, und außer Finger durfte diesen Film niemand ansehen, denn der Film hieß »Angsthase in Angst und Schrecken«.

Denn Angst hatte ich, und ich hatte die ganze Zeit Angst gehabt. Ich hatte es nur nicht zugegeben, oder vielleicht hatte ich es selbst nicht einmal gemerkt. Jedenfalls nicht richtig, nicht bevor Weh klatsch! in Radlos auf dem Asphalt lag. Als dann aber die Tränen kamen, wusste ich mit einem Mal, warum ich mit ihm gegangen war. Es war einfach und selbstverständlich – ich ging mit, um etwas zu wagen. Ein einziges Mal wenigstens wollte ich mich selbst etwas trauen und nicht immer nur hinter dem Rest der Welt herzockeln. Das Ergebnis war, dass ich doch hinterherzockelte. Weil ich mich nichts anderes traute. Lieber Gott, ich hatte ja nicht einmal den Mut zu Gefühlen oder zu zeigen, was ich fühlte. Als versagte man mir die Anerkennung, wenn ich etwas anderes empfand als Vornüber oder Weit-von-Daheim oder Weh oder Rebekka.

Ja, es war kein Zweifel mehr möglich, jetzt musste ich Farbe bekennen. So viel begriff ich. Ich war gezwungen, etwas zu tun. Und wenn ich ein Gefühl hatte, das ich für groß und wichtig hielt, musste ich, komme, was wolle, den Mut haben, es zu zeigen. Was wäre sonst der Witz an all dem? Das Unglück war, dass ich ein Blutbad und einen Weinkrampf erleben musste, um das zu erkennen.

Aber selbst Tränen nehmen ein Ende. Krämpfe entkrampfen sich wieder. An Rebekka zu hängen und in ihre Wolldecke zu heulen war eine Sache. Eine andere war, dass ein paar Polizisten sich mit einem Mal um uns zu kümmern begannen. Da war das alles schnell vorbei. Wir landeten auf dem Rücksitz eines Streifenwagens und schauten von dort aus eine Weile den beiden Beamten zu, die den Verkehr auf die anderen Fahrspuren umleiten mussten.

Es war nicht der Vater von Weh gewesen. In dem weißen Auto, meine ich, zu dem er hinwollte, als er sich zu Tode radelte. Es fuhr sofort weg, nachdem Polizeibeamte einige Worte mit dem Fahrer gewechselt hatten.

Sie fingen an, uns auszufragen. Wie wir hießen, wo wir wohnten, wohin wir wollten und so weiter. Ich wirkte vermutlich ein bisschen geistesabwesend. Schon bei der ersten Frage brauchte ich eine Weile, um meine Gedanken zu sammeln, und der Beamte sah offensichtlich ein, dass ich nicht im Stande war, etwas zu sagen. Er hatte eine Kartoffelnase und einen dichten schwarzen Bart. Ich glaube, er hielt mich für stumm. Das Ergebnis war, dass alle Fragen nur Rebekka gestellt wurden, und sie antwortete gewissenhaft auf alles, was die Männer wissen wollten. Ich hatte den Eindruck, das Reden tat ihr gut. Sie gab fast die ganze Geschichte zum Besten, sogar das von Vornüber und Weit-von-Daheim und wo die jetzt waren.

An einen älteren Mann mit Windjacke wurde weiterberichtet, dass da noch zwei dazugehörten. Eine Zeit lang war die Polizei so an der Geschichte interessiert, dass es nach einem richtigen Verhör aussah, wie man es aus dem Fernsehen kennt. Aber da saßen wir inzwischen schon auf einem orangefarbenen Sofa auf dem Polizeirevier in einem kleinen Büro. Vom Fenster aus sahen wir die Ecke eines Parks mit einem kleinen Springbrunnen. Dort hatten wir einmal vor langer Zeit im Telefonbuch nach der Adresse einer Fahrradfabrik gesucht.

Ein smarter junger Mann und eine smarte junge Dame saßen uns gegenüber und stellten Fragen und schrieben auf. Keiner von beiden trug Uniform. Sie begriffen wohl schnell, dass wir mehr auf Lager hatten, als wir freiwillig erzählten. Ich konnte deutlich merken, dass wir ihnen gar nicht so wenig verdächtig vorkamen, obwohl keiner das so direkt aussprach. Jedenfalls war es unmöglich, auch nur eine Sekunde unsres Ausfluges zu überspringen. Alles musste heraus.

Jetzt weiß ich, wie es in Wirklichkeit zugeht. Sie wenden keine listigen Kniffe an, sie lassen nur nicht locker. Punkt für Punkt mussten wir klar und deutlich darlegen, was unterwegs passiert war. Dadurch war es unmöglich, irgendetwas auszulassen. Wir hatten ja überhaupt keine Zeit, etwas zu erfinden. Alle waren die ganze Zeit freundlich zu uns, aber sie sorgten dafür, dass sie jeden unserer Schritte mitbekamen. Die Tasche des Dicken aus dem Motel, also die Tasche mit dem Geld, die Weh sich geschnappt hatte. Tantes Fenster in Koseruh. Auch das Bäckerauto, das wir geklaut hatten. Welchen Weg wir gefahren waren und wo wir es abgestellt hatten.

Zum Schluss sagten sie, so, jetzt machen wir eine Pause und essen alle zusammen eine Kleinigkeit. Dann nahmen sie uns mit in einen größeren Raum und baten uns, ein bisschen zu warten, und fünf Minuten später tapsten Vornüber und Weit-von-Daheim zur Tür herein.

Vornüber war total geschafft. Mein Gesicht sah möglicherweise genauso übermüdet und grau aus wie seins, aber mich brauchte ich wenigstens nicht anzusehen. Er ließ sich auf einen Stuhl fallen und konnte es einfach nicht fassen. Alles, was aus seinem Mund kam, klang traurig und verzweifelt und hoffnungslos. Zu allem anderen bekam er zu hören, er müsse wegen des gestohlenen Bäckerautos mit »Auswirkungen« rechnen. Das war vermutlich so ein amtlicher Ausdruck. Nein, von Gefängnis könne wohl keine Rede sein, aber er müsse sich doch auf gewisse Auswirkungen gefasst machen. In unsern Ohren klang das, als müssten wir damit rechnen, dass in seinem Gesicht jeden Moment irgendein bösartiger Ausschlag zu wirken anfangen könnte.

Eine Dame kam herein, die uns fragte, ob wir unter Polizeischutz nach Hause reisen möchten. Oder ob es uns lieber wäre, wenn unsre Eltern uns hier abholten?

Rebekka wäre es lieber gewesen, ganz alleine zu fahren. Aber das ließ sich nicht machen, erklärte uns die Dame. Sie äußerte sich so ähnlich wie: Die Polizei hätte jetzt die Verantwortung für uns, bis unsre Eltern uns übernähmen.

Von zwei Telefonen in einem kleinen Büro aus riefen wir alle zu Hause an.

Es brauchte seine Zeit und auch ein bisschen Gestotter und Erklärungen, aber was mich betrifft, ging es sehr viel leichter, als ich mir vorgestellt hatte. Rebekka brauchte am längsten, und sie war alles andere als besänftigt, als sie den Hörer auflegte. Das Ergebnis war jedenfalls, dass wir am Nachmittag unter Polizeibegleitung mit der Eisenbahn heimfahren würden. Jetzt sollten wir essen, also gingen wir hinter der Dame die schmale Treppe hinunter, und Rebekka flüsterte mir zu: »Gnade uns, wenn wir keinen Hunger haben!«

Wir kamen an zwei Klotüren vorbei und dann an einer Glastür, von wo aus ich eine Reihe geparkter Streifenwagen in einem Hinterhof sehen konnte.

»Entschuldigen Sie bitte«, sagte ich. »Ich müsste unbedingt aufs Klo. Gibt es hier irgendwo eins?«

Die Dame zeigte hinter mir die Treppe hoch und sagte: »Dort, auf dem ersten Absatz ist ein WC. Wenn du fertig bist, gehst du hier über den Hof und durch die zweite Tür rechts. Dann kommst du in den Speisesaal.«

»Zweite Tür rechts? Und dort finde ich Sie dann?«

»Ja«, sagte sie.

Ich bedankte mich höflich und ging wieder die Treppe hinauf, während die andern mit der Dame im Hof verschwanden.

Ich stand auf dem Treppenabsatz und zählte langsam bis zehn. Jetzt müssten sie doch bei ihrem Essen angekommen sein? Vorsichtig ging ich wieder bis zu der Glastür. Draußen

war niemand zu sehen, nur der Hof mit den geparkten Autos und einer gelben Mülltonne.
Irgendwo in der Nähe hieb jemand viel zu kräftig auf eine Schreibmaschine ein. Ein Telefon hörte nicht auf zu klingeln. Na, nimm schon endlich – und vergiss mich! Ich riss die Tür auf. Draußen auf der Straße sah ich, wie ein Jüngling und ein Mädchen ein schweres Motorrad in den Park schoben.
Jetzt oder nie! Ich hielt die Luft an, ließ die Tür los, überquerte schnellstens den Hof und ging auf das Tor zur Straße zu.
»He, Finger!«
Das leise Rufen hinter mir brachte meine Arme außer Kontrolle, und meine Füße blieben gleichsam am Asphalt kleben. Ich drehte mich langsam um, während mein Hirn versuchte, dem Körper klarzumachen, dass ich jetzt, bitte sehr, in Gang kommen und das Beste hoffen müsse.
Aber es war nur Rebekka, die dort an der Tür rechts von der Glastür lehnte: Die Hände in den Jackentaschen und ein hintergründiges Grinsen im Gesicht. Ich schaffte keine Antwort, aber ich glaube, ich habe ihr kurz zugenickt und bin losgelaufen.
Raus durchs Tor und auf die Straße – den Park mit dem Springbrunnen vor Augen. Von hier aus kannte ich den Weg. Ich stürzte über die Fahrbahn, rannte über den Rasen, hörte schnelle Schritte hinter mir und konnte nur hoffen, dass es Rebekka war.
Sie war es. Sie holte mich am Ende des Parks ein.
»Sightseeing, wie?«

Ich warf einen Blick über die Schulter, sah aber nicht die geringste Bewegung im Tor der Polizeiwache. Wir kamen bei Gelb noch über die Straße und verschwanden um eine Ecke. Erst ein paar Häuserviertel weiter wagte ich das Tempo herunterzusetzen. Wir gingen sanft bergauf Richtung Irrweg; es war derselbe Weg wie am Morgen.

Aber jetzt waren wir nur zu zweit, und ich hatte nicht vor, zu den Fabriken zu gehen. Ich las die Straßenschilder, während Rebekka mir einzureden versuchte, dass ich mich nicht unbedingt auf dumme Verhaltensweisen spezialisieren solle. Wir könnten zum Beispiel umkehren und zu diesem Polizeiessen zurückgehen, um weitere Unannehmlichkeiten zu vermeiden.

»Oder«, fragte sie, »hast du die direkte göttliche Weisung, dass du dich noch mehr blamieren sollst?«

Und so weiter in diesem Ton. Ich hörte ihr nicht zu. Ich ging drauflos und suchte nach einer Straße, die angeblich Irrweg hieß. Als Rebekka meinen Arm packen wollte, entwand ich mich ihr, denn ich hatte ja ein kleines Päckchen in der Tasche. Das hatte ich vor wenigen Stunden aus dem Rinnstein aufgehoben, und in diesem Päckchen lag die idiotische Ursache unsres Ausflugs. Gar keine Rede davon, dass ich heimfahren wollte, um mir sagen zu lassen, dass Weh dieses ganze Elend vergeblich in Gang gesetzt hatte.

Wir fanden die Adresse Irrweg, und wir fanden die Nummer sieben. Eleganter Eingang zu einem eleganten, modernen Bau. Groß und weiß und bestimmt hohe Miete, zumindest wenn es auf eigene und nicht auf Firmenkosten ging. Rebekka setzte sich auf die Treppe. Sie steckte sich eine

Zigarette zwischen die Lippen und wühlte in der Tasche nach dem Feuerzeug.

»Du, ich warte lieber hier unten.«

»Kommst nicht mit rauf?«

»Ob du's glaubst oder nicht, der Tod hat mir keinen Auftrag erteilt.«

Ich ging allein ins Haus und fuhr mit dem Lift in den vierten Stock. Dort wohnten nur Hamangsen und die Familie Smith-Pyke jr., also trabte ich noch einen Stock höher. Ein Dreirad und ein Puppenwagen in der Ecke. An der Tür rechts klebte eine Visitenkarte mit dem Namen von Wehs Vater. Ich klingelte und wartete.

Er machte selbst die Tür auf, die schöne Johanne stand unmittelbar hinter ihm. Ich sagte, wer ich war, und sie half mir beim Erklären. Beide machten große Augen, baten mich aber ins Wohnzimmer.

Ich hatte befürchtet, dass die Polizei sie noch nicht verständigt hätte und dass ich auch noch die Nachricht von Wehs Schicksal überbringen müsste. Aber als ich den Mann sah, wusste ich, dass die Polizei schon da gewesen war. Er machte einen Eindruck, dass ich mir Mühe geben musste, ihn so wenig wie möglich anzusehen.

Die Wohnung schien ziemlich groß zu sein. Die Küchentür stand offen. Die Wände dort waren rosa und die Arbeitsplatte, abgesehen von zwei Pappkartons, leer. Am anderen Ende des Wohnzimmers sah ich einen langen, dunklen Esstisch, aber keine Stühle. Dahinter war noch eine geschlossene Tür. Im Flur war ich an zwei Türen vorbeigekommen. Vielleicht zum Bad und zu einem der Schlafzimmer. Ich fragte mich, ob sie auch ein oder zwei Kinderzimmer geplant hatten.

Johanne zeigte auf ein blaues Sofa.

»Setz dich«, sagte sie.

Und das tat ich. Ich blieb bei dem Eindruck, den sie bei unserer ersten Begegnung auf mich gemacht hatte. Ich hatte das Empfinden von etwas Weichem, aber unter dieser Weichheit lag ein harter, spitzer Kern.

Die beiden setzten sich Stuhl an Stuhl nebeneinander. Ringsum stapelten sich Pappkartons in allen Größen über- und nebeneinander. Einige waren wohl gerade erst geöffnet worden, andere schienen schon leer zu sein. Auf einem stand in roter Farbe: »Vorsicht – Glas!«.

Ich zog Wehs kleines Päckchen aus der Tasche und legte es vor seinem Vater auf den Tisch.

»Das ist ...«, begann ich. »Das ist von ... von ... ihm. Das wollte er Ihnen geben. Drum ist er – drum sind wir Ihnen nachgefahren ... Ihnen beiden.«

Absolute Stille, die eine Weile anhielt. Dann nickte er zweimal.

»Ach ja«, sagte er. Seine Stimme war etwas belegt, aber man konnte sich vorstellen, dass sie immer heiser klang. Er sprach leise und ruhig. Jetzt wanderte sein Blick von mir zu dem Päckchen auf dem Tisch. Es war ein bisschen verdrückt, und das Papier hatte nach allem, was es mitgemacht hatte, Risse bekommen. Langsam streckte er die Hand danach aus. Er öffnete es nicht, hielt es nur zwischen seinen Händen und fingerte ein bisschen daran herum. Er schien auf den Inhalt nicht neugierig zu sein.

Ich hatte den Mann bisher ja nie aus der Nähe gesehen, aber er sah mir ganz danach aus, als hätte er etwas verloren, das er liebte. Er war nicht nur blass, er war weiß im Gesicht. Richtig weiß, meine ich, kreideweiß, und die Augen waren rot verschwollen und standen die ganze Zeit voll Wasser. Nach einigen Sekunden der Ruhe ging ein Beben von den Händen aus durch den ganzen Mann. Im nächsten Augenblick war es vorüber, einige Sekunden vergingen, und dann wiederholte es sich.

Er trug eine graue Hose, ein hellblaues Hemd und einen blauen Schlips. Der Schlips korrekt und fest gebunden. Sein Gesicht war schmal und scharf geschnitten, die leicht gewellten Haare waren blond.

Seine Augen schienen unbeweglich. Ob er nun mich anstarrte oder etwas anderes. Ich könnte nicht schwören, dass er überhaupt etwas sah. Es wirkte fast, als wäre sein Blick nicht nach außen, sondern ganz nach innen gekehrt.

Johanne deutete auf einen hohen Glaskrug mit Orangensaft. »Möchtest du?«

»Ja bitte«, erwiderte ich, obwohl ich keine Ahnung hatte, ob ich jetzt Orangensaft wollte. Sie goss mir einen Pappbecher voll. Ich bedankte mich wieder, ließ den Becher aber stehen.

Jetzt bei Tageslicht bestätigte sich, dass sie wirklich gut aussah. Vielleicht nicht gerade taufrisch, aber das konnte auf die Situation zurückzuführen sein. Das blonde Haar reichte genau bis zum Nackengrübchen. Sie hatte einen weit ausgeschnittenen grauen Pulli an und eine weite Hose aus einem weichen grünen Stoff, von dem ich den Namen nicht weiß. Lippen und Fingernägel in Rosa genau aufeinander abgestimmt. An sich mag ich Schminke nicht, aber ich konnte nicht leugnen, dass es sie kleidete. Außerdem spürte ich deutlich, dass sie mich nicht mochte und auch nicht, dass ich hier war.

Ich wollte aufstehen, um zu gehen, aber Wehs Vater hielt mich mit einer Frage zurück.

»Wart ihr Freunde, du und er?«

»Ja«, sagte ich und versuchte auszusehen, als wäre diese Antwort die selbstverständlichste Sache der Welt.

»Gute Freunde?«

»Ja, ich glaube schon.«

Er starrte vor sich hin und schien nachzudenken. Aber vielleicht spielte sich in seinem Kopf auch ganz etwas anderes ab.

»Warum sagst du, du glaubst es?«, fragte er leise.

»Ja, also ...«, murmelte ich und kam mir ungeheuer großartig vor, obwohl er mich anstarrte. »Ich meine, wenn es da einen Unterschied gab, dann hatte ich ihn vielleicht lieber als er mich. Aber ich weiß nicht.«

»Ja«, sagte er, als wäre das etwas, worauf er sich verstand. Er betrachtete seine Hände und schien überrascht, als er das kleine Päckchen darin entdeckte. Er legte es schnell auf den Tischrand.

»Sag mal«, fragte er. »Seid ihr etwa mit der Bahn hierher gefahren?«

Ich schüttelte den Kopf, ohne nachzudenken, und überlegte, ob ich nach dem Saftbecher greifen sollte, um etwas zu haben, wohinter ich mich einen Augenblick verstecken konnte. Als ich aber sah, wie voll der Becher war, fürchtete ich, etwas zu verschütten.

»Doch, doch«, erklärte ich. »Das sind wir. Erst sind wir mit der Bahn irgendwohin zu einem Ort im Wald gefahren. Von dort haben wir den Bus nach Koseruh genommen ...«

Ich sah ihn an, so fest es mir möglich war. Das heißt – mein Blick hing wohl irgendwo in Höhe seines Mundes, bis mir einfiel, dass Johanne uns davongefahren war, und so überlegte ich, ob ich das nicht lieber verschweigen sollte.

Der Mann wartete, ich tat mein Bestes: »Dann sind wir ein Stück zu Fuß gegangen«, sagte ich, und das entsprach ja der Wahrheit. »Bis zu einer Ortschaft, die Hastwerk hieß, und dort ... Dort haben wir ein bisschen gefrühstückt. Und dann – ja, dann waren wir gezwungen, uns einen Wagen zu nehmen, um ... um hierher zu kommen.«

Er schaute Johanne an. Sie tauschten kurz von Stuhl zu Stuhl Blicke, bis er den Kopf langsam wieder in die andere Richtung drehte und dem Päckchen auf dem Tischrand zunickte.

»Und er wollte mir das geben – das da? Deswegen seid ihr uns extra nachgefahren?«

»Ja«, sagte ich.

Der Mann lachte einen Moment, zitterte aber dabei. Es war ein kurzes Auflachen, das ihn gewiss nicht froh machte. Seine Hand fasste kurz an den Schlips, vielleicht aus alter Gewohnheit, um sich zu überzeugen, dass der Knoten ordnungsgemäß saß. Seine feuchten roten Augen blinzelten mich wieder an: »Du weißt nicht zufällig, ob er einen Brief von mir bekommen hat? Zu Hause, meine ich.«

»Mmm ... ja, hat er bekommen. Das hat er erzählt.«

»Ich danke dir«, sagte der Mann leise, aber mir fiel keine Antwort ein. Er räusperte sich zweimal, schob plötzlich den Stuhl zurück und stand auf.

Johanne und ich taten dasselbe. Sie reichte mir die Hand, ich nahm sie und ließ sie wieder los, ohne ihrem Blick zu begegnen. Ich manövrierte mich um den Tisch herum und ging steif zwischen den vielen Schachteln durch zum Ausgang. Als ich mich noch einmal umdrehte, stand er unverändert auf demselben Fleck und starrte noch immer teilnahmslos die Wand an.

Eigentlich war ich ja im Gehen, aber da ereignete sich eine Kleinigkeit, die mich zögern ließ. Johanne hob nur den Arm, um ihm die Hand auf die Schulter zu legen. Aber als sie ihn berührte, zuckte er zusammen, schüttelte ihre Hand ab und trat einen Schritt zur Seite. Ich sah ihn zwar nur von hinten, erkannte aber, dass er zornig war. Er beugte sich rasch über den Tisch und griff nach dem Pappbecher, den die Frau für mich eingeschenkt hatte.

Er drehte sich halb zu mir um. Ich stand auf der Schwelle der Wohnungstür. Eigentlich wollte er trinken, aber er fing zu reden an. Er hielt den Becher ans Kinn und redete in Richtung der offenen Küchentür zu meiner Rechten:

»Vor ein paar Tagen«, sagte er leise. »Vor ein paar Tagen war ich ein Altgedienter. Ich war einer der Altgedienten meines Arbeitgebers, und jetzt bin ich ein Anfänger, der noch keinen Tag auf seinem neuen Posten gearbeitet hat. Das ist eine Rolle, an die ich mich gewöhnen muss, aber das wird gehen, das weiß ich. Ich hatte eine Frau und war Ehemann. Jetzt bin ich das nicht mehr. Ich bin einer, der seine Familie verlassen hat. Das ist auch eine neue Rolle für mich, und ich werde sie lernen müssen.«

Johanne und ich starrten ihn jeder von seiner Seite aus an. Aber ich glaube, es war ihm gleichgültig, ob wir da waren oder nicht.

»Von heute an«, sagte er. »Seit heute Morgen bin ich kein Vater mehr. Ich hatte einen Sohn, ich war ein Vater. Jetzt bin ich ein Mann, der in seinem früheren Leben einen Sohn gehabt hat, einen Jungen, der jetzt tot ist. Diese Rolle ist – ganz neu. Ich weiß nicht, ob ich sie schaffe. Sie ist schwierig.«

Er sprach die ganze Zeit leise und eintönig. Als er fertig war, begann er wieder zu zittern, und ein paar gelbe Tropfen aus dem Becher, den er hielt, schwappten über seine Hand. Er besah sich das. Dann schmiss er den vollen Pappbecher durch die offene Küchentür.

Plopp, machte es, als er landete.

Johanne fuhr zusammen. Ich war wie entgeistert. Wehs Vater wischte sich eine Hand an der anderen ab und ging in die Küche. Es sah aus, als wolle er dort aufwischen.

Ich machte kehrt und stolperte zur Wohnungstür hinaus, ehe Johanne mich bitten konnte, ihm zu helfen. Beim Hinunterfahren lehnte ich schnaufend an der Wand. In einem engen Lift zwar, aber mit dem sicheren Gefühl, ins Freie gekommen zu sein.

Rebekka wartete auf mich. Wir hatten uns einiges anzuhören, als wir ins Polizeirevier zurückkamen, aber ins Gefängnis steckte uns keiner. Am Nachmittag setzten wir uns mit Vornüber und Weit-von-Daheim und zwei Uniformierten in Zivil in den Zug nach Hause. Der Besuch bei Wehs Vater ist sicher nicht der längste Besuch, den ich je gemacht habe, aber ich werde ihn gewiss ewig in Erinnerung behalten.

Immer noch nicht trocken hinter den Ohren?

Immer noch nicht trocken hinter den Ohren?

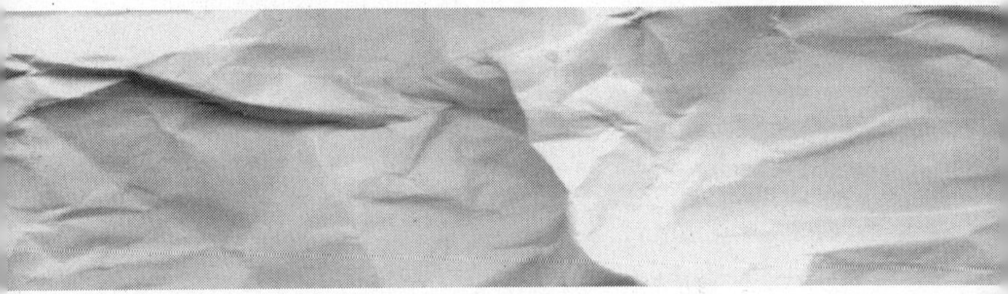

Sommerabend. Wir waren fünf – Rebekka, Vornüber, Shushu, Wabbel und ich. Ein Abend dieser hellen, warmen Art, der dich die Ferien und den letzten Schultag fast schon riechen lässt. Ganz unten am Blutigberg beschnupperte ein kleiner, braun gefleckter weißer Hund einen Mast. Heißen sie nicht Terrier? Er umkreiste den Mast mal in der einen, mal in der anderen Richtung und kümmerte sich um uns überhaupt nicht, denn offensichtlich war ihm etwas anderes wichtiger. Nicht einmal Wabbels Moped war für ihn interessant. Als wir vorbeigingen, hob er endlich das Bein und spritzte ein paar Tröpfchen an den Mast. Damit hatte der Wauwau sein Geschäft erledigt und zottelte eilends von dannen. Ich verlor ihn aus den Augen, als wir oben am Berg um die Ecke und in den Hof einbogen.

Wabbel stellte sein Moped neben dem Fahrradständer ab und hängte seinen Schutzhelm über den Lenker.

»Wollen wir nicht lieber hier warten? Ist vielleicht gescheiter.«

»Sicherer, meinst du!«, kam es vorwitzig von Shu-shu. Wabbel warf ihr einen gekränkten Blick zu. Wir zogen durch die Haustür in der Ecke und gingen mit Vornüber als Vorhut und Wabbel als Schlusslicht die Treppe hinauf.

Im ersten Stock kamen wir an den Türen des Verwalterbüros und der Hauswartwohnung vorbei. Ich sah im Gehen vor meinem inneren Auge Sooo-nja und Harald und Zerr als dreiköpfiges Ungeheuer im Flur stehen. Im zweiten Stock waren die Arztpraxis und Sooo-njas Kontor. Es war kaum glaubhaft, dass um diese Tageszeit hier jemand arbeitete, aber sicherheitshalber versuchten wir so wenig Lärm wie möglich zu machen.

Shu-shu ging weiter in den dritten Stock, während wir andern auf dem Treppenabsatz warteten. Vornüber beugte sich über das Geländer und flüsterte ihr nach:

»He! Frag, ob sie morgen in die Schule kommt!«

»Schon gut!«

Ich konnte Shu-shus Beine durch die Geländersprossen sehen, als sie oben stehen blieb und anläutete. Man hörte das Klingelzeichen deutlich durch die Tür bis zu uns herunter. Es passierte eine ganze Weile nichts. Vornüber rief leise nach oben:

»He, drück noch mal!«

Shu-shu gab einen unwilligen Ton von sich und klingelte ein zweites Mal. Wir warteten und warfen einander Blicke zu. Als im dritten Stock die Tür aufging, räusperte sich Wabbel laut und setzte schon zum Reden an. Rebekka gab ihm einen Rippenstoß, und er hielt den Mund.

»Hallo!«, hörte ich Shu-shu grüßen. »Ist Kirin krank?«

»Nicht krank«, erwiderte Weit-von-Daheims Mutter. »Aber sie darf nach der Schule nicht raus. Nicht diese Woche.«

»Ach? Darf ich sie besuchen?«

»Du bist allein?«

Wir hielten die Luft an. Zumindest ich starrte abwartend nach oben. Ich bin mir nicht sicher, ob Shu-shu eine Antwort gab.

»Ja, natürlich«, sagte Weit-von-Daheims Mutter. »Du darfst. Bitte ...«

Wir hörten die beiden in die Wohnung gehen.

»Kirin!«, rief die Mutter. Dann wurde die Tür geschlossen, die Geräusche verloren sich in der Wohnung. Vornüber peste an mir vorbei und war als Erster die Treppe unten. Rebekka, Wabbel und ich folgten ihm in etwas mäßigerem Tempo.

Wir gingen auf die Straße hinaus und um den Block. Nicht den Blutigberg hinunter, sondern in der anderen Richtung um die Ecke und über den Grünstreifen durch die Kemenatenallee. Vornüber war schon dabei, einen Baumstamm hochzuklettern, der im Abstand von sieben oder acht Metern bis in die Höhe von Weit-von-Daheims Fenster reichte. Wir blieben unterhalb stehen und nervten ihn mit guten Ratschlägen, bis er die erste Verzweigung erreicht hatte. Er kletterte unverdrossen zwischen jungem Laub weiter, bis er zu einem Ast kam, der so wenig schwankte, dass er einigermaßen sicher stand.

Hätte er die Wahl gehabt, er hätte sicher lieber wie eine übergewichtige Krähe im Wipfel des Baumes geschaukelt.

Jetzt war Vornüber nämlich etwa in Höhe der zweiten Etage des roten Hauses, aber als Weit-von-Daheim zum Vorschein kam, war sie nun mal in der dritten. Sie machte das Fenster leise auf und beugte sich hinaus, und Shu-shu wedelte über ihre Schulter hinweg mit beiden Händen.

Wir winkten alle von unten hinauf. Weit-von-Daheim lachte und rief dem Jungen im Baum leise zu:

»Guten Abend, junger Mann! Was für eine Rolle spielst du im Moment? König der Affen?«

Vornüber grinste zufrieden durch das Geäst nach oben.

»Na klar! Tarzan auf Stadtbummel. Hast du so ’ne Art Liane, dann schwinge ich mich rüber – verlass mich drauf, dass du mich auffängst!«

»Nein, leider! Im Moment ist mein ganzer Lianenvorrat aufgebraucht. Aber wenn du einen Sprung wagst – das Auffangen schaff’ ich schon!«

Wir hörten sie ein bisschen lachen oder so was Ähnliches. Wir standen als Zuschauer auf dem Rasen, während die beiden da oben sich in langen Sekunden schmerzlichen, verliebten Schweigens miteinander verständigten. Ich meinte Vornüber im Baum tief aufseufzen zu hören, ehe er seiner Stimme wieder mächtig war:

»Darfst du morgen wieder raus?«

Wie eine zum Tode Verurteilte schüttelte Weit-von-Daheim den Kopf.

»Nur Schule, sonst nix.«

Auf der anderen Seite der Allee lag hinter Maschendrahtzaun und dichtem Gebüsch der Schulgarten mit stacheligen Umrissen im Dunkeln. Jenseits des Rasens, auf dem wir standen, glitt auf vier Fahrspuren zum und vom Zentrum der Verkehr vorbei. Am Ende der Allee wechselten die Ampeln auf Rot, die Scheinwerferreihen verhielten in der blauen Dämmerung. Der wartende Bus zog, als er über die Kreuzung fuhr, einen Schwanz von Autos nach und verschwand hinter unserm Häuserblock Richtung Blutigberg.

Weit-von-Daheim sagte, ab Montag sei sie wieder ein freier Mensch, und Shu-shu rief uns übermütig über ihre Schulter zu, eine kleine Trennung bekäme Ehepaaren hin und wieder ganz gut. Vornüber möge sich übers Wochenende mit einem Dasein als Strohwitwer abfinden.

»Oder vielleicht als Baumwitwer!«, rief sie dann noch herunter.

»Hört euch das an!« Wabbel und ich meinten wie aus einem Mund, jetzt könnten sie ihren Übermut mal ein bisschen einbremsen.

Aber da war es schon zu spät. Shu-shu und Weit-von-Daheim drehten sich oben am Fenster erschrocken nach hinten um. Ich erhaschte nur einen kurzen Blick auf Weit-von-Daheims Vater, der jetzt den Ausguck übernahm. Ein strenges Gesicht mit einem strengen Bart. **Peng!**, und schon hatte er das Fenster geschlossen. Krrr – und schon war die Jalousie unten. The show was over, danke für den netten Abend.

Wabbel fürchtete möglicherweise, dass der Mann hinter dem Vorhang rachgierig zu uns herunterkommen könnte. Jedenfalls nahm er eilig Abschied, und gleich drauf hörten wir sein Moped den Blutigberg hinunterknattern. Rebekka

zündete sich eine Zigarette an, während Vornüber aus den Höhen herabstieg und dann Grünfutter von seinen Kleidern klopfte.
Wir rannten um die Ecke, um nachzusehen, ob Shu-shu lebend zurückkam.
Das tat sie, aber sie hatte nicht mehr zu berichten als das, was wir selbst mit angesehen hatten. Vornüber verfiel in dumpfes Grübeln, also hagelte es von unsrer Seite massig spitze Bemerkungen. Das half ein bisschen. Er wurde wenigstens wütend.
Ein netter, friedlicher Abend. Bis den Mädels plötzlich einfiel, sie müssten nach Hause. Sie verdufteten jede in ihre Richtung. So sind die nun mal, wenn du mich fragst. Im einen Augenblick stehen sie direkt vor dir und sind mehr als lebendig. Im nächsten Augenblick zwinkerst du kurz, und schon sind sie unerreichbar verschwunden. Aus mancherlei Gründen bezweifle ich, dass Mädchen uns Jungen genauso sehen.
Immerhin kriegte ich jetzt mit, dass Rebekka einen Augenblick an ihrer Haustür stehen blieb. Sie warf uns beiden, die wir neben dem Wäscheplatz stehen geblieben waren, über die Schulter einen Blick zu. Über ihrem Kopf leuchtete wie ein gelber Glorienschein das Licht aus der Kugellampe an der Wand. Sie sagte nichts, und ich war außer Stande zu entscheiden, was dieser Blick bedeuten sollte. Die Tür schloss sich hinter ihr, ich lauschte den Schritten auf der Treppe.
»Teufel noch mal«, sagte Vornüber voll Weltschmerz. »Zieh Leine und los! Was die jetzt wohl zu hören kriegt!«

Ich war ein bisschen geistesabwesend und antwortete nur: »Sie is' ja noch nich mal die Treppe oben.«

»Bekka doch nicht, Muli! Ich rede von, ja – von meiner Braut!«

»Oh, sorry. Die kriegt 'n Donnerwetter, denk ich.«

Das schien Vornüber auch zu vermuten. Aber darüber hinaus kam ihm in den Sinn, dass er vielleicht noch einen Blick in ihre Wohnung werfen könnte. Er dachte, es wäre vielleicht sinnvoll, den Maschendrahtzaun am Wäscheplatz hochzuklettern. Ich sah keinen Grund zu Protesten. Der Vater von Allan und Susanna kam durchs Tor geschritten, und wir grüßten ihn höflich, und als er unsern Blicken wieder entschwunden war, versuchten wir es mit der Kletterpartie. Es war nichts als ein hohes Gitter, das mitten im Hof ein großes Viereck einzäunte. Als wir noch klein waren, ging das Klettern viel leichter, die Schuhe passten irgendwie besser in die Maschen. Aber wir schafften es jetzt auch.

Der Hof lag dunkel zwischen den Hausmauern, fast alle Fenster in den drei Etagen waren erleuchtet. An manchen waren die Vorhänge zugezogen, andere boten vollen Einblick. An der Westmauer sah ich, wie Frau Bekkevold in ihrer Küche im zweiten Stock in einem Topf rührte. Aus vielen Wohnungen tönte das Fernsehen laut über den Hof, und ganz oben dröhnten die Rhythmen einer zwanzig Jahre alten Hitliste. Wahrscheinlich bei Marihu-Anna. Ich ließ die Beine baumeln, und Vornüber rutschte auf dem Hosenboden zur Ecke hin. Seiner Theorie nach konnte er dort das Gleichgewicht aufrecht stehend halten und mit Späherblick die Eckwohnung im dritten Stock in Augenschein nehmen.

Sicher richtig überlegt, wenn er es hätte durchführen können, ehe Zerr von seinem Abendspaziergang heimkam. Jetzt aber schnaufte es unverkennbar im Tor, wir tauschten einen Blick und rührten uns nicht.

»Was tut ihr denn da oben?«

Zerr zerrte Königin Sooo-nja durchs Eingangstor, und kaum hatte sie einen Fuß in den Hof gesetzt, entdeckte sie uns auch schon.

»Warum sitzt ihr denn dort oben?«

Keiner von uns gab Antwort. Wir wackelten auf dem Zaun hin und her, während sie auf uns zuwogte. Von oben betrachtet, wurde Zerr zu einem fürchterlich langen Tier, das an dem Ende, an dem die Kette saß, mit einem Übermaß an Zähnen und Zunge ausgestattet war. Ich spürte seinen Atem bis zu den Füßen.

Das Bellen übernahm jetzt Königin Sooo-nja. Sie sah von oben gleich breit wie lang aus, sie schüttelte sich ihren roten Schnittlauch aus dem Gesicht und hob warnend einen ihrer Knackwurstfinger.

»Was treibt ihr denn da oben? Runter mit euch!«

Millimeter um Millimeter schob ich einen Fuß über den andern, denn als Hundefutter waren mir meine Gehwerkzeuge zu schade. Ich warf einen Blick zu Frau Bekkevolds Küchenfenster hinüber, aber dort waren jetzt die Gardinen zu. Sie hatte wohl so kurz vor dem Schlafengehen keine Lust, Augenzeugin eines Massakers zu werden.

»Wir treiben überhaupt nichts«, sagte ich. »Wir sitzen.«

Königin Sooo-nja interessierte das nicht.

»Nicht dort oben, nein! Kommt runter, hab ich gesagt!«

Vornüber warf mir einen bekümmerten Blick zu. Ich glaube fast, ich habe ihn angegrinst. Ich schaute Königin Sooo-nja an und nickte Richtung Zerr.

»Sie denken wohl, ich springe dem direkt in den Rachen, was?«

»Der tut dir nichts. Komm jetzt runter, der ist bestimmt besser abgerichtet als du!«

»Na danke«, antwortete ich. »Ich weiß noch, wie abgerichtet der sich benommen hat, als er Allans Ball auffraß.«

Sie schnaubte laut und starrte mich voll Verachtung an. Dann trat sie einen Schritt zur Seite und zog Zerr an der Kette ein bisschen zurück.

»Sooo, nja! Und jetzt wird bitte gesprungen. Sofort!«

Vornüber schaute hinüber zur Eckwohnung im dritten Stock. Ich war nicht gerade müde, aber ich gähnte zunächst einmal lange und ausgiebig und bohrte mit dem Finger in der Nase, um anzuzeigen, dass mich die ganze Geschichte anödete.

»Wir sitzen hier ganz ausgezeichnet«, log ich. »Wir sitzen hier auf einem Zaun und machen überhaupt nichts kaputt.«

»Und überhaupt ist das nicht Ihr Zaun«, kam es von Vornüber.

»Und hier bleiben wir sitzen«, ergänzte ich. »Bis wir Lust zum Runterklettern haben.«

»Aber im Moment haben wir dazu keine Lust«, sagte Vornüber.

»Und drum sitzen wir hier«, sagte ich. »Wenn Sie uns von da unten zugucken wollen, dann viel Spaß.«

»Aber was geht das uns an?«, fragte Vornüber.
»Da husten wir drauf«, erklärte ich.
»Tun wir«, meinte Vornüber.
Königin Sooo-nja schien mit dem Leben nicht sonderlich zufrieden. Sie hatte Zerrs Kette fest gepackt, schien aber zu überlegen, ob sie uns dem Tier nicht doch zum Abendfraße vorwerfen sollte. Es gab da bestimmt keinerlei Schwierigkeiten, der Köter konnte uns sicherlich vom Zaun runterknabbern, ohne Atembeschwerden zu kriegen.
Die Sache war nur, dass ich wusste, das würde sie nie tun. Ich zweifelte keinen Augenblick daran! Gewiss war sie dumm und boshaft, aber so weit konnte sie es nicht treiben. Keine Frage, ich sah es ganz deutlich, und vielleicht sah sie sogar, dass ich es sah. Möglicherweise wallte und brodelte es in ihr wie in einem Hexenkessel, aber wenn, dann ging das in aller Heimlichkeit vor sich. Sie schluckte und schnaufte ein bisschen, schob sich dann durch die Haustür und wogte mit dem Kettenhund an ihrer Seite die Treppe hinauf.
Was war nun das Beste von allem? Oh ja, ich weiß schon. Es war nichts, woran Königin Sooo-nja ihren Anteil hatte. Das Beste an diesem Abend war, dass weder Vornüber noch ich vom Zaun sprangen, nachdem sie verschwunden war. Wir fingen auch nicht an, dicke Töne zu spucken. Natürlich flachsten wir ein bisschen, aber keiner von uns schaukelte die Sache zu einem Riesensieg hoch. Wir taten das, was wir uns vorgenommen hatten. Vornüber balancierte stehend an der Zaunecke, und ich wackelte etwas neben ihm herum, während er mir trübe Bilder von dem ausmalte, was sich in

der Wohnung von Weit-von-Daheim abspielen mochte. Vermutlich habe ich nicht viel geantwortet, denn ich hatte selbst meine trüben Gedanken. Bis er das Gleichgewicht verlor und abstürzte.

Am nächsten Tag stürzten wir sozusagen beide ab. Es war Freitag und wieder ein Schultag, und wir konnten den Mund nicht halten. Tatsächlich trug ich bezüglich Königin Sooo-nja ziemlich dick auf und baute die Geschichte, jedes Mal wenn ich sie neuen Interessenten erzählte, ordentlich aus. Im Schulhof hatte ich das Gefühl, das tun zu dürfen. Außerdem gab es dort mindestens einen Menschen, dem ich gern ein bisschen imponiert hätte.

»Spitze!«, lachte Rebekka. »Und was hat sie gesagt?«

»Sooo-nja?«, fragte ich. »Ach, hat die überhaupt was gesagt? Ich glaube, die hat keinen Ton rausgebracht. Glaube nicht, dass die noch was zu reden hatte!«

Aber jemand anderer hatte – das war mir schon frühmorgens bewusst gewesen, ehe ich in die Schule ging. Dass der heutige Tag ein Freitag war. Dass Freitage leider immer mit einer Doppelstunde in Geschichte endeten und dass es zwischen König Harald und mir eine kleine Geschichte gab, die noch nicht zu Ende war. Die vermutlich heute ihr Ende finden würde. Und hoffentlich, ohne dass es mit mir zu Ende ging.

Ja, ich war ihm, seit wir am Montag wieder mit der Schule angefangen hatten, mehrere Male begegnet. Ich sah ihn meist nur von fern und hatte jedes Mal nichts Eiligeres zu tun, als schnell in eine andere Richtung zu gucken. Ein paar Mal im Schulhof, einmal im Gang in der Nähe des Lehrerzimmers. Und jedes Mal stand plötzlich dieser Professor Bammel mit seinen zwei starken Fäusten neben mir. Mit einer Hand griff er mir glühheiß ans Zwerchfell. Mit den fünf eiskalten Fingern der andern Hand umschloss er meinen Hals und zwang meinen Blick auf König Harald.

Die Tasche mit meinen Schulsachen hatte ich am Montagmorgen vom Direktor mit dem Bescheid bekommen, dass der Rest zwischen mir und dem Klassenvorstand abzuklären sei.

Tausend Dank also! In mir wuchs die Vorstellung, dass mein Leben am kommenden Mittwoch einen gewissen Abschluss finden werde. Zwar kam der Mittwoch, nicht aber kam König Harald zur Geschichtsstunde. Es kam eine Vertretung, die uns mitteilte, König Harald sei auf einem Kurs. Was für ein Kurs? Keine Ahnung, aber mir fielen sofort ein paar Schlagworte für den Kurs ein. »Die Kunst, einen Schüler fertig zu machen« zum Beispiel. Als ob er das nicht längst könnte! Außerdem hielt ich das für einen faulen Trick. Ich war ganz umsonst ins Schwitzen gekommen, musste wieder von vorn anfangen und mich dem Freitag entgegenschwitzen.

Diesmal war es nicht vergebens. Im Gegenteil. Die Angst, die ich die ganze Woche genährt hatte, kam voll zur Auswirkung. Schon ehe wir die Klasse betraten und noch auf den Lehrer warteten, hatte ich ernst zu nehmende Probleme mit Verdauungsorganen und Kreislauf. Will sagen – ich bekam Bauchgrimmen und erhöhten Puls.

Als er kam, hüllte er sich in Schweigen. Ich hielt mich im Hintergrund, aber König Harald schien uns gar nicht zu beachten. Er schloss die Tür auf und ging wortlos ins Klassenzimmer. Wir drängelten im normalen Trott hinter ihm nach.

Ich richtete mich an meinem Pult ein. König Harald saß oben an seinem Tisch, und die Klasse beruhigte sich langsam. Er würdigte uns keines Blickes, er schlug zwei Bücher auf und legte sie vor sich hin. In der ersten Reihe tat Camilla dasselbe mit der letzten Nummer von »Wie wahr!«. Stühle scharrten, Bücher klatschten auf Pulte, Taschen und Rucksäcke wurden an ihren Platz geschoben. Meine Hände führten ein unruhiges Eigenleben, also steckte ich sie in die Taschen, um sie loszuwerden. Weit, weit draußen, vor den Fenstern, sah ich einen hellen, ganz normalen Sommertag. Ich wusste, ich hatte zwei volle Schulstunden vor mir, und ahnte, dass Harald sie nutzen würde. Hier sollte die Folterung stattfinden. Ich bereitete mich auf lange Martern vor, noch ehe er angriff.

Alle Schüler waren anwesend, alle saßen ruhig auf ihren Stühlen. König Harald ließ den Blick über die Klasse schweifen.

»Komm heraus«, sagte er. Und es war ich, den er damit meinte.

Mein Körper erstarrte vom Kopf bis zu den Füßen. Ich räusperte mich, aber meine Stimme gehorchte mir nicht. Ich versuchte meine Kehle noch einmal frei zu machen und quetschte einen undeutlichen Laut hervor.

»Ich?«

Er nickte nicht einmal, sah mich nur an. Meine Füße wurden bleischwer, die Fäuste ebenso. Ich zog sie aus den Taschen und legte sie auf das Pult. Ich schob den Stuhl zurück, stützte mich mit den Händen ab und erhob mich. Beim ersten Schritt stieß mein Oberschenkel gegen die Pultecke, es tat ein bisschen weh, aber das durfte jetzt keine Rolle spielen. Ich ging zwischen den Bankreihen nach vorn und stieg die kleine Stufe vor der Tafel hoch.

König Harald sah mich ausdruckslos an: »Gehe ich recht in der Annahme ...«, begann er. »Gehe ich recht in der Annahme, dass du im ersten Teil unsrer vorigen Doppelstunde anwesend warst?«

Mein Mund war ekelhaft trocken. Meine Mundwinkel zuckten nervös. Ich versuchte sie ruhig zu halten und nickte nur.

»Wie bitte?«, kam es scharf.

»Das stimmt«, sagte ich.

»Aber stimmt es auch ...«, fuhr er fort, »stimmt es, dass du im zweiten Teil der Stunde **nicht** hier warst?«

Er lehnte sich auf seinem Stuhl zurück, groß und dick, und wartete auf Antwort. Er hatte seine graue Jacke an.

Seine oben schon gelichteten dunklen Haare waren so kurz geschnitten, dass ich annehmen musste, er war kürzlich beim Frisör gewesen. Sein Pferdegesicht von fast ziegelroter Farbe war gewichtig auf mich gerichtet.

Ich hatte das Gefühl, mein Körper sei in kaltem Schweiß gebadet. Ich warf einen Blick aus dem Fenster.

»Jaa«, presste ich heraus. »Das ist richtig.«

 »Aha«, sagte König Harald. »Und vielleicht kannst du uns jetzt erzählen, warum wir auf deine Gesellschaft verzichten mussten?«

»Mir ist schlecht geworden«, antwortete ich. »Ich musste nach Hause gehen.«
Plötzlich wechselte der Mann die Farbe – ich sah es ganz deutlich. Sein Gesicht rötete sich noch mehr, wurde dunkler, und dann fing er mit diesem verhaltenen Lachen an.
»Hnn, hnn, hnn!«, machte er, die Hand halb vor dem Mund. »Dir ist **schlecht** geworden!« Er wiederholte es lachend. »Ich muss sagen«, kam es dann bemitleidend, »ich muss sagen, du siehst heute eigentlich auch nicht besonders gut aus!«
Keine Antwort meinerseits. Fünfundzwanzig Gesichter aus der Klasse starrten von unten zu mir herauf. Ich kannte sie alle, und alle waren mir trotzdem unbekannt. Sie waren wie Teile eines einzigen Wesens, ja, sogar Vornüber und Rebekka gehörten jetzt dazu. Ein riesiges Ungeheuer saß mir gegenüber, das anzusehen ich außer Stande war. Ich wandte mich wieder dem Fenster zu.
»Nimm eine Kreide«, sagte König Harald.
Ich tat es mit feuchten Fingern, die sich fremd und wie Gummi anfühlten. König Harald schaute in eines der Bücher, die er vor sich hatte, als könne er da herauslesen, was er sagen wollte.
»Schreibe«, sagte er langsam. »Schreibe das Folgende: **Ich werde nie wieder kneifen.**«
In meinem Inneren, in Kopf und Körper, entstand ein gewaltiger und irgendwie schmerzhafter Druck. Ich weiß nicht, ob es Tränen waren oder Wut oder Furcht oder möglicherweise etwas ganz anderes. Jetzt aber war die Tafel vor mir wichtiger. Meine Hand führte die Kreide darüber hin.

Buchstabe um Buchstabe, Wort für Wort, bis ich den Satz vollendet und einen weißen Punkt auf die schwarze Fläche gedrückt hatte.

»Und jetzt«, sagte König Harald, »jetzt schreibst du in eine neue Zeile schön und deutlich: **Ich bin ein feiger Deserteur.**«

Ich schaute ihn an, konnte ihn aber nicht deutlich sehen. Meine Augen schwammen in Wasser. Ich hob meinen zitternden Handrücken und wischte das Nasse weg. Erst aus dem einen Auge, dann aus dem andern.

»Nein«, erwiderte ich.

»Was hast du gesagt?«

Ich schüttelte den Kopf: »Das schreibe ich nicht.«

König Harald erhob sich so schnell von seinem Stuhl, dass es dröhnte. Er trat einen Schritt vor, blieb stehen und verzog den Mund zu einem boshaften Lächeln.

»Du schreibst das nicht?«, bellte er und hatte plötzlich den altgewohnten Nachdruck in der Stimme: »Dein Lehrer fordert dich auf, etwas an die Tafel zu schreiben, und du stehst da und glaubst, dich weigern zu können?«

Ich sah ihn einfach an, denn ich hatte mehr als genug damit zu tun, mich einigermaßen aufrecht zu halten. In seine jetzt dunkelrote Miene war ein gehässiger Ausdruck getreten, und als er seinen langen, kräftigen Arm über den Kopf hob, dachte ich wirklich, er wolle auf mich einschlagen.

»Da!«, schrie er wütend.

Ich duckte mich unter dem Schlag, aber in Wirklichkeit schmetterte er seine Handfläche an die Tafel, dass der Schwamm auf den Boden fiel: »Hier schreibst du jetzt hin, was ich dir sage! Und weißt du, warum – weil es wahr ist!

Du bist wirklich ein feiger kleiner Deserteur, oder etwa nicht?«
Die Stimme, die ich hörte, klang breiig, und doch war es meine eigene. Sie gurgelte: »Nein, stellen Sie sich vor, das bin ich nicht!«
»Doch! Doch!«, sagte König Harald. Er verzog verächtlich den Mund und steckte mir seinen langen Zeigefinger unter die Nase.
»Du haust ab und zockelst einfach nach, wo andere vorangehen. Stimmt das etwa nicht?«
»Nein!«
»Doch, das tut es. Die einzige Großtat deines Lebens war, ein Stückchen Finger zu verlieren! Oder kannst du sonst noch mit was angeben?«
»Was ich – ich ...«, kam es aus meinem Mund.
Aber König Harald wartete nicht, er stieß mir jetzt seinen Zeigefinger in die Brust. Das war nicht nur gemein, es tat auch weh. Ich wich zurück, und er stieß noch einmal zu.
»Du!«, kläffte er mich an. »Dich habe ich doch schon mal zum Waschbecken geschickt, damit du dich hinter den Ohren trockenreibst. Das warst doch du?«
Ich wich noch weiter zurück, aber er ließ nicht locker und machte im gleichen Ton weiter: »Warst das nicht du, der wie ein Schaf dastand und sich mit Papier den Schädel abgerieben hat? Aber hat's was geholfen?? – I wo! Du bist nicht gerade erwachsen zu nennen, mein Junge. Du sitzt mit deiner Clique abends auf Zäunen herum und beflegelst eine alte Dame, die dich bittet herunterzukommen!«
Jetzt stand ich, ans Ende der Tafel gelangt, buchstäblich mit

dem Rücken an der Wand. Aus dem Augenwinkel sah ich, dass ein paar Mitschüler in ihren Bänken aufgestanden waren. Aber vor allem sah ich König Harald, denn er ragte mit dunkelrotem Gesicht und gefletschten Zähnen wie ein gereiztes Tier vor mir auf.

Wir waren beide ins Schwitzen geraten. Wir keuchten mit offenem Mund. Wir starrten einander an, und ich war alles andre als abwesend. Ich war, in Todesängsten zitternd, zur Stelle.

»Das ist nicht wahr«, sagte ich. »Sie lügen!«

König Harald schloss kurz die Augen, um mich sodann anzustarren. Er wich langsam zwei Schritte zurück, ohne den Blick von mir zu lassen.

»**Was?**«, flüsterte er.

Ich versteckte die Hände in den Hosentaschen und versuchte ruhig zu stehen.

»Erstens«, sagte ich heiser. »Erstens haben wir diese Dame nicht mehr beflegelt als sie uns. Zweitens haben wir nichts Schlechtes getan, und drittens wissen Sie genau, dass Ihre Mutter seit unsrer ersten Begegnung mit einem Hund an der Kette hinter uns her war!«

Es sprudelte einfach so aus mir heraus. Ich stieß und spuckte die Worte aus, und König Harald stand mit offenem Mund vor der Klasse.

»Und außerdem!«, schrie ich wütend. »Außerdem hat das alles wohl nicht allzu viel mit Ihrem Lehrerberuf zu tun, oder? Oder ist es Ihr Beruf, auf allen, die sich nicht verteidigen können, herumzutrampeln?«

Jetzt kam er mit der erhobenen Rechten voll Hass auf mich

zu. Und dieses Mal war es sicher nicht die Tafel, der sein Hieb gelten sollte.
Ich schrie ihn an. Ich kam ihm mit gerecktem Hals auf halbem Weg entgegen, und für einen Augenblick wünschte ich mir wirklich, er wäre dumm genug zuzuschlagen.
»Sooo, nja!«, schrie ich. »Schlag doch zu! Schlag mich nieder, verpass diesem kleinen Jungen nur eine anständige Tracht Prügel! Bitte, Herr Lehrer, schlagen Sie mir doch den Schädel ein! Zeigen Sie uns doch, was es heißt, erwachsen zu sein – und gebildet ...«
Die letzten Worte kamen schon ruhiger heraus, denn der Geschichtslehrer schnaufte wie ein hilfloses Kind. Sein Arm fiel seitlich herunter. Er machte fast den Eindruck, als hätte er eine Tracht Prügel bekommen.
Ich fügte hinzu: »... und trocken hinter den Ohren ...«
Ich wandte mich ab und setzte mich auf meinen Platz.

Lieber Amund!

Lieber Amund!

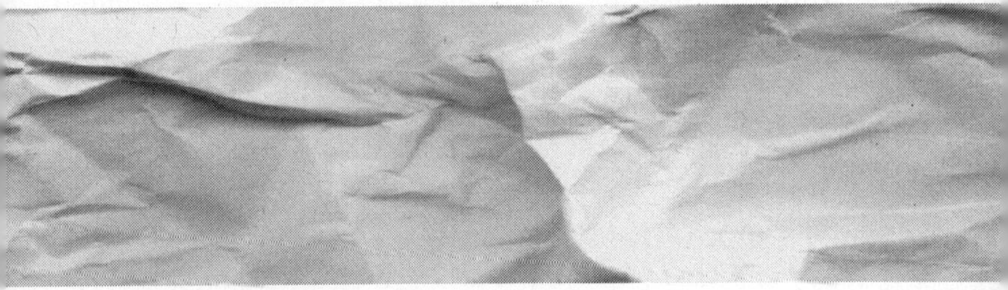

Du weißt doch sicher, was Adam gesagt hat, als Eva ihn endlich aus diesem unschuldsvollen, langweiligen Garten herausgelotst hatte?

»Was soll das?«, hat er gesagt. »Komm, gehen wir wieder rein!«

Aber schnipp, schnapp, schnaus! Sie waren nun mal drauß.

Du erwartest jetzt vielleicht, dass ich behaupte, König Harald sei der mildeste Lehrer in der Klasse geworden? Dass Königin Sooo-nja dem Köter Valium fütterte und sie dann beide in holder Eintracht die Runde machten und alle um Verzeihung baten?

Bedaure, ganz so einfältig bin ich nicht, ich werde wohl berichten müssen, dass die Wirklichkeit noch immer die Vormachtstellung in der Welt hat. Gewiss, König Harald nahm sich, jedem sichtbar, ein Stückchen zurück. Er kürzte sein Schwert und schwang es nicht mehr so oft, und schlug er zu, war es meist schnell überstanden. Man hatte den Eindruck, er wäre ein bisschen geschrumpft und nachgedunkelt. Aber deswegen war die Bedrohung noch lange nicht abgeblasen, der Mann war und blieb König Harald. Ich glaube, es gab nicht einen Schüler, der nicht eine gewisse Furcht vor diesem zusammengeschrumpften Schatten empfand.

Bei Mama Sooo-nja war alles irgendwie einfacher. Vornüber und ich hatten an jenem Abend auf dem Zaun das rote Haar recht und schlecht seiner Krone beraubt. Sie bekam einen neuen Namen. Sie war nicht mehr die Königin des Wohnblocks, sondern wurde – und das ist kaum zu glauben –, sie wurde zur Mama Sooo-nja. Und wer geht – bei unser aller ewigen Sandkiste – der Mama eines Geschichtslehrers schon aus dem Weg?

Niemand, außer vielleicht dem Häuflein, das buchstäblich in der Sandkiste sitzt. Die kleinen Kinder, meine ich. Sie waren die Einzigen, die sich vor Sooo-nja und Zerr weiterhin fürchteten. Aber das spielte kaum eine Rolle, sie trugen keinen Schaden davon, und die Kleinen hätten sich wohl so oder so vor diesem Paar gefürchtet. Auch wenn Köter und Frauchen mit Flügeln an den Schultern herumgeschwebt wären.

Flügel? An den Schultern?

Ich war es, der jetzt Flügel hatte! Flügel und einen Heiligenschein hatte ich – und das eine ganze Weile. Genau genommen einen halben Nachmittag lang.

Dass ich mich König Harald widersetzt hatte, war nicht gerade das Geringste, was ich in meinem Leben geleistet hatte.

Vielleicht auch nicht das Allerdümmste. An diesem Freitag

war ich auf meinem Weg über den Schulhof auf einmal von einem richtigen kleinen Fanklub umgeben.

»Hallo Finger! Einfach bärig ...!«

»Den hast du so richtig zur Schnecke gemacht!«

»Gewaltig spitze, du!«

»He, Unni! – Hättst sehen sollen, wie Finger König Harald heute kleingekriegt hat!«

»Du, Finger, war das geplant, oder?«

Also da, Amund, da musste Finger ja eisern bleiben, meinst du nicht auch? Hätte ich vielleicht einen Rückzieher machen sollen? Ich habe also die Schultern gezuckt, habe gegrinst, ein paar bescheidene, selbstzufriedene Worte von mir gegeben, über die alle – genau wie beabsichtigt – lachen mussten. Aber die Angst hat trotzdem immer noch in mir nachgebebt. Meinen Händen hat man's vielleicht nicht angemerkt. Aber innerlich! Meine Augen haben in einer Art heimlichem Zickzacklauf ein Gesicht gesucht, das nicht zu finden war.

Vornüber war da und Shu-shu, Weit-von-Daheim und Wabbel und dazu ein ganzer Schock andere. Weit-von-Daheim musste sich als Einzige sofort zu ihrem Zimmer aufmachen, aber die meisten hatten massenhaft Zeit.

Weil Freitag war, fand sich eine ziemlich große Runde fürs »Mumps« zusammen. Dort saß denn auch Rebekka schon mit Zigarette vor einer Cola. Wir belegten mehrere Tische an Fenster und Wand, und die Stimmung im Lokal stieg hörbar. Eigentlich hatte ich Durst, aber ich stellte mich nicht am Tresen an. Ich setzte mich lieber. Auf den Stuhl gegenüber Rebekka.

Sie lächelte tatsächlich, als sie mich sah.

»Wie geht's?«, fragte sie. »Lässt das Fieber langsam nach?«

Ich rang mir auch ein Grinsen ab und antwortete:

»Oh ja, ich fürchte, ich bin bald wieder total cool.«

Sie betrachtete mich, die Zigarette zwischen den Lippen, mit ihrem scheuen Lächeln. Ihre Augen blickten schmal durch die dünne bläuliche Rauchsäule. Um uns war Lärm und Gedränge, und ein kleines bisschen musste ich dabei mitmachen. Trotzdem riss der Kontakt über den Tisch nicht ab.

»Sag mal, hast du dich nur gehen lassen?«, fragte sie. »Oder hast du einfach kurz die Selbstbeherrschung verloren?«

Ich zog die Schultern hoch.

»Wahrscheinlich war meine Angst so groß, dass ich wütend werden musste.«

Lachend schnippte sie die Asche von der Zigarette: »Ja, sah fast so aus!«

Ich nickte heftig, und ich glaube, ich habe ebenso herzlich gelacht wie sie. Plötzlich merkte ich, dass sie mich in ihrer gewohnten Art mit schief gehaltenem Kopf ernst ansah.

»Ich fand dich wunderbar, Finger.«

»Mach 'n Punkt!«, bat ich. »Es ist nicht nett, einen durch den Kakao zu ziehen, der sowieso schon 'ne trübe Tasse ist!«

Zugegeben, ich fand ja selbst, dass ich etwas getan hatte, worauf ich stolz sein durfte. Um ganz ehrlich zu sein, finde ich das immer noch. König Harald war eine echte Belastung, ein Albtraum von einem Lehrer. Er übte absoluten

Terror aus und konnte daran festhalten, weil keiner von uns wagte, gegen ihn anzugehen. Haargenau das Gleiche wie bei Königin Sooo-nja. Keiner tat etwas dagegen – bis ich nicht mehr anders konnte.

Dabei war mir die ganze Zeit bewusst gewesen, dass ich Todesängste ausstand. Ich hätte also nie im Leben behaupten können, etwas gewagt zu haben. Lieber Gott, das war auch nie meine Absicht gewesen! Ich hatte entgegen meinem eigenen Empfinden Widerstand geleistet.

Aber vielleicht ist es gerade das, was man Wagemut nennt? Oder – vielleicht kotzen dich solche Dinge einfach an?

Egal. Es reicht, wenn ich erzähle, dass sich im »Ziegenpeter« alles beruhigte. Zu meinem Glück. Wir redeten auch über andere Dinge, und die Gespräche plätscherten dahin, ehe ich mir noch einbilden konnte, ein Macho zu sein. Vornüber saß trübsinnig neben mir. Wenn es etwas zu lachen gab, lachte er mit, ohne deswegen ein froheres Gesicht zu machen. Wenn ihm eine Antwort abverlangt wurde, erledigte er das mit einem Ja oder Nein oder auch nur mit einer Kopfbewegung, wenn er das für ausreichend hielt.

Wir sprachen kaum ein paar Sätze miteinander. Ich versuchte ihn nur zu überzeugen, dass ein Wochenende nicht das ganze Leben dauert und dass er ab Montag Weit-von-Daheim so oft wieder sehen konnte, wie er wollte. Aber wahrscheinlich war genau das der Angelpunkt seines Schmerzes. Für Vornüber stand so gut wie fest, dass ihre Eltern mit aller Macht dazwischenfunken würden. Leider konnte ich seiner Trübsal nichts wirklich Überzeugendes entgegensetzen.

Wenige Stunden später, nach dem Abendessen und ein bisschen Fernsehen, drehte ich noch eine Runde und traf im Sommerabendlicht auf ihn. Es roch nach Gras und Straßenstaub und Abgasen. Der Verkehr brauste wochenendsüchtig dem Zentrum zu. Gelblich weiße Lichtkegel, rote Rückstrahler – und selbstverständlich ein Macho, der bei Gelb ordentlich Gas gab und der dann oberhalb des Schulhofs bei einem verwegenen Bremsmanöver ordentlich ins Schleudern kam. Die Reifen quietschten, der Wagen schlitterte auf die linke Fahrbahn. Vermutlich gab es am Ende der Kemenatenallee eine Schnellbremsung bei Rotlicht. Mein Blick verfolgte das Auto, doch was ich wirklich sah, war Vornüber.

Er saß auf dem Grünstreifen und hatte sich an seinen Kletterbaum vom Vorabend gelehnt. Neben ihm lagen eine halb leere Colaflasche, eine Tüte Chips und ein paar Illustrierte.

»Hallo Klotz! Campingwochenende?«

Ich setzte mich neben ihn und erntete einen müden, hoffnungslosen Blick.

»Weiß nicht, Finger. Hab überhaupt von nichts 'ne Ahnung.«

»Wovon solltest du? Ist was passiert?«

»Nööö.«

»Nichts?«

Es fiel mir schwer, ernst zu bleiben: »Hast nicht mal 'n Schimmer von ihr im Fenster gesehen?«

»Nicht ein Löckchen.«

»Was du nicht sagst – nicht mal für einen kurzen Augenblick?«

Er schaute mich mit stumpfem Blick an: »Kannst ja selbst mal gucken. Die Jalousie da oben ist all night bummfest zu.«
Aus reiner Höflichkeit schaute ich in die angegebene Richtung und stellte fest, dass er Recht hatte. Als ich mich ihm wieder zuwandte, saß er unverändert da und kehrte mir sein erstarrtes Gesicht zu. Seine Stimme klang eher wie ein schrilles Piepsen, als er schließlich leise meinte: »Du, Finger, wenn ich nicht ganz auf 'm Holzweg bin, ist sie vielleicht nicht mal da!«
Natürlich probierte ich es mit ein paar ermunternden Worten, aber letztlich musste ich ihm doch eine Frage stellen: »Warum sitzt du dann überhaupt hier rum, Klotz?«
Er reichte mir die Flasche, und ich trank einen Schluck. Die Cola war so abgestanden und lauwarm, dass ich mir dachte, der sitzt mindestens schon ein oder zwei Stunden hier im Gras.
»Guck mal, der Wagen da!«, sagte er und deutete mit dem Kopf auf etwas, das in der Allee vorbeizischte. Aber ich gab mir gar nicht die Mühe hinzusehen.
»Und was machst du wirklich hier?«, fragte ich.
Vornüber nippte ein bisschen an seiner Cola, dann zuckte er die Schultern.
»Keine Ahnung«, kam es müde. »Werd wohl bald heimwärts ziehen. Aber irgendwie musste ich's halt versuchen. Kann einfach an nix andres denken. Kapiere überhaupt nix, macht mich verrückt, das alles. Und da dachte ich, is' doch sinnlos, wenn ich's nicht versuche. Klaro?«
»Ja«, sagte ich. »Versteh schon.«

Er erkundigte sich, ob ich was vorhätte, und ich behauptete, dass ich eigentlich nur seinetwegen unterwegs war. Und so blieben wir eine Weile nebeneinander sitzen. Schließlich sagte ich, jetzt müsse ich mir noch ein bisschen die Beine vertreten. Ob es ihm was ausmache, wenn ich eine kleine Runde drehte?

»I wo, geh du nur!« Er komme schon zurecht, sagte er.

Wir sagten **Tschüss**, und dann blieb er allein sitzen und passte auf die Bäume auf. Ein autosüchtiger, zahmer und melancholischer Verehrer in der Kemenatenallee.

Jetzt, wo ich diese Episode niederschreibe, weiß ich schon ein bisschen mehr. Ich kann beispielsweise berichten, dass es, als der Hausarrest um war, zwischen Vornüber und Weit-von-Daheim ein heißes und heftiges Wiedersehen gab. Zunächst lief alles ein bisschen in aller Heimlichkeit ab, aber das hielten die beiden irgendwie nicht durch, und so wurde ihr Verhältnis sehr bald zum öffentlichen Eigentum. Vor ein paar Tagen sollte Vornüber wohl auf Einladung ihrer Eltern zum Essen oder so was zu ihr nach Hause kommen. Das Ergebnis kenne ich noch nicht, aber wenn ich Vornüber richtig einschätze, hat er diese Prüfung bestanden.

Somit kann ich beruhigt behaupten, dass ein Silberstreif am Horizont steht. Und damit ist das Knäuel wohl einigermaßen entwirrt, Amund? Ich glaube, wir kommen allmählich ans Ende dieses Briefes, in dem Finger alles aufgeschrieben hat!

Rebekka, meinst du? Warum fragst du nach ihr? Was sollte ich über Rebekka zu berichten haben?

Nun ja, wir sehen uns. Ich habe sie tatsächlich an jenem Freitagabend noch getroffen, an dem Vornüber vom Rasen aus die Jalousie überwachte. Um die Wahrheit zu sagen, ging ich von ihm weg direkt in unsern Hof und zur Tür von Aufgang A. Schnell ging ich nicht, aber ich hatte immerhin Schwung genug, um die Treppen hoch und an Vornübers Tür vorbei in den dritten Stock zu kommen.

Unheimlich mühsame Treppen, ausgerechnet in diesem Haus. Jede Stufe spürte ich in den Knien, als ich endlich vor dem Türschild **Familie Goldstein** stand. Offensichtlich waren die Goldsteins im Lauf dieses Tages nicht ausgezogen.

Ich klingelte und wartete.

Rebekka kam kauend an die Tür. Hinter ihr sah ich im Flur eine größere Gestalt, die mit gestreckten Armen herumturnte.

»Na so was«, sagte Rebekka. »Du bist's, Finger! Komm rein.«

Das tat ich.

Die Gestalt mit den Armen erwies sich als männliches Wesen, das sich in eine Jacke zwängte, um wegzugehen. Ein Kerl, den ich noch nie gesehen hatte. Ich gab bestimmt irgendetwas von mir, was man so sagt, wenn man zu Besuch kommt.

»Tag!«, vielleicht oder so was.

Er hieß Jörgen und war sicher ein paar Jahre älter als Rebekka und ich. Groß und schlank und dunkelhaarig, mit einem kleinen Rossschweif unter dem Kragen der Lederjacke. Er drückte Rebekka kurz an sich und ging. Oder vielleicht hat sie ihn an sich gedrückt. Jedenfalls verschwand er bei meinem Kommen. Ich glaube, er hatte ein Mäppchen unter dem Arm. Aber das ist wohl kaum strafbar.

Wir gingen ins Wohnzimmer, ich begrüßte Rebekkas Mutter und ihren Vater und ihre kleine Schwester Sara. Sie waren, wie bei ihnen an Wochenenden der Brauch, um den Esstisch versammelt. Späte Mahlzeit und viele verschiedene Speisen, Kerzen auf dem Tisch und allerlei Zierrat. So aßen sie schwatzend den ganzen Abend. Ob mit Gästen oder ohne.

Der Gast war inzwischen gegangen, und ich lehnte dankend ab, denn Rebekka hatte fertig gegessen. Wir gingen in ihr Zimmer.

»Hat sich hier was verändert?«, fragte ich. »Hast du das Zimmer jetzt für dich allein, oder?«

Sie holte sich Zigaretten und Feuerzeug.

»Ja, Sara hat das Zimmerchen nebenan gekriegt, das früher mein Vater benutzt hat.«

Früher – das hieß für mich: als ich das letzte Mal hier war. Vor ein paar Monaten. Aber wie sie das jetzt sagte, klang das, als wäre es viel länger her. Das Bücherregal war dasselbe geblieben. Es reichte vom Fußboden bis ganz an die Decke. Die einzige Musikquelle war immer noch das Batterieradio mit dem Kassettendeck. Das oberste Fach im Bücherregal ist voll gestopft mit Kassetten. Früher standen zwei Betten im Zimmer, sonst hatte sich wohl kaum etwas verändert. Neu war: Ich sah sie jetzt zum ersten Mal zu Hause rauchen. Ein großes Kristallding von einem Aschenbecher auf dem Tischrand war voll Kippen.

Ich setzte mich in den Schaukelstuhl mit dem bunten Überwurf. Das Fenster stand halb offen und ließ die Stadtgeräusche und den Sommerabend ein. Rebekka hat einen riesigen alten Schreibtisch, den größten, den ich je gesehen habe. Graublau. Die Platte mit gelbem Linoleum oder so was belegt. Sie schien mit etwas beschäftigt zu sein, denn neben zwei dicken ledergebundenen Büchern lag ein aufgeschlagenes Schreibheft. Wie ich sah, verwendete sie immer noch einen Füllfederhalter.

»Was machst du da?«, fragte ich. »Immer noch Geschichte?«

»Ja, so könnte man's auch nennen. Aber im Moment schreibe ich nur was ab.«

Sie deutete mit dem Kopf in Richtung Wohnzimmer:

»Die Welt erwartet von mir, dass ich das lerne.«

Ich nickte ebenfalls.

Sie saß am anderen Ende des Schreibtischs mir gegenüber auf ihrem Bettrand. Ihre Hände wirkten geschickt und zuverlässig, als sie sich eine Zigarette anzündete. Sie legte das Feuerzeug auf das Päckchen neben dem Aschenbecher, ließ mir eine Kurzfassung ihres betörenden Lächelns zukommen und blies dabei Rauch aus dem Mundwinkel.

Zu Hause trug sie das Haar meistens offen. Es strömte wirklich wie eine Flutwelle oder wie ein dunkelkupferner Wildbach über ihre Schultern. Brombeerfarbene Strümpfe, schwarze Jeans und schwarzes T-Shirt. Das Shirt erinnerte mich an unser Geplänkel im Zug mit Weh. Wo ich sie fragte, ob sie sich jetzt erwachsen vorkäme, weil sie einen Busen hätte. Ich glaube, ich habe sogar Titten gesagt, weil ich wütend und auch verlegen war.

Jetzt, zwischen Schaukelstuhl und Bett, war gleichsam kein Raum für Zweifel. So, wie ich die Situation erlebte, saß ich hier nicht mehr mit dem kleinen Mädchen von früher zusammen.

Rebekka konnte sich bestimmt auch erinnern. Sie hockte sich mit untergeschlagenen Beinen mitten aufs Bett.

»Als du mich das letzte Mal besucht hast«, sagte sie, »da wussten wir noch nicht einmal, dass es in dieser Welt einen Jungen gab, den wir später Weh nannten.«

»Ja, und jetzt gibt es ihn auch nicht.«

Sie lächelte ein wenig, aber nicht eigentlich wehmütig – eher, als dächte sie an etwas Schönes.

»Betrifft das nicht auch ein bisschen dich selbst? Und mich?«

Ich zuckte die Schultern.

»Ja, schon möglich. Ganz persönlich also. Aber für ihn spielt das wohl keine größere Rolle mehr?«

Rebekka musste laut lachen. Ich glaube tatsächlich, sie lachte mich aus. Ganz einfach. Sie schnippte die Asche von ihrer Zigarette, und dann guckte sie mich mit einem Blick an, den ich eigentlich nur als liebevoll bezeichnen kann. Ja, liebevoll! Mit einem Anflug von Wärme – so unverhohlen, dass ich vermutlich dasaß und sie wie ein frisch gefangener Karpfen anglotzte.

»Geht er dir ab, Finger? Eigentlich haben wir den Jungen ja gar nicht so viele Tage gekannt. Wenn wir ehrlich sind. Stimmt's?«

»Nein«, sagte ich nur, denn ich dachte plötzlich an ganz andere Dinge.

»Ich kann mir nicht helfen«, sagte sie. »Aber vielleicht solltest du ein Gedicht über unsern Ausflug schreiben? Du hast doch ab und zu schon Gedichte geschrieben, oder? Hier hättest du jetzt so was wie einen Stoff, meine ich.«
»Lieber Himmel, das weißt du noch! Das liegt doch Jahre zurück! Ich, ich schreibe jetzt eigentlich viel lieber Briefe. Und außerdem war das damals nur eine einzige Strophe.«
»Na, dann schreib halt einen Brief.«
»Was dir einfällt! Ich schreibe doch keinen Brief an einen Toten!«
»Warum nicht? Ich lese so was gern. Schreib an mich!«
Ich machte eine Kopfbewegung zum Schreibtisch hin:
»Schreib doch selbst, du kannst so was doch. Müsste ja nach und nach ein ganzes Buch werden. Stell dir vor, jemand kriegt so was vor die Linse!«
»Na ja, du kannst dir andere Namen ausdenken. Er braucht doch nicht Weh zu heißen.«
»Nein? Wie denn sonst?«
»Wie du willst. Das wäre ganz deine Sache. Du kannst ihn ruhig Karius oder Baktus oder meinetwegen auch Geggi nennen oder einfach seinen Taufnamen nehmen.«
»Schon gut, Bekka. Schreib du ein Werk.«
»Ja, vielleicht tu ich das wirklich. Hättest du vielleicht Lust auf eine Tasse Tee?«
Das hatte ich nicht, aber trotzdem sagte ich:
»Ja, bitte, wenn du eine mittrinkst.«
Sie verschwand in die Küche. Ich konnte einen Augenblick verschnaufen, und das hatte ich wirklich nötig. Vorhin, als ich an der Tür klingelte, dachte ich, dass ich käme, um ohne

Umschweife etwas auszusprechen oder zumindest eine direkte Frage zu stellen. Aber hier herumsitzen, ihr genau gegenüberzusitzen, sie aus solcher Nähe und mit solch häuslicher Selbstverständlichkeit zu sehen, so rundherum stark und schön und – du lieber Gott ...!

In mir entstand eine große Leere. Leere oder übergroße Fülle oder nur Schweigen? Ich konnte es nicht fassen oder begreifen, wie ich mir hatte vorstellen können, überhaupt etwas zu sagen zu haben. Alles, was ich hatte, war ein grausames, brutales Verlangen, das sich mindestens elf Nummern zu groß anfühlte.

Sie kam zurück und hatte in jeder Hand einen Becher Tee. Randvoll und dampfend. Sie kam, auf die Becher konzentriert, langsam herein. Durchs Zimmer schritt sie auf mich zu, kam bis an mein Bein. Ich wollte den Becher entgegennehmen, aber sie schnitt eine warnende Grimasse, sodass ich die Hand wieder zurückzog.

Behutsam beugte sie sich über meinen Schoß zum Schreibtisch hin. Ich spürte ihre Wärme und ihren Duft. Ihr Haar streifte meine Wange. Durch das T-Shirt berührte eine Brust meinen Arm. Ihre Beine berührten die meinen ganz fest.

Dort stand rot-weiß der Teebecher. Sie nahm ihren mit und stellte ihn auf die andere Schreibtischecke. Dann kuschelte sie sich wieder behaglich auf ihrem Bett zurecht. Behaglich für sie, nicht für mich.

»Ääh ...«, sagte ich. »Ääh, wer ist eigentlich dieser Jörgen?«

»Wer? Wieso?«

»Na, nur ...« sagte ich. »Ich hab den noch nie gesehen. Und da interessiert mich eben, wer er ist.«

»Na, wie soll ich sagen? Halt ein Typ, den ich kenne.«

»Ich verstehe«, sagte meine Stimme.

Sie klang ziemlich heiser und seltsam. Ich räusperte mich verhalten und schielte auf den Schreibtisch. Aus dem Augenwinkel sah ich, wie sie den Teebecher von der Tischplatte hob.

Der Becher blieb in der Luft stehen. Alles blieb stehen. Wir schauten einander an.

Sie lächelte. Ein helles, leichtes Lächeln, kam mir vor. Ein bisschen schüchtern, aber immerhin. Sie sah mich an, und ihr Lächeln wurde immer breiter, als ihre Hand den Becher auf den Schreibtisch zurückstellte.

»Du – Finger?«

»Ja?«

»Den kenne ich doch nur so. Wir machen ein paar Sachen zusammen. Nur, weil du danach fragst. Jörgen ist nicht mein Freund.«

»Nicht?«

»Aber nein. Er war es nicht, und er wird es auch bestimmt nicht werden.«

Für einen Augenblick saß ich einfach nur so da. Ich spürte genau, wie die Erleichterung mir aus allen Poren quoll, aber im Augenblick machte mir das überhaupt nichts aus. Warum auch? Es war völlig sinnlos, sich zu verstecken.

Ich hatte meine Stimme wieder in der Gewalt und sagte: »Na gut. Das weiß ich jetzt also. Aber eigentlich interessiert es mich überhaupt nicht.«

Rebekka zuckte die Schultern und trank einen Schluck Tee. »Weiß nicht«, sagte sie, als sie geschluckt hatte. »Ich finde, du hast irgendwie so ausgesehen, einen Augenblick lang. Als hätte es dich doch interessiert.«

Ihr Gesicht wurde so entsetzlich ernst, dass ich einen gewissen Verdacht nicht unterdrücken konnte. Ich musste genauer hinsehen, und nach einigen Sekunden kam wirklich etwas zum Vorschein. Erst in ihren Augen, und bald auch ein kaum wahrnehmbarer Zug um ihren Mund. Sie hielt durch, aber innerlich grinste sie wohl ganz gewaltig.

»He, Bekka«, sagte ich und stellte mich so gelangweilt und pseudogleichgültig, wie ich nur konnte: »Sag mal, nimmst du mich auf die Schaufel?«

»Ach – meinst du?«

»Ja, ich glaube, das tust du.«

»Glaube ich auch. Aber wer weiß?«

»Was du nicht sagst. Du doch nicht!«

»Vielleicht nicht«, antwortete sie. »Aber vielleicht kriegen wir's raus?«

Ich lachte. Ich musste über dieses Gespräch einfach lachen. Ein kurzes und dummes Lachen, aber das war meinerseits ganz in Ordnung, denn es war absolut echt. Lachend stand ich auf.

Wir gingen durchs Wohnzimmer, und ich sagte »Schönen Abend« zu ihren Eltern und »Tschüss« zu ihrer Schwester. Rebekka begleitete mich durch den Flur und blieb an der Tür stehen, als ich ging.

»Schönen Dank für den Tee«, sagte ich.

»Hast du ihn überhaupt gekostet?«

»Nein, leider, ich war so beschäftigt! Aber gieß ihn nicht weg.«

»Okay, Finger, Tschüss.«

Draußen wölbte sich der Himmel nachttief und sommerklar. Ferne Stadtgeräusche, gedämpfte Fernsehlaute vom andern Ende des Wohnblocks. Sonst hörte ich nur mich selbst und meine Schritte auf dem Asphalt.

Es war schon recht spät. Ich ging durch das Eingangstor und um die Ecke zur Kemenatenallee, aber dort an der Straße lag nur ein Rasenstreifen mit Bäumen. Und nicht einmal mehr eine Cola-Flasche.

Jetzt waren an fast allen Fenstern die Gardinen vorgezogen. Ich lief ein Stück den Gehsteig entlang, nur um ein bisschen vom Sommerabend mitzukriegen. Unten, am Ende der Allee, jenseits der Kreuzung, fiel die Straße steil zum Zentrum hin ab. Dort blieb ich stehen und stützte die Arme auf ein Geländer, um mich ein bisschen zu entspannen.

Ein paar Autos brummten vorbei. Ich konnte einen Teil der Stadt sehen und ganz in der Ferne einen helleren Schimmer: das Meer. Eine große Zahl Lampen und Lichtpunkte. Manche waren in Bewegung, verschwanden und kamen zwischen dunklen Gebäuden wieder zum Vorschein. Aber die meisten leuchteten unentwegt. Ich blieb eine Weile stehen, sah auf die Stadt hinunter, und dann ging ich heim, um zu schlafen.

Lies mich!

RTB

Leseprobe

Peter Pohl

Ich bin Malin

»Ist das nicht das Klassenfoto der Dritten?! Ja, tatsächlich, das da ist Matthias, und dort stehen Tina-E und Tina-N. Und dann die da ... wie hieß sie doch gleich wieder?«

Wenn diese Frage in zwanzig oder dreißig oder fünfzig Jahren bei einem Klassentreffen auftauchen wird, weiß Malin, dass sie gemeint ist. Es gibt Personen, deren Namen man einfach vergisst. So eine Person ist Malin.

Oder vielleicht wird es später auch so klingen:

»Da haben wir Catrin, wie die sich wieder an den Ricki ranschmeißt, nicht zu fassen, und das da ist doch Gurra, King Gurra! Ob der wohl je einen Kamm aus der Nähe gesehen hat? Aber wer ist denn das?«

Manche Personen vergisst man sehr schnell, beinahe sofort. So eine Person ist Malin.

Ja, wirklich eigenartig, aber manche Personen sind einfach nicht sichtbar. Malin sieht ihr Spiegelbild missgelaunt an und seufzt. Doch, klar, ihr Spiegelbild hier vor ihr im Spiegel, das existiert, das hat schon immer existiert, solange sie denken kann. Ihr Spiegelbild ist sichtbar, also existiert Malin selbst doch auch und müsste ebenfalls sichtbar sein.

Oh ja, sie habe durchaus ein Aussehen, teilt der Spiegel mit und zeigt Farben und Linien, die Strich für Strich Malins Bild ergeben. Zuoberst Haare, natürlich, die Farbe kann man wohl als aschblond bezeichnen. Nichts Aufregendes also, aber wer sagt denn, dass alles aufregend sein muss? Die Haare hören kurz oberhalb der hellen Augenbrauen auf. Malin lässt ihre Stirnfransen nie so lang wachsen, dass ihre Augen nicht mehr darunter hervorschauen können. Und das ist gut so, Malin hat nämlich hellbraune Augen, die golden schimmern und vom Spiegel als Goldgefunkel reflektiert werden.

Goldbraune Augen – kann es etwas Schöneres geben?, fragt der verliebte Spiegel, aber niemand antwortet. Es gibt auch nicht allzu viele, die antworten könnten, bisher ist es nämlich fast niemandem gelungen, die Farbe dieser Augen zu entdecken, bevor Malin den Blick senkt. Daher sieht man stattdessen meistens nur zwei weiße Augenlider, die den Blick des Betrachters auf die Nase lenken, die kleine gerade Nase, und auf den unzufriedenen Bogen des Mundes.

Nun ja, meistens sieht der Mund nicht so unzufrieden aus wie jetzt. Er verzieht sich zwar äußerst selten zu einem Lächeln, das ist wahr, drückt sonst jedoch eher Ernst als Missvergnügen aus. Die Prinzessin, die niemals lacht, nennt Malins Vater sie manchmal. Eines Tages werde ein Hirtenjunge kommen und sie zum Lachen bringen.

Jedes Mal, wenn Malin an ihr Aussehen denkt oder es so eingehend wie jetzt im Spiegel studiert, wird sie düster. »Mach doch ein fröhliches Gesicht, dann siehst du viel hübscher aus!«, pflegt Mama zu sagen und sie ganz vorsichtig in die Wange zu kneifen. Aber das zahnbleckende Grinsen, mit dem Malin diese Aufforderung jedes Mal beantwortet, bevor sie sich aus Mamas Fingern windet, wird ihre Mutter mit der Zeit bestimmt lehren, so etwas lieber bleiben zu lassen.

Und was heißt das schon – hübsch! Wenn der Preis dafür ist, dass man pausenlos grinsen muss, verzichtet Malin gern darauf, als hübsch bezeichnet zu werden. Sie wäre eigentlich schon mit ein paar Beweisen ihrer Existenz zufrieden. Aussehen!, denkt sie oder sagt es auch manchmal laut, sodass die Spiegelohren es hören können. Was soll das – irgendwie aussehen, wenn man überhaupt nicht sichtbar ist!

Wie kommt man dahinter, dass man gar nicht existiert? Ist es tatsächlich möglich, sich in einem derart seltsamen, unwirklichen Zustand zu befinden? Trotz allem existieren doch die eigenen Gedanken und Gefühle und die Träume von all dem, was man will und vorhat. Es ist schwer zu begreifen, dass man nicht vorhanden ist, also nicht nur telefonisch unerreichbar, sondern tatsächlich nicht vorhanden. Wenn man versucht, sich den Tod vorzustellen, fällt es einem auch besonders schwer, tatsächlich zu verstehen, dass man dann überhaupt nicht mehr existieren wird. Die Gedanken, Gefühle und Träume, alles, was einmal man selbst war, wird verschwunden sein. Und wenn es kaum möglich ist, den Tod zu verstehen, wie soll man dann in der Lage sein zu begreifen, dass man schon zu Lebzeiten nicht existiert? Man erhält zwar Hinweise, kleine Informationen, die alle dasselbe sagen. Aber deshalb kapiert man es noch lange nicht, weder beim ersten noch beim zweiten oder dritten Hinweis. Und dann, wenn die Einsicht allmählich angeschlichen kommt, ja, da hofft man trotz allem, glaubt es bis zuletzt: Ein ganz klein bisschen existiere ich doch, ein ganz kleines Stück von mir wird doch sichtbar sein? Aber schließlich sind so viele Hinweise zusammengekommen, dass man wohl oder übel einsehen muss: Ich existiere nicht.

Trotz allem sollte man aber weiterhoffen und glauben. **Erst wenn man aufgibt, verschwindet man tatsächlich.** Eigentlich sind die eigenen Gedanken, Gefühle und Träume es doch wert, dass man ausharrt und an seine Existenz glaubt?

Der erste Hinweis kam am ersten Schultag, an jenem Tag, wo das kindliche Leben zu Ende geht und ein neues beginnt – mit Ordnung und Regeln und wichtigen Dingen, die man lernen muss. Mütter und Väter hatten ihre Sprösslinge in das sonnige Klassenzimmer begleitet. Die Eltern klebten an den heißen Zimmerwänden, während die Schulanfänger sich in das Bankgewimmel stürzten und irgendwo stehen blieben, wo es ihnen gerade gefiel. Dort setzten sie sich dann hin.

Malin jedoch irrte durch die Bankreihen, ohne dass es ihr irgendwo gefiel. Die Bänke standen paarweise nebeneinander. Viele Bankpaare waren bereits besetzt. Dort saßen dann etwa zwei Mädchen nebeneinander, deren weiße Kleider in der Sonne leuchteten. Oder zwei Jungen, deren saubere, frisch gebügelte Hemden genauso leuchteten. Ab und zu saß jemand auf dem rechten Stuhl und hielt eine wachsame Hand auf den linken. Oder der Gesichtsausdruck verkündete, dass der Platz daneben schon besetzt sei.

Es war auch nicht daran zu denken, sich als Erste links oder rechts in ein leeres Bankpaar zu setzen. Dann müsste man ja dasitzen und mit jedem vorlieb nehmen, der daherkäme – nein, besten Dank! Da könnte ja jeder kommen – oder noch schlimmer: niemand!

Also irrte Malin durchs Klassenzimmer und dachte mit deutlichen Worten:

ICH WILL ZU DIESEM PLATZ DA HINTEN, DORTHIN BIN ICH UNTERWEGS, NEIN, ICH WILL DOCH LIEBER DORT HINTEN HIN, und bildete sich ein, so auszusehen, als hätte sie ein Ziel, glaubte, dass niemand merkte, wie der Boden unter ihren Füßen sich dehnte, sich verzerrte und veränderte, sodass »dahinten hin und dorthin« sich unentwegt wegbewegten, nein, das konnte wohl wirklich sonst niemand merken, niemand, der nicht in Malin drinsteckte, konnte diesen Druck im Hals spüren, der eine ängstliche Frage herauspressen wollte, es aber nicht durfte, weil Malin ja so laut und deutlich dachte und den Druck schluckte und runterzwang, um rasch auf neue Bankpaare zuzueilen, die inzwischen Bewohner gefunden hatten, immer mehr waren jetzt besetzt.

Natürlich merkte niemand etwas, alle freuten sich ja so sehr darüber, dass sie einen Banknachbarn gefunden hatten, Paar für Paar, wer hätte es also schon merken sollen, möglicherweise ein Vater oder eine Mutter, die an den heißen Wänden standen, aber nein, die auch nicht, denn die Mütter und Väter mussten über so vieles im Klassenzimmer murmeln und lächeln, warum hätte einer von ihnen Malin anschauen sollen, die ja übrigens gar nicht sichtbar war. Doch *das* wusste sie noch nicht, das hier waren die Minuten vor dem ersten Hinweis, und es sind, wie gesagt, sehr viele Hinweise nötig, bevor man etwas so Seltsames begreift.

Nein, niemand kann ewig durch ein Klassenzimmer wandern. Kerstin, die Lehrerin, schloss die Klassenzimmertür, jetzt müssten eigentlich alle Kinder da sein. Sie seien alle herzlich willkommen, sagte sie, während die Stimmen an den Wänden und im Klassenzimmer verstummten. Und plötzlich war Malin ganz entsetzlich sichtbar, zur Hälfte von der Sonne beschienen und zur Hälfte schwarz im Schatten, und außerdem noch von Kerstins Ausruf hervorgehoben: »Ach je, Kleines, hast du noch keinen Platz gefunden! Lass mal sehen ...«

Und tausend Augen sahen, wie Malin einen sanften kleinen Schubs erhielt, der ihren Füßen den Weg zu einem Stuhl zeigte. Die Entfernung zu dem Stuhl war wirklich nicht groß, aber die wahren Abstände haben überhaupt nichts mit der Entfernung zu einem Stuhl zu tun – was zählt, ist, wie weit das Echo in dem gewaltigen Raum in deinem Inneren hin und her hallt.

Und all die Augen! Noch lange, nachdem sie sich von Malin abgewandt hatten, brannten sie auf Malins Haut. Sie hätte mit dem Finger auf sämtliche Brandflecken deuten können und hätte sie zählen können: mindestens tausend versengte Stellen. Wenn sie es nur damals schon gewusst hätte: Eine Sekunde, nachdem die Augen sie losgelassen hatten, damit die Ohren Kerstins lächelndem Geplauder besser lauschen konnten – eine kleine Sekunde, mehr war nicht nötig, damit Malin wieder verschwand. Die anderen hatten Malin bereits vergessen, nein, vermutlich hatten sie Malin nie gesehen – aber wie war es dann möglich, dass ihre Blicke so brannten? Ja, wirklich seltsam; wer das nicht selbst schon einmal erlebt hat, wird das kaum verstehen, aber zum Teil hatten die Brandflecken damit zu tun, dass Malin eines noch nicht begriffen hatte – nämlich, dass sie gar nicht existierte. Das alles geschah nämlich ein paar Sekunden vor dem ersten Hinweis darauf.

Kerstin hatte schon ein gutes Stück von ihrer Willkommensrede aufgesagt, als es Malin endlich gelang, die tausend Feuer zu überwinden und den Blick so weit von der Bank zu heben, dass sie zuerst sehen und dann hören konnte. Ja, die Rede war schon so weit fortgeschritten, dass Malin keinen Zusammenhang mehr darin finden konnte, also gab sie bald den Versuch auf, zuzuhören und ließ stattdessen die Augen umherwandern und *die Schule* aufnehmen. In Gedanken verfasste sie bereits eine Tagebuchseite über die Schule, eine Gedankenseite, die zu einer richtigen Seite werden sollte, wenn Malin zu ihrem Tagebuch mit der blauen Katze auf dem Einband nach Hause käme.

Das Tagebuch hatte sie letzte Woche zu ihrem siebten Geburtstag bekommen. Es enthielt schon einige wichtige Aufzeichnungen. Selbstverständlich konnte Malin lesen und schreiben, ja, lesen konnte sie sogar sehr gut, während das Schreiben etwas ... sagen wir mal *persönlicher* ausfiel! Ihre spezielle Rechtschreibung und die eigenen Buchstaben, die sie mit den anderen vermischte, machten es allen Uneingeweihten unmöglich, ihre Texte zu lesen. Da sie jetzt in der Schule lernen würde, richtige Buchstaben zu schreiben, würde es wohl nicht mehr lange dauern, bis sie selbst ihre eigenen Zeilen nicht mehr deuten konnte, aber vorläufig ging es noch gut. Im Übrigen hatte sie vor, ihre Aufzeichnungen sofort zu übersetzen, wenn sie die neuen Buchstaben beherrschte und bevor sie ihre eigenen vergessen hatte. Allerdings konnte sie sich nicht vorstellen, dass sie ihre eigenen Buchstaben je vergessen würde.

Die Gedanken folgten den Augen und hörten mit ihrem speziellen feinen Gehör, dass der Raum voller anderer Gedanken war, die sich ebenfalls auf Wanderschaft befanden. In den wildesten Schnörkeln fuhren sie kreuz und quer umher, am allermeisten in sehnsüchtigem Galopp zum Fenster hinaus, draußen warteten nämlich die Sonne und der Himmel und der Baum, durch dessen Zweige der Wind strich und davon sprach, dass der Sommer keineswegs zu Ende sei, wie es der dunkle Eingang zum Gebäude der Erstklässler behauptete.

So kam es, dass Malin ohne besondere Absicht mit dem Blick am Gesicht des Jungen hängen blieb, der in der Bank neben ihr saß.

Dass er David hieß, wusste sie damals noch nicht, daher ließ sie sich nur von seinem ungewöhnlichen Aussehen leiten (gebogene Nase, schwarze Augen, weiße Haut), als sie lautlos in ihrem Inneren murmelte: *Dein Name ist Roy.* Rasch hatte sie sich für Roy einen Lebenslauf ausgedacht – wie er elternlos an einen Strand gespült worden war und von einer Fischersfrau aufgenommen wurde und …

Auch Roys Augen waren unterwegs und sahen sich um, auch er dachte sicherlich an etwas, das weit, weit entfernt von Kerstins Worten lag. Vielleicht grübelte er über seine schwere Kindheit bei der Fischersfrau und all die anderen dramatischen Erlebnisse, die er hinter sich hatte.

Malin war so sehr damit beschäftigt, sich Roys schweres Leben auszumalen, dass sie ganz vergaß, seinem Blick auszuweichen, als seine schwarzen Augen in ihre Richtung wanderten. Plötzlich entdeckte sie, dass sie dasaßen und ineinander hineinblickten – nein, so nicht, sie entdeckte, dass sie direkt in Roy hineinblickte, aber dass er durch sie hindurchschaute, dass seine Augen durch sie hindurchgingen, ohne ihn mit der Beobachtung zu belästigen, dass Malin neben ihm saß und ihn und seine schwere Kindheit anstarrte.

Nur wer nichts sieht, kann den Blick so durch einen anderen hindurchgehen lassen. Das Leiden hat ihn blind gemacht!, riefen Malins Gedanken.

In Wirklichkeit hatte sie soeben den ersten Hinweis erhalten, ohne in der Lage zu sein, ihn zu deuten – nein, sie hatte den Hinweis gleich in etwas ganz anderes verwandelt, in etwas, das in das Märchen von Roy passte, etwas, das keinerlei Hinweis darauf war, dass sie nicht existierte, dass sie gar nicht neben Roy saß.

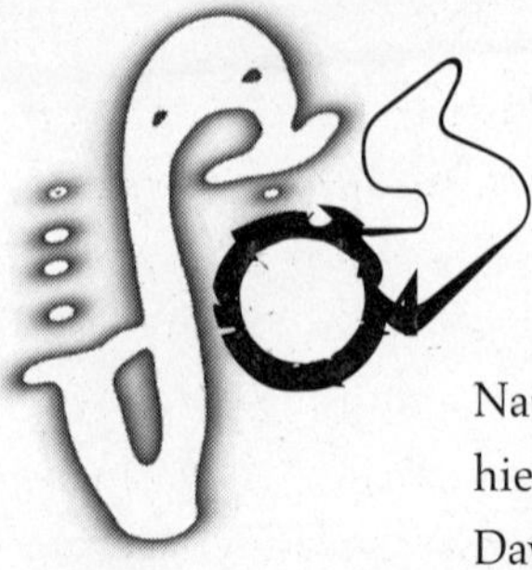

Natürlich hieß Roy ganz anders, er hieß David, wie gesagt, und Malin und David blieben drei lange Jahre nebeneinander sitzen, das einzige Mädchen-Junge-Paar in der Klasse. Kein bisschen romantisch, falls jemand das glauben sollte. David war nämlich nicht halb so spannend wie die Geschichte von Roy, ja, wenn er den Mund aufmachte, war er geradezu langweilig, nur dass er nie mit Malin sprach, nein, er sah Malin tatsächlich überhaupt nicht.

Komisch!, dachte Malin anfangs, gewöhnte sich aber daran, sodass ihr seine Art, sie nicht zu sehen, bald nicht mehr komisch vorkam, sie gewöhnte sich so sehr daran, dass sie es für seine ganz persönliche Eigenschaft hielt, die nichts unmittelbar mit ihr zu tun hatte.

Komisch!, dachte Malin auch, als die Tage vergingen und die Mädchen in der Klasse sie auf ähnliche Weise nicht sahen. Alle Mädchen liefen pärchenweise herum, hatten die Arme umeinander gelegt und vertrauten sich tausend Geheimnisse an. Wer nicht zu einem Paar gehörte, schien unsichtbar zu sein.

Und doch gab es manchmal Kräfte, die die Paare in Bewegung brachten, das hatte Malin beobachtet. Ein Mädchen konnte sich zum Beispiel aus einem Paar lösen und an ein anderes Paar hingleiten und eine der beiden fragen, ob sie nicht ihre Freundin werden wollte. Allen fiel es so leicht, aneinander hinzugleiten, allen fiel es so leicht zu fragen. Malin wagte weder das eine noch das andere. Und die Antworten kamen immer genauso leicht, selbst wenn sie von Mal zu Mal verschieden ausfielen: Nein, das geht nicht, weil ... oder: Ja, aber zuerst ... oder sogar: Ja, gern! Dann löste sich das Paar auf, ein neues entstand, und das Mädchen, das allein zurückblieb, fand sofort dasjenige, das von der anderen verlassen worden war, und brauchte nicht einmal zu fragen.

Ja, alles war so einfach, alles fiel allen leicht, nur Malin nicht. Nie im Leben würde sie es wagen, auf Tina-E zuzugehen und sie zu fragen: **Willst du meine Freundin sein?**, obgleich sie sich nichts sehnlicher wünschte. Vielleicht war genau das der Grund – dass sie gern ausgerechnet Tinas Freundin geworden wäre. Aber nie im Leben würde es dazu kommen, das war klar, und daher musste Malin stehen bleiben, wo sie stand, in ihre Einsamkeit eingeschlossen.

Anfangs stellte sie sich oft in die Nähe irgendeines Paares und beobachtete, wie die Mädchen es anstellten, dass alles so einfach wurde. Sie hörte ihren Unterhaltungen zu, die so leicht hin und her liefen, und zerbrach sich die ganze Zeit den Kopf, warum für sie selbst alles so schwierig war.

Manchmal konnte es vorkommen, dass die Mädchen mitten in einem Lachen zufällig eine Geste machten, durch die das Paar ein wenig auseinander glitt und sich für die Umwelt zu öffnen schien, so wie die beiden Hälften einer Muschelschale sich unerwartet zu einem scheinbaren Willkommen öffnen können. Dann versuchte Malin, sich ihnen zu nähern.

Doch das versuchte sie nur ein paar Mal – schon bald sah sie ein, dass sie diese Geste missverstanden hatte. Die Mädchen verstummten mitten im Lachen und sahen sich suchend um, woher denn der miefige Luftzug kam. Ihr fröhliches Beisammensein wurde von Malins Sehnsucht, teilnehmen zu dürfen, gestört, aber Malin selbst schienen sie nicht wahrzunehmen, wenn sie sich umschauten. Ihre Blicke glitten an ihr vorbei. Dann wandten sie sich wieder einander zu, die Muschel schloss ihre Schale.

Das Kichern, das anschließend aus ihrem vertrauten Gemurmel aufstieg, stach Malin tief ins Herz, obwohl es unmöglich etwas mit ihr zu tun haben konnte.

So lernte sie, dass der Versuch, sich hineinzudrängen, keinen Sinn hatte. Also stand sie einfach da, in der Nähe irgendeines Paares, dahinter oder daneben, aber auf jeden Fall außerhalb, immer außerhalb. Und die beiden im Inneren des Paares, die tuschelten sich ihre Geheimnisse zu, wie man nur tuscheln kann, wenn niemand zuhört, sie hatten ihre kleinen Eigenheiten, die man nur zeigt, wenn niemand zuschaut. Denn da war ja niemand in der Nähe, da war niemand, der etwas sah oder hörte.

Noch weiter außerhalb bildeten die Jungen ihre Gruppe, rauften oder brachen schreiend in die Mädchenpaare ein. Da war es ganz gut, am Rand zu stehen, so wurde man wenigstens davon verschont, herumgezerrt und geschubst und zu albernen Sachen gezwungen zu werden.

Aber dennoch! Ein ganz kleiner Schubser wäre nicht schlecht gewesen!

Mit Jungs verhielt es sich so, dass Malin die Möglichkeit hatte, zu Hause zwei Exemplare aus nächster Nähe zu studieren: einen vier Jahre älteren Bruder, Martin, und einen drei

Jahre jüngeren, Lelle. Daher war Malin der Ansicht, dass sie alles wusste, was man über Jungs wissen musste, und das, was sie sah, als sie das Leben in der Schule beobachtete, bot ihr keinen Anlass, ihre Auffassung zu ändern.

Malins Schlußfolgerung war:

Jungen brüllen und lärmen ununterbrochen, das stellt man als Erstes fest. Darum haben sie auch keine wirklichen Geheimnisse, keine Tiefen, die ausgelotet werden müssten, so wie bei den Mädchen. Die Jungen führen ein unkompliziertes Leben in Gruppen, die sich um einen kleinen, festen Kern von zwei, drei Anführern bilden und ständig ihre Zusammensetzung ändern. Man kann Jungen mit einfachen Tricks beschäftigen, damit ihre ungeheure Energie abgeführt wird. Man braucht bloß einen Fußball vor eine Gruppe zu legen, dann folgt die Fortsetzung von alleine. Wenn sie sich nicht austoben dürfen, fangen sie an zu streiten, sowohl untereinander als auch mit Außenstehenden. Dann können sie recht grob werden, allerdings kommt es selten zu richtigen Feindseligkeiten.

Es war uninteressant, sich mit derart schlichten Wesen abzugeben, fand Malin. Schon ihre beiden Brüder deckten das ganze Spektrum ab, das Jungen insgesamt aufzuweisen hatten. Stattdessen versuchte sie, die Geheimnisse zu deuten, die um die schwer zugänglichen Mädchenpaare schwebten.

Umso erstaunlicher war die Entdeckung, dass das rätselhafte Gemurmel der geschlossenen Paare zum großen Teil ausgerechnet von diesen schlichten Geschöpfen handelte: »Stell dir vor, ich komm da rein, und dann ›hallo‹, aber ehrlich, und dann der Matthias. Also echt ... der hat bloß so *geguckt!* Ich hab bloß ›pffh‹ gemacht ...«

Und als Tina-E in der wunderschönsten Bluse der Welt in die Schule kam, ein Gewand, das sie so schön machte, dass Malin einen zuckersüßen Geschmack in den Mund bekam, wenn sie Tina-E nur anschaute, da verrieten die atemlosen kleinen Kommentare, die Tina-E mit Tina-N austauschte, dass all diese Lieblichkeit nur dazu diente, Ricki zum Aufwachen und Hergucken zu bewegen.

Aber Ricki war damit beschäftigt, den Ball hinter Gurra ins Feld zu bringen. Er interessierte sich kein bisschen für die Bluse und reagierte völlig gefühllos auf die stummen Blicke vom Rand des Schulhofs. Genauso gefühllos war Tina-E für den Sog, der in ihrer unmittelbaren Nähe von Malins Blicken ausging. Malin träumte davon, mit den Fingern über den Stoff der Bluse streichen zu dürfen, bis zum Kragen vielleicht, und den Blick dann ein wenig zu heben und ihn auf Tinas märchenhaft schönem Gesicht ruhen zu lassen. Dort würden Malins Augen wortlos sagen: Schau mich an, Tina-E! Lass mich die Bewegungen deiner Lippen sehen, wenn du etwas zu mir sagst! Nichts davon merkte Tina-E.

Nein, Tina-E merkte nichts, sah nichts und sagte nichts zu Malin. Sie war ja voll davon in Anspruch genommen, alle Signale nach Ricki auszusenden und sämtliche Empfangsantennen auf ihn auszurichten. Das ganze erste Schuljahr war Ricki nur Junge – Junge, Junge, Junge vom Scheitel bis zur Sohle und interessierte sich ausschließlich für die Kämpfe und Rangeleien innerhalb seiner Gruppe. Tinas Liebe war sehnsüchtig und tränenreich und zutiefst unglücklich. Nichts half. Ricki kapierte es nicht einmal, als Tina-N ihm den Tipp gab, dass Tina-E ihn nach der Schule am dritten Brückenpfeiler treffen wollte.

Zu dem Treffen auf der Brücke kam Tina-E, aber kein Ricki, und als Tina-E heimwärts trottete, weinte sie, dass die Tränen nur so strömten, sie weinte, ohne zu merken, dass Malin ein paar Schritte hinter ihr herging und sie gerne getröstet hätte.

In der zweiten Klasse, im Frühling, erwachte Rickis Interesse an Mädchen, und das mit Nachdruck. Doch da wählte er Catrin, sehr zum Kummer und Verdruss von Tina-E. Ja, das war wirklich eine unbegreifliche Wahl, stimmte Malin zu, die den Lauf der Ereignisse aufmerksam verfolgte. Natürlich fragte niemand nach Malins Meinung, aber trotzdem war es eine unbegreifliche Wahl. Was konnte Ricki an Catrin schon finden?, überlegte Malin mit der gleichen Verbitterung wie Tina-E.

Nach und nach fanden immer mehr Überlegungen ihren Weg in das Tagebuch mit der blauen Katze. Gedanken über das, was geschah, aber vielleicht noch mehr über das, was nicht geschah. Dass die Tage vergingen und keine einzige Mitschülerin Malin entdeckte. Vor allem, dass Tina-E sich nie umdrehte und sie entdeckte.

Auszug aus dem Ravensburger Taschenbuch 8082 »Ich bin Malin« von Peter Pohl